心里满了,就从口中溢出

特约编辑	涂 涂
图片编辑	苗 倩
营销编辑	云 子
	帅 子
	席尔瓦
	小 飞
书籍设计	苗 倩
责任印制	耿云龙

出品　北京乐府文化传媒有限公司

吴为 我是外公外婆带大的孩子

献 给　　　　我 们 的 外 公 外 婆

芬芳一生

3

外婆的日常

195

家族小事

243

我是外公外婆带大的孩子。

我的外公杜芳耀，生于1930年，2013年6月8日清晨去世。他临终时，我在重庆。我的外婆温美芬，生于1928年，2018年12月21日晚间去世。她临终时，我在北京。等我赶回家，他们都已经变得不可拥抱，不可触及。死亡没有给予我们准备和告别的时间。

1992年，在我出生前，外公外婆离开重庆前往成都，照顾我妈妈，守护我出生，直至养育我长大成人。我的生命里，处处都是他们的痕迹。他们的消失让我无从接纳。

我花了些时间，去到外公外婆生活和工作的老屋与县城，倾听他们年轻时的故事。我数次重回一起居住了十七年的家，浸入陈旧的时空，打开封存的遗物，整理他们的人生，将曾经为外婆拍摄的照片，放入现在的房间。还前往共同旅游的景点，站在原地拍摄，将现有空间、如今的我和过往的旅行纪念照三者叠加，创造虚构的真情。我从他们的名字中各取一个字，组成《芬芳一生》，献给他们。

我在故地寻觅他们的身影，拜访他们教过的学生，抚摸他们穿过的衣服，点亮儿时的烤火炉，日复一日坐在他们的房间里……我运用摄影和文字所做的一切尝试，无非是想和他们产生更多的关联，创造属于我们再续的回忆。尽管他们已经逝去，但思念常在常新，真爱永恒不灭。

芬　芳　一　生

我从小和外公外婆一起睡,摸着外婆的耳垂,睡得最好。

后来长大了,妈妈让我们分开睡。我睡到自己房间的小床。

第一天晚上，我和外婆都没睡着。

夜里睡不着时,

我最喜欢端着小板凳跑到外公外婆的房间里,

听他们的呼吸声。

每次声音太轻，或间隔太长，

我就担心他们死了。

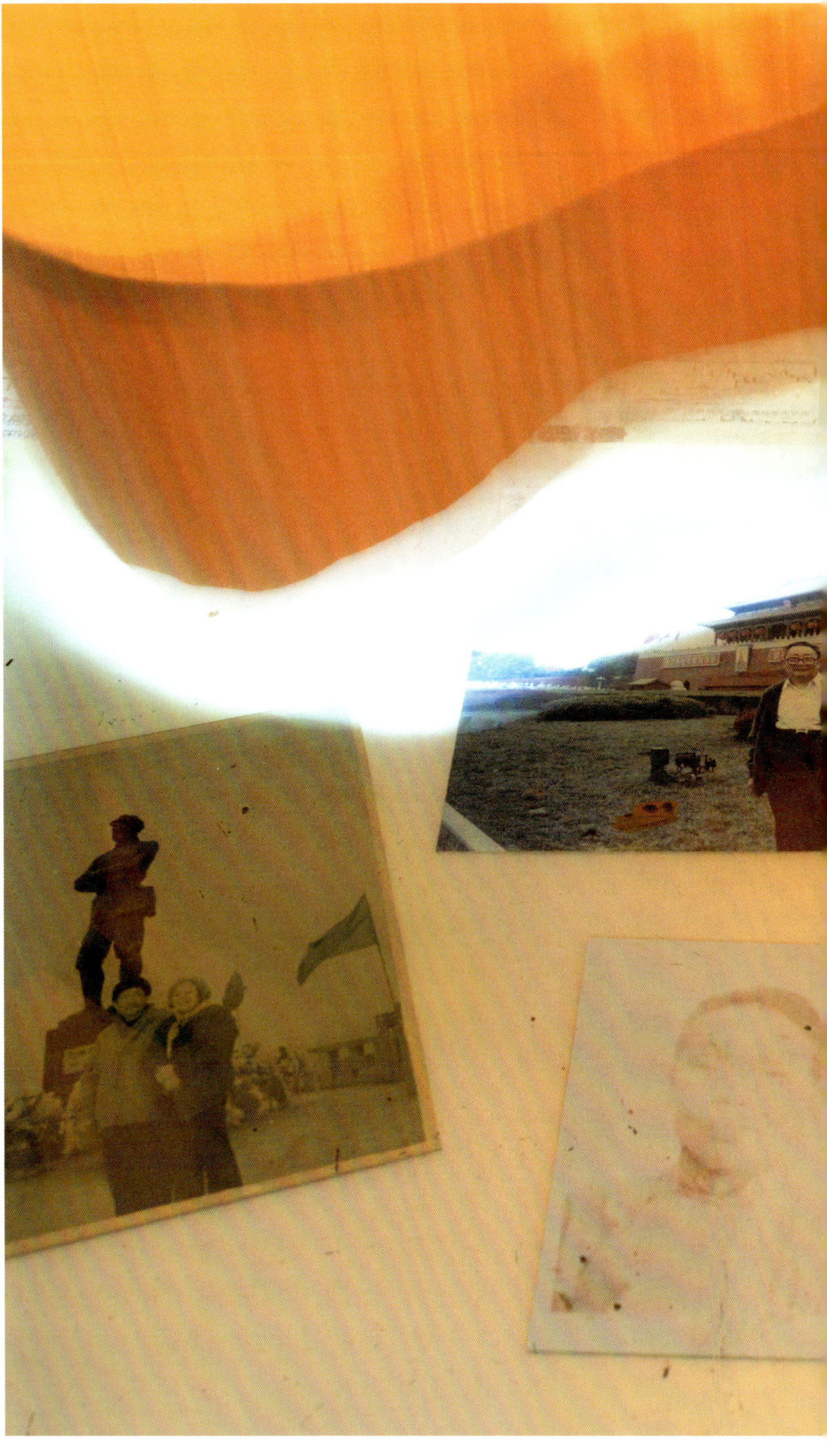

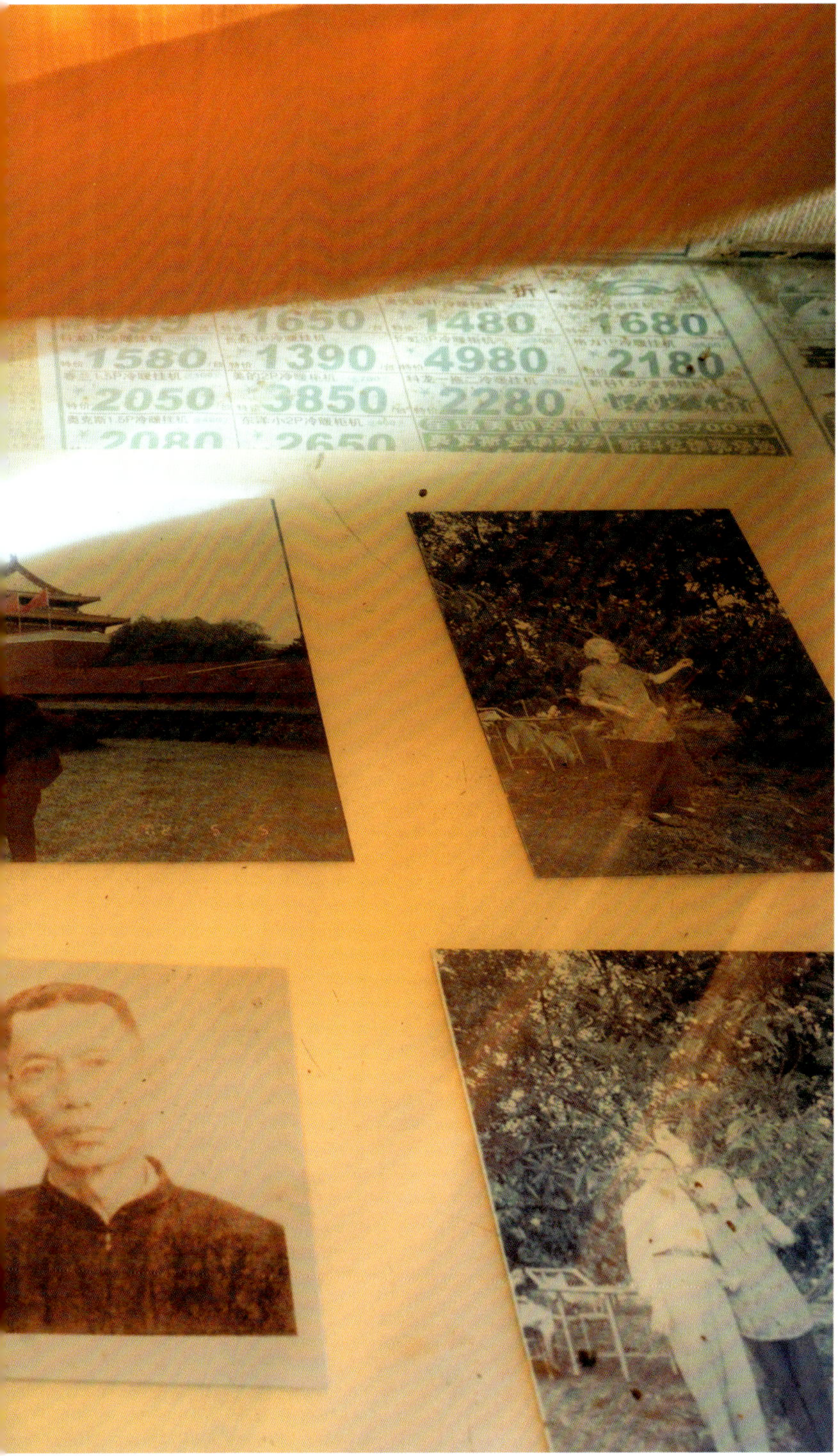
1650
1480
1680
1580
1390
4980
2180
2050
3850
2280

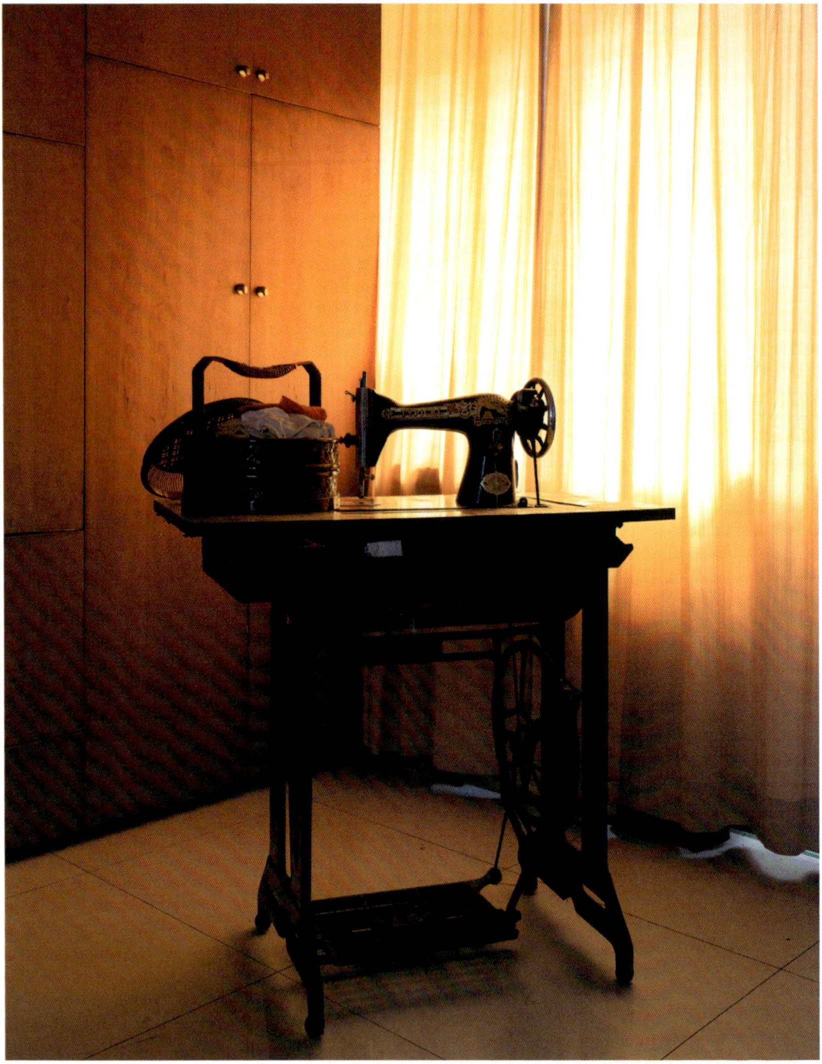

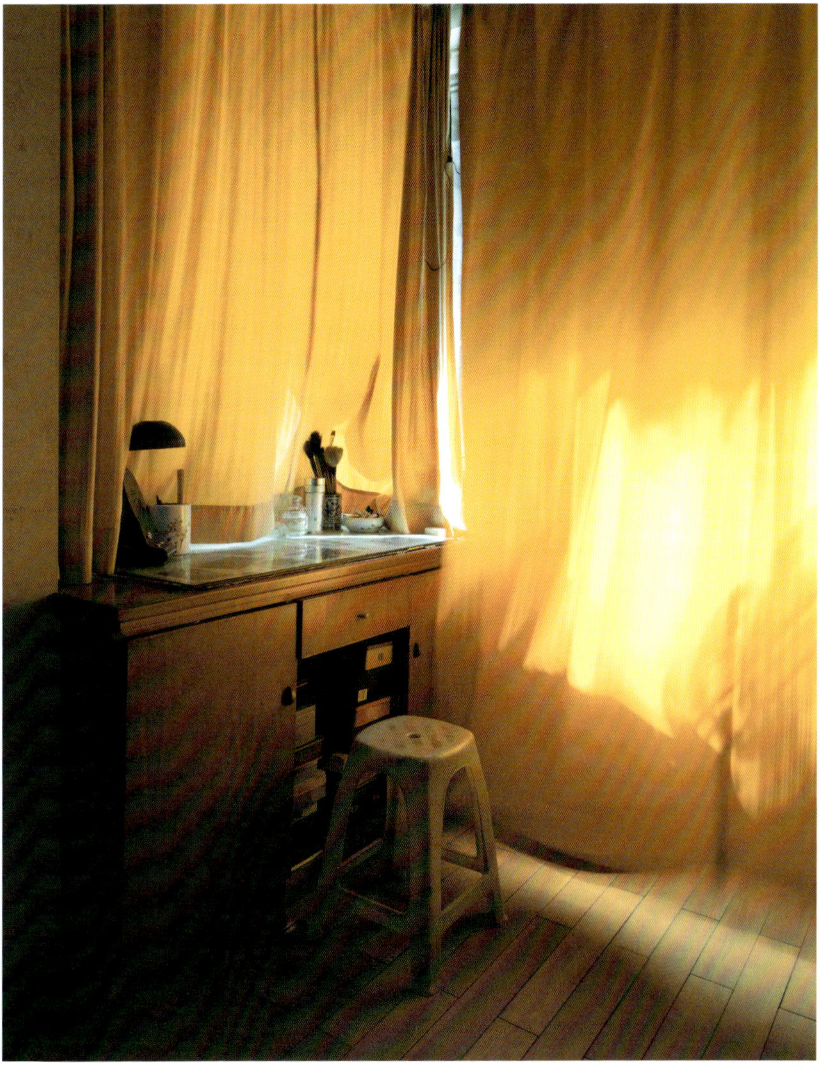

每年冬天，外公外婆都会在烤火炉前举着我的棉毛衫和棉毛裤，把它们烤得热乎乎的，捧进我房间，飞速塞进被窝。
我再慢悠悠地穿上。

有一年冬天，我穿棉毛裤的时候觉得很冷，想起了这件事。

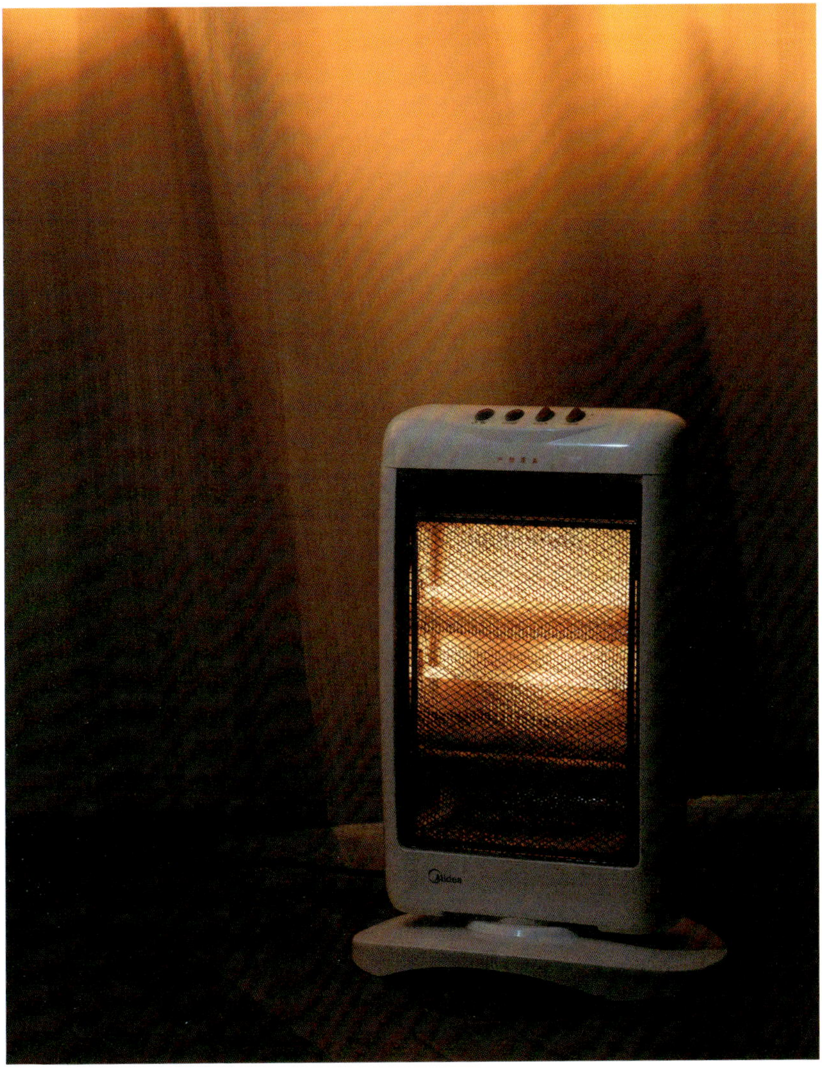

小时候成绩不好,有次回家和外婆说了一嘴。
她坐在饭桌上说,我乖孙全天下第一好,哪个都没得我乖孙好,哪个说我乖孙不好?

之后我就再也不和他们讲学校里不开心的事了。

长大后每当别人说我不好，就想起外婆的这句话。

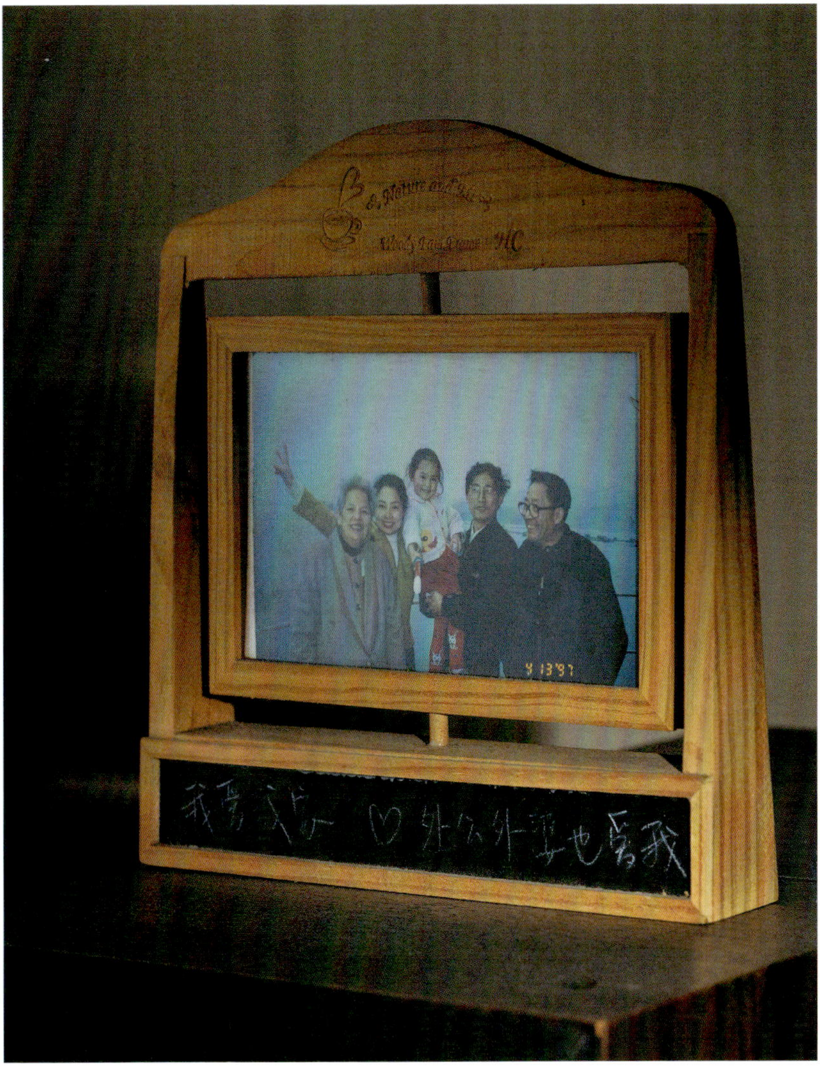
我爱父母
外公外婆也爱我

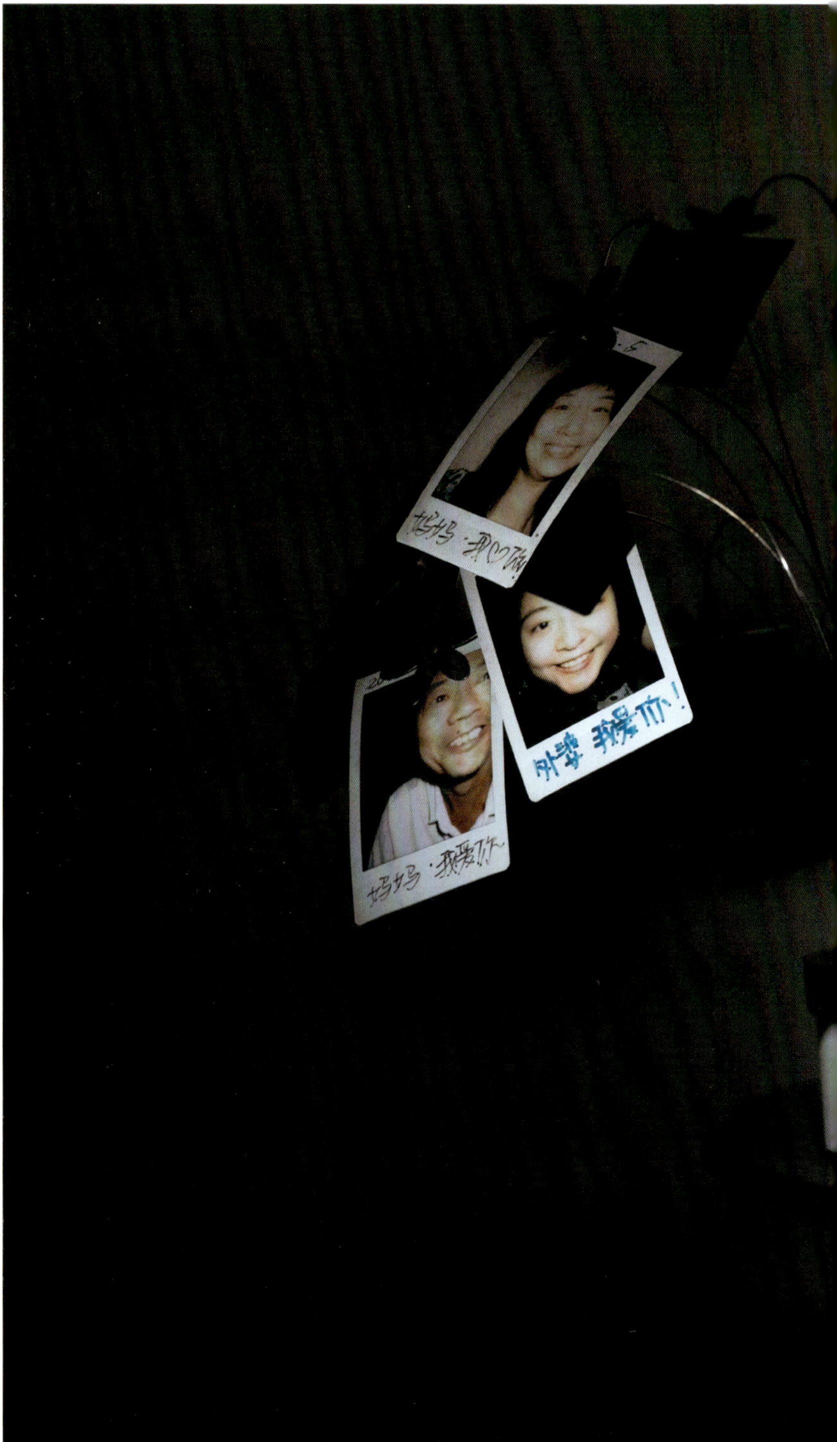
妈妈·我♡你
外婆 我爱你!
妈妈·我爱你

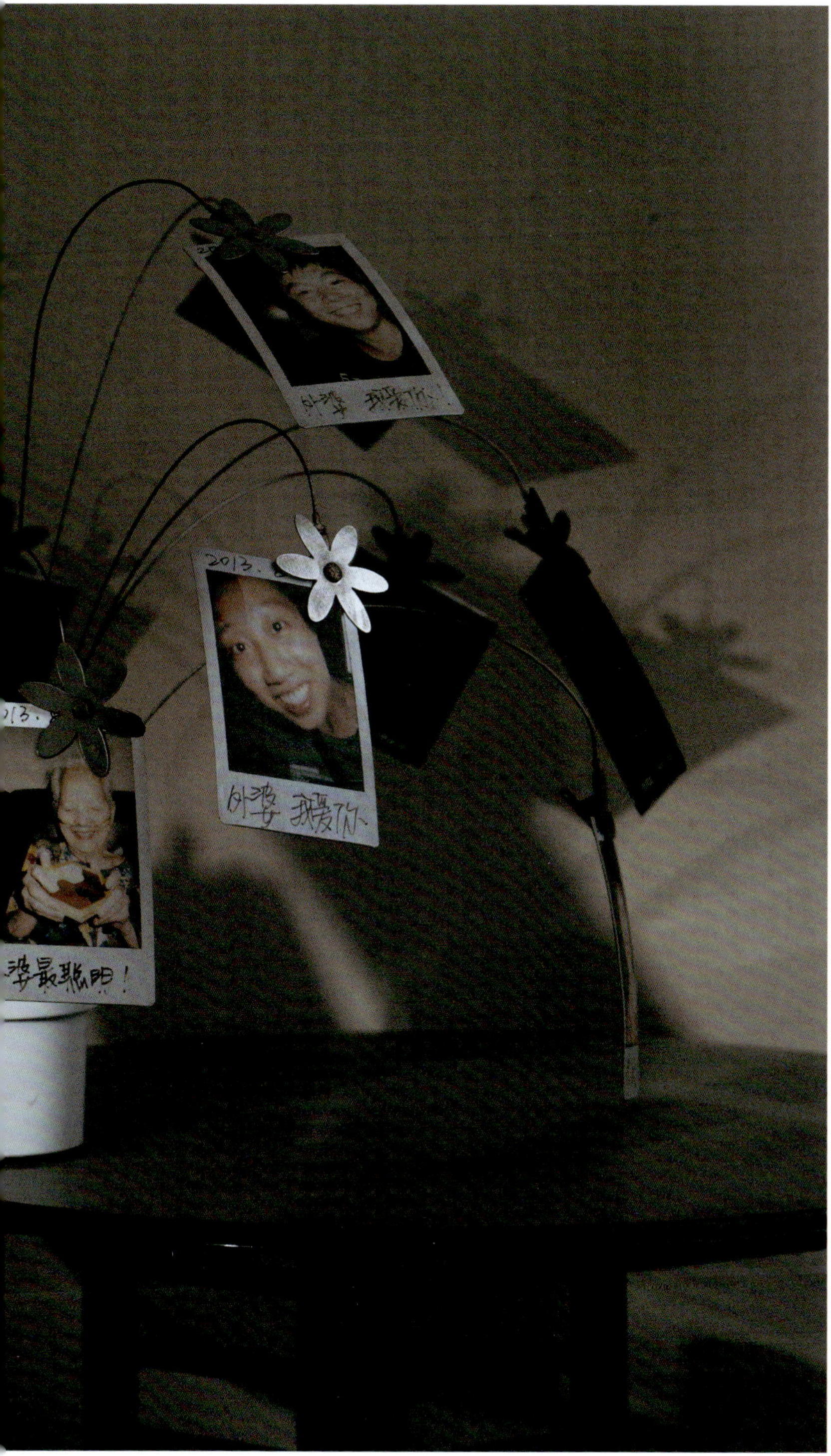
2013.
外婆 我爱你
婆最聪明！

外公每次催我起床,都会唱:

催猪起床,起床催猪,猪儿还在床上……

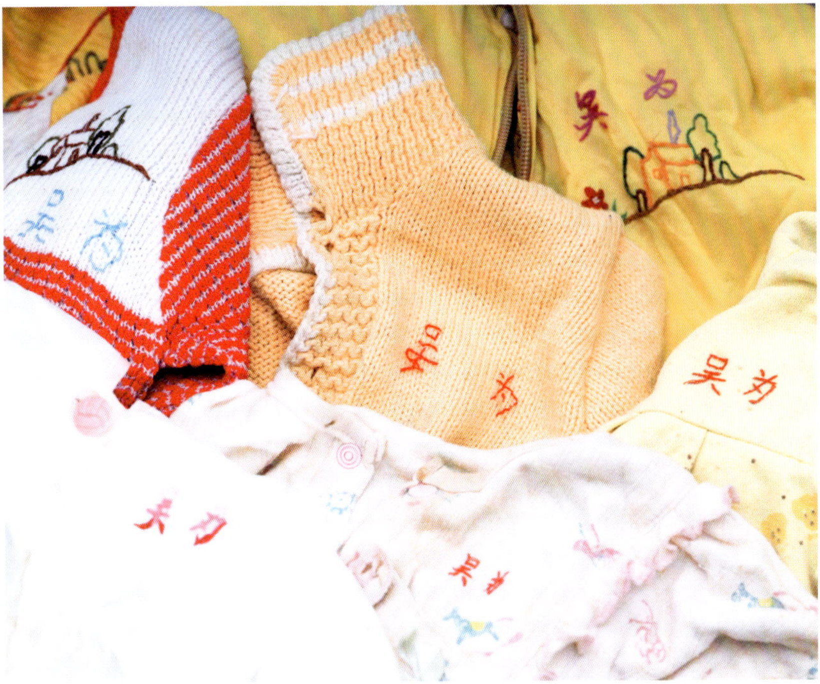
吴为
吴为
吴为

高中学校的旁边，有一家云南过桥米线。上高中的第一天，妈妈带我去吃过。后来我去重庆上大学了，有一天妈妈带外公去吃。外公看到里面的学生穿着和我之前一样的校服，吃着吃着就哭了。

妈妈告诉我的时候，我好像也哭了。

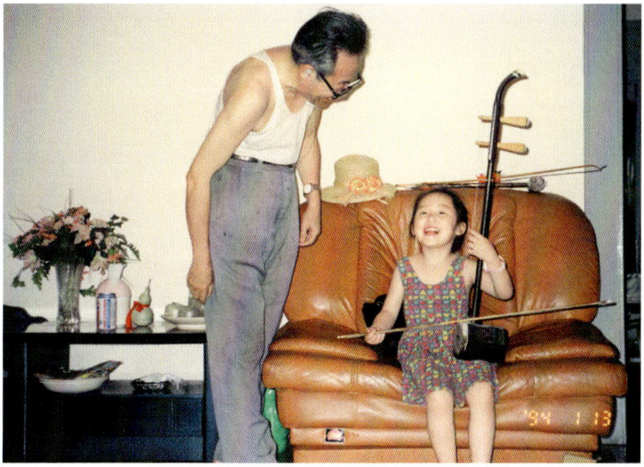
'94 1 13

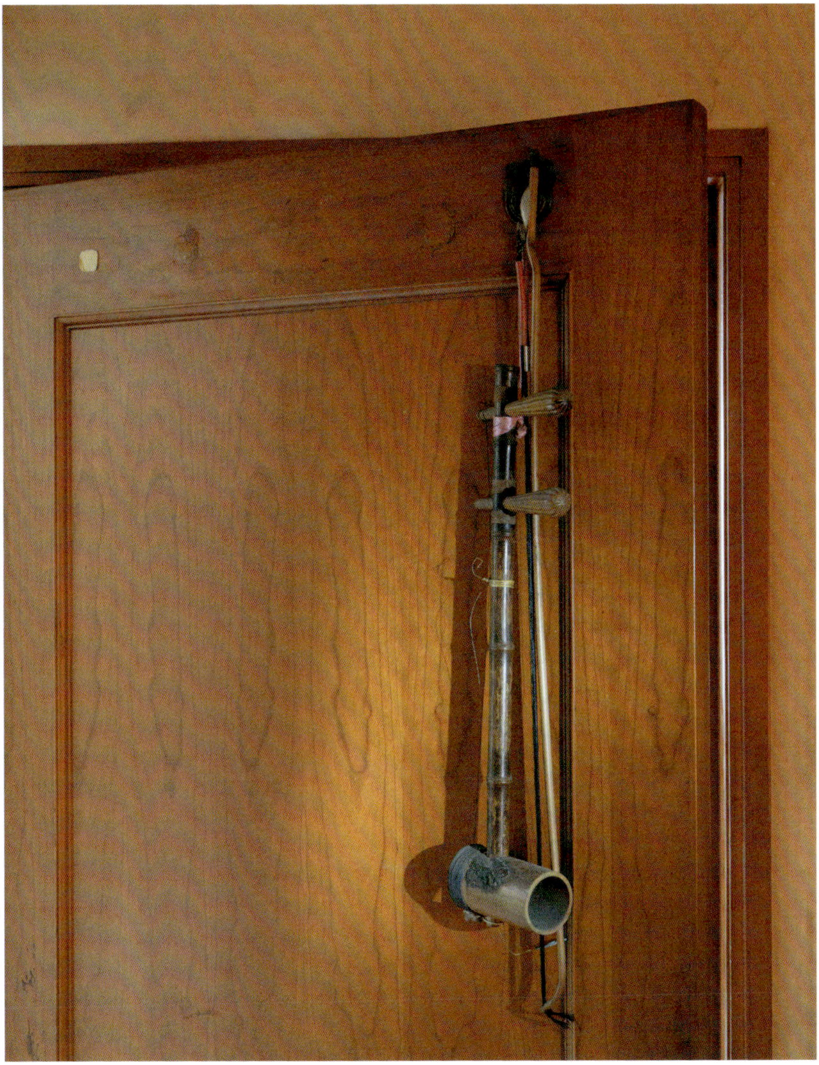

外婆每次给我炒蛋炒饭，都会放很多种材料，然后掰着手指头，一个一个数给我听。她最后一次炒的时候，好像放了七种东西。

那会儿我有单反相机了，还拍了一张照片，
心想以后可能吃不到了。

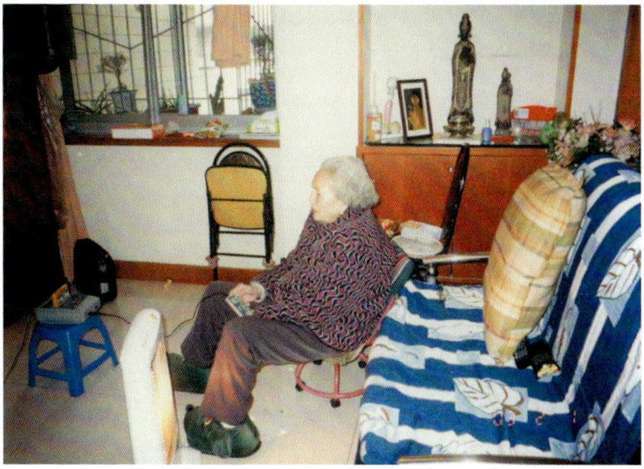

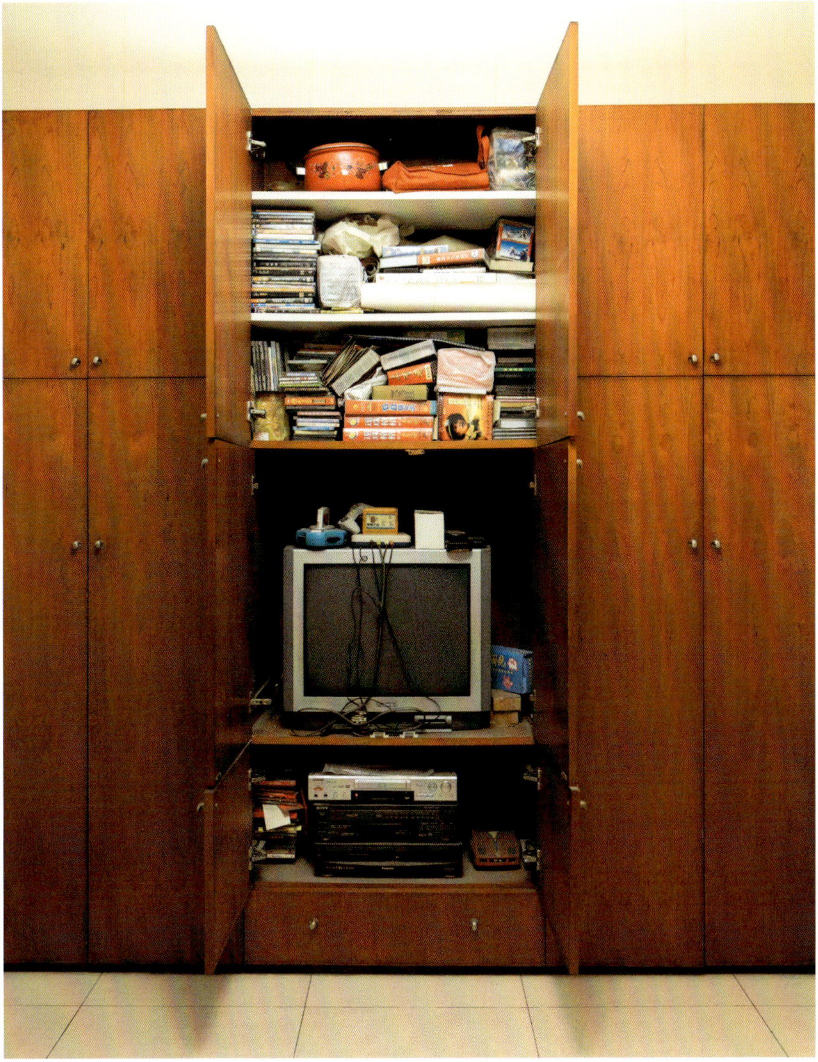

后来真的没吃到了。

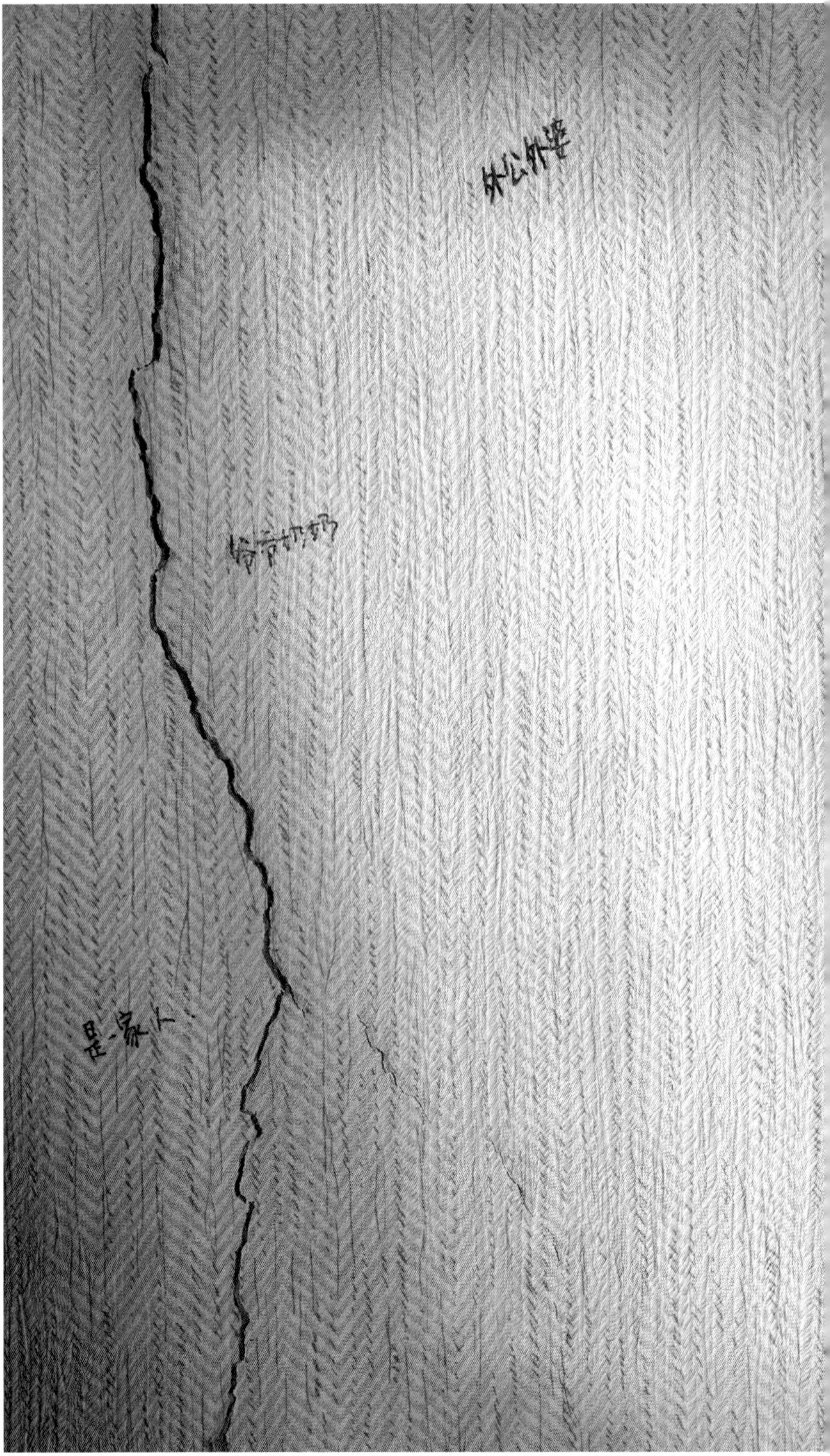
外公外婆
是一家人

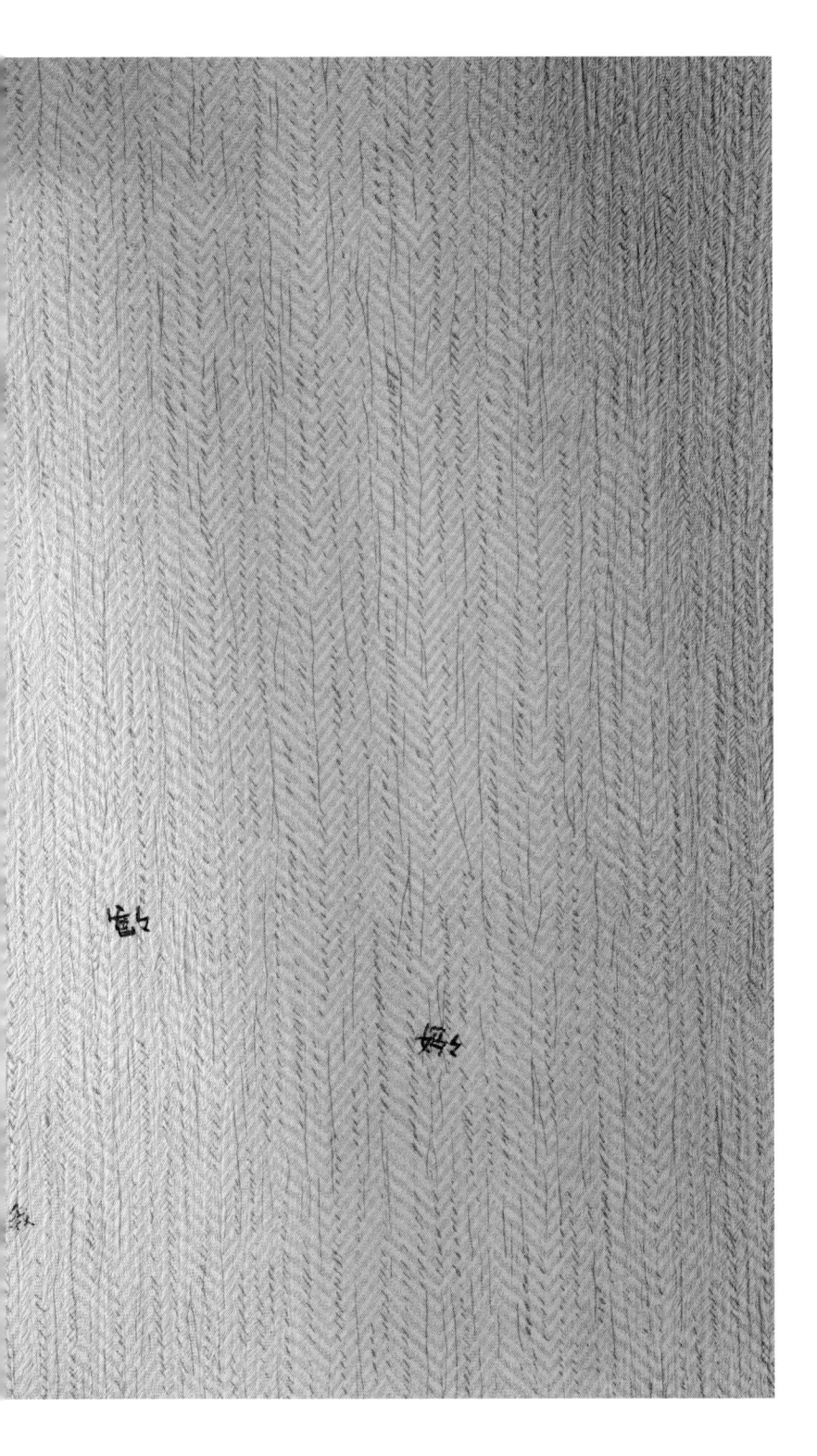

外公每天早上都会去街心花园遛鸟。

我坐车上学的路上,经过那儿,就摇下窗户和他打招呼。他很早就望着车来的方向,从来没有错过我。

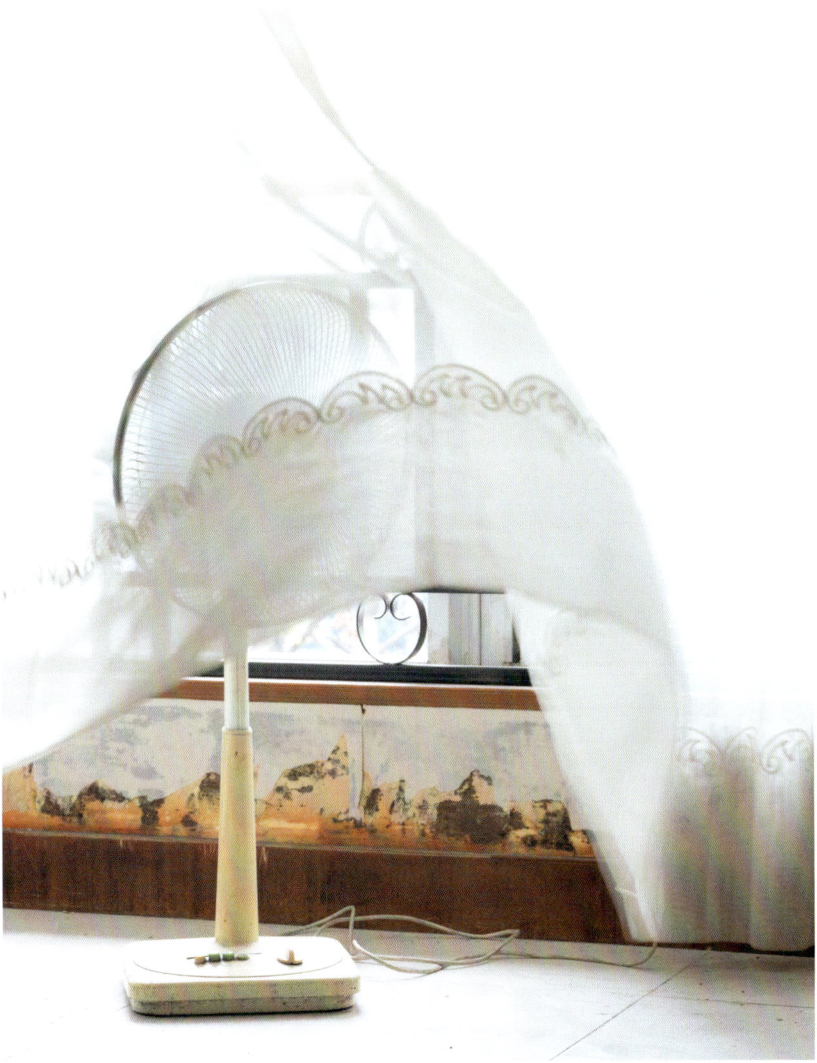

外公最喜欢看《参考消息》。爸爸下班回家，都会给他带一份。小时候和外公一起读报纸，不会念的字就读"什么"，

听起来就是"什么什么什么"。

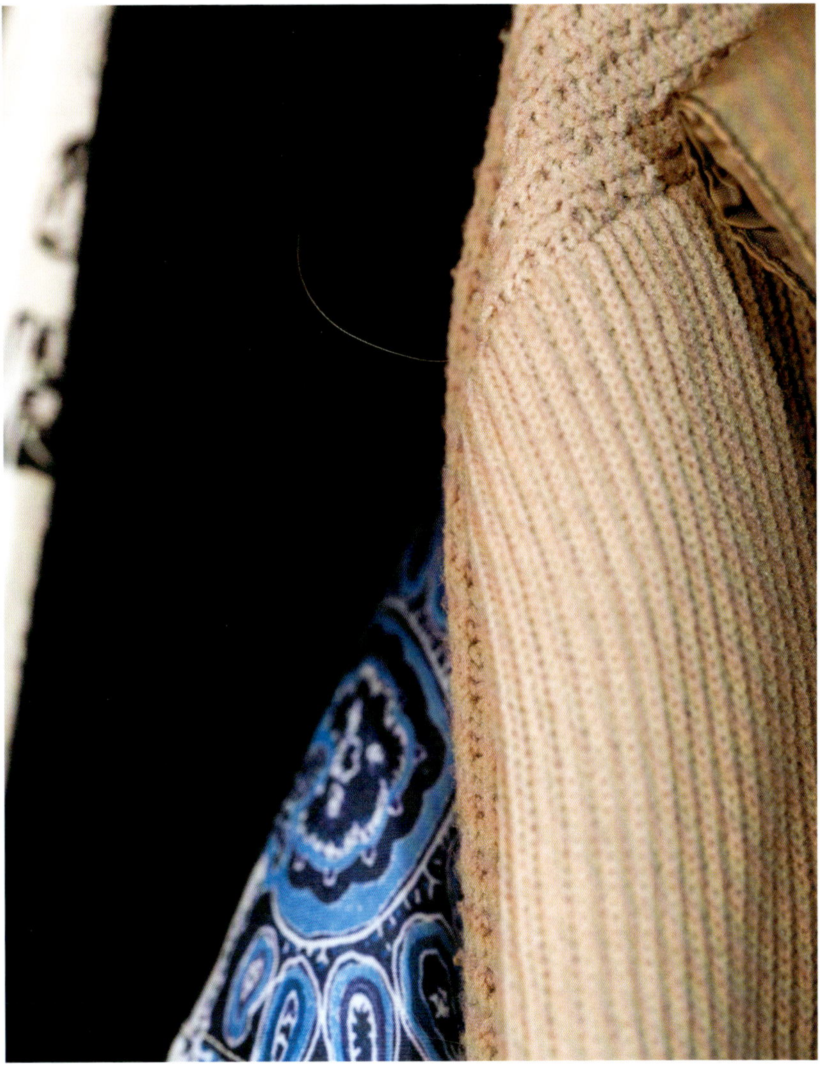

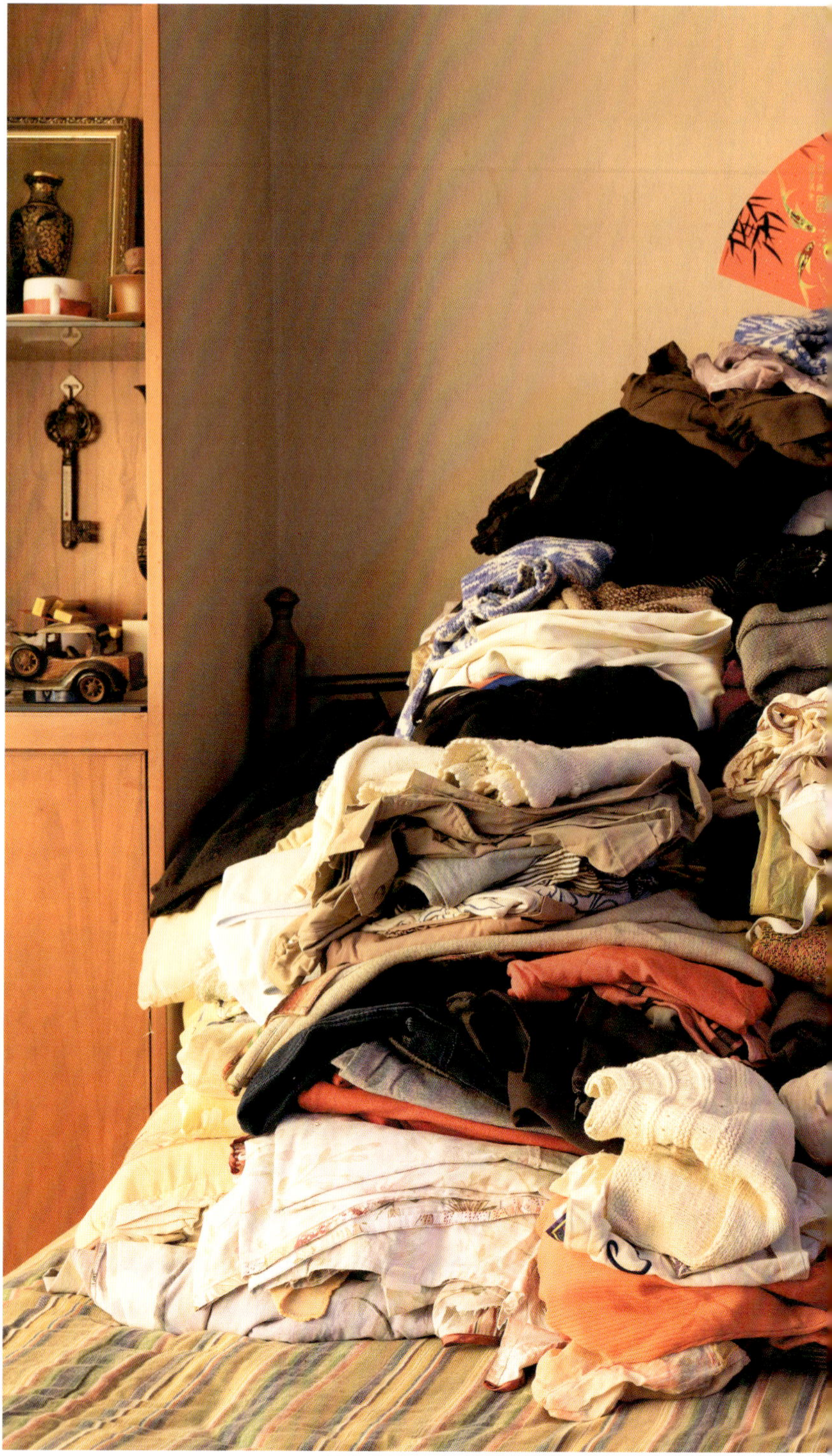

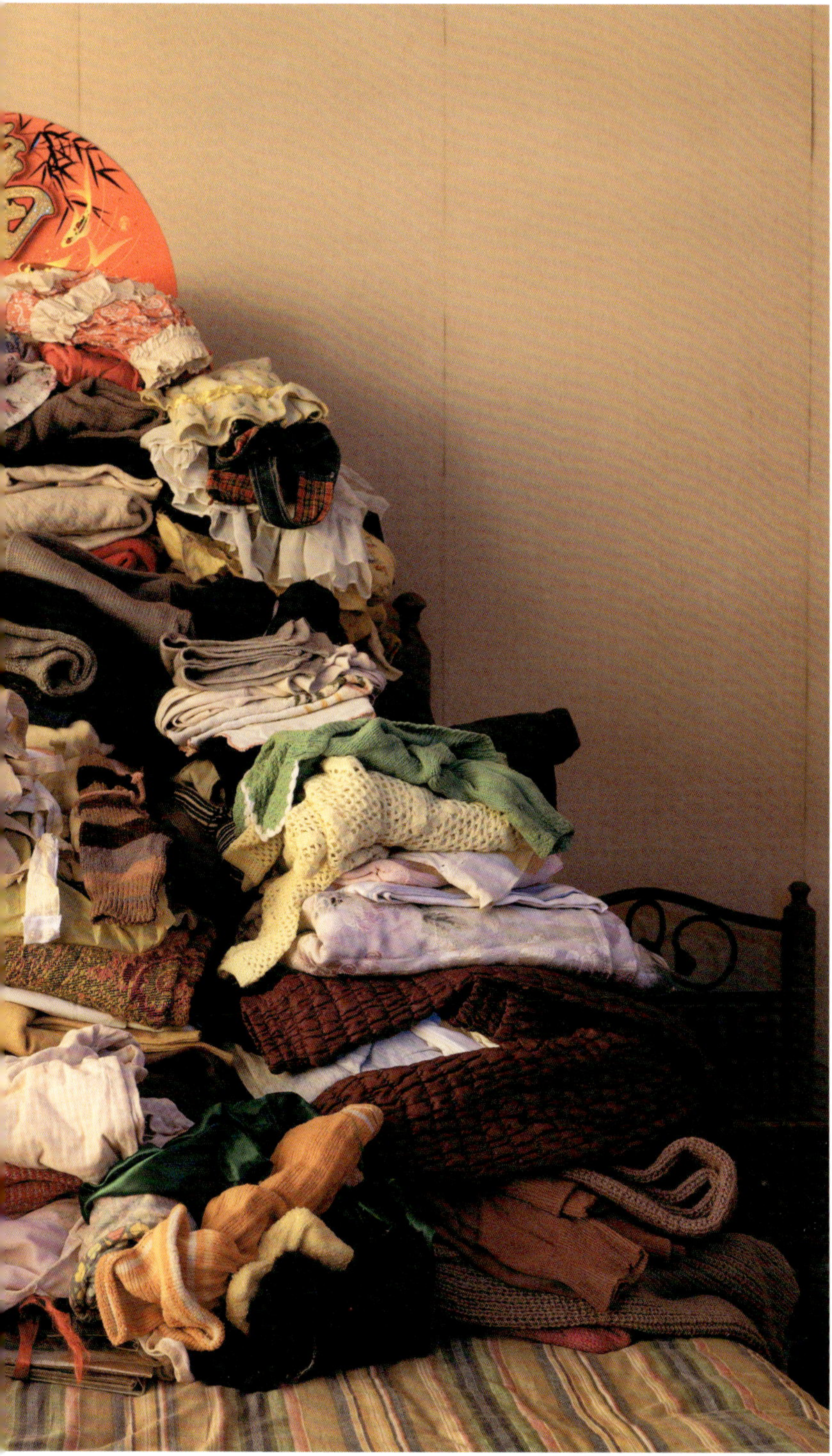

小时候肚子疼，外公会用一台小小的酒精灯先给杯子消个毒，点燃一坨纸扔进去，再把杯子倒扣在我肚子上。过会儿取下来，肚子上就有红色的圆圈，暖暖和和的。

我总怕被火烧到，每次都害怕，又觉得神奇。

疼得没那么厉害时,外公也帮我掐虎口。

他的手很大,力气却恰到好处,从来不会让我疼。
他的指甲印,
很深地留在我的皮肤上。

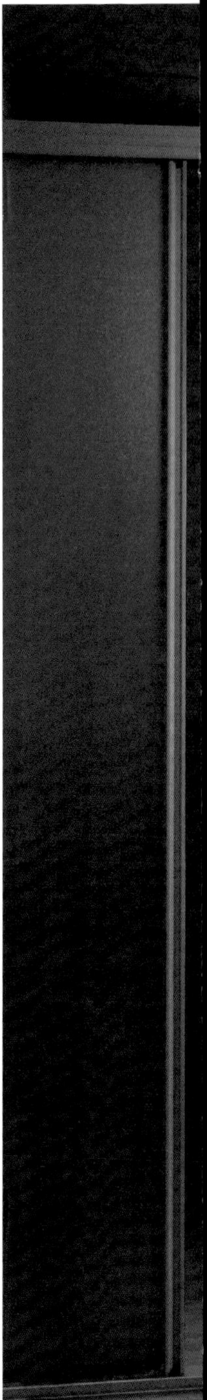

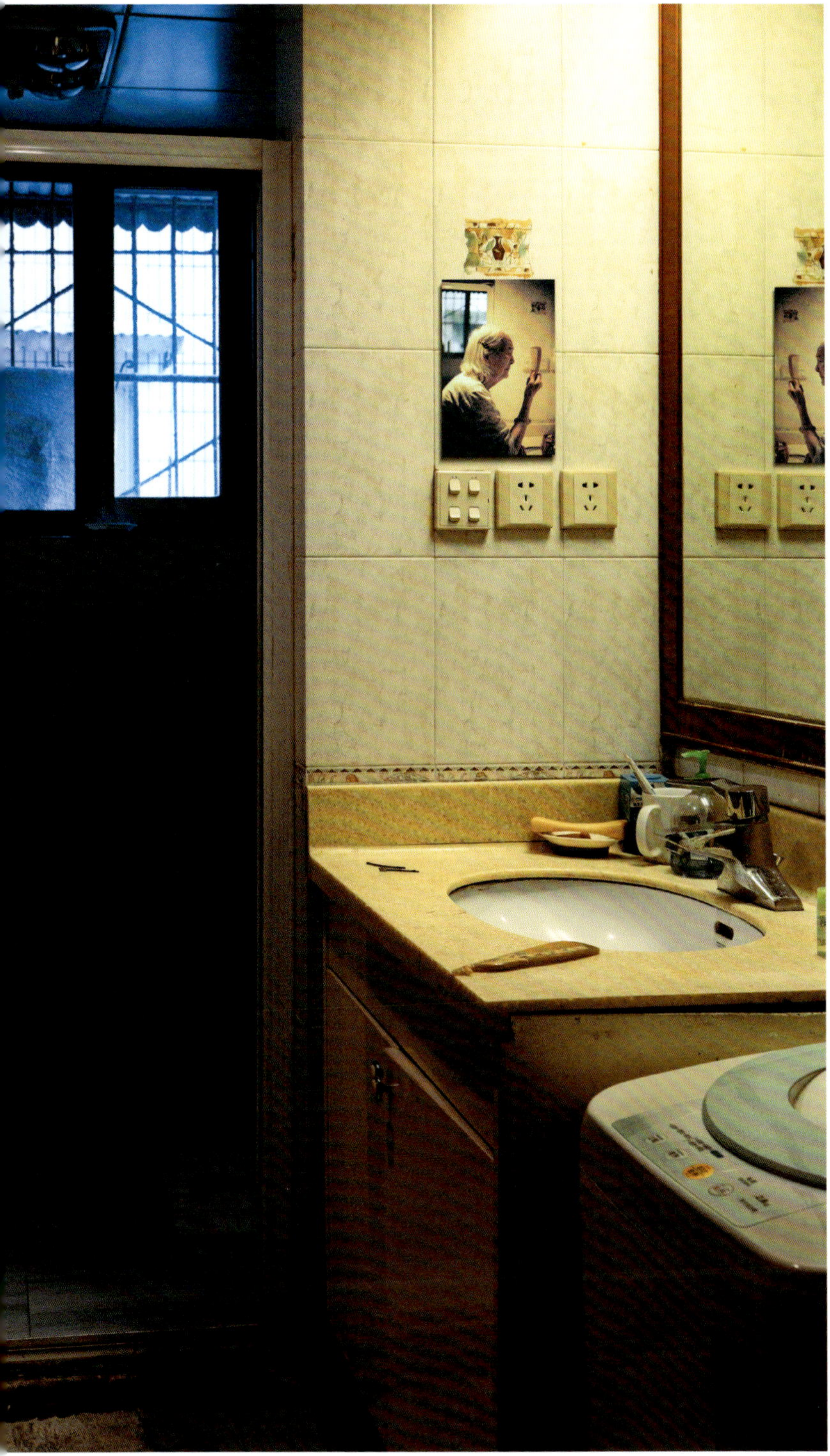

外婆给我扎头发,是很用力的,用细细的橡皮筋,缠出一个个五颜六色的小揪揪。

别人看外婆给我梳头发觉得很疼,头皮都快扯起来了,但我印象里，好像十分快乐。

去肯德基吃汉堡,我只爱吃中间的鸡肉。外公就说:
"我爱吃皮和菜。"
我就把肉吃了,剩的皮和菜留给他。

有段时间,外公买了很多面粉和鸡腿肉,给我做炸鸡。金灿灿的,刚炸好特别烫,油还会往下滴。他做完之后,就坐在餐桌旁边看我吃。

他特别喜欢在我吃东西时看着我。

我们胜利了！

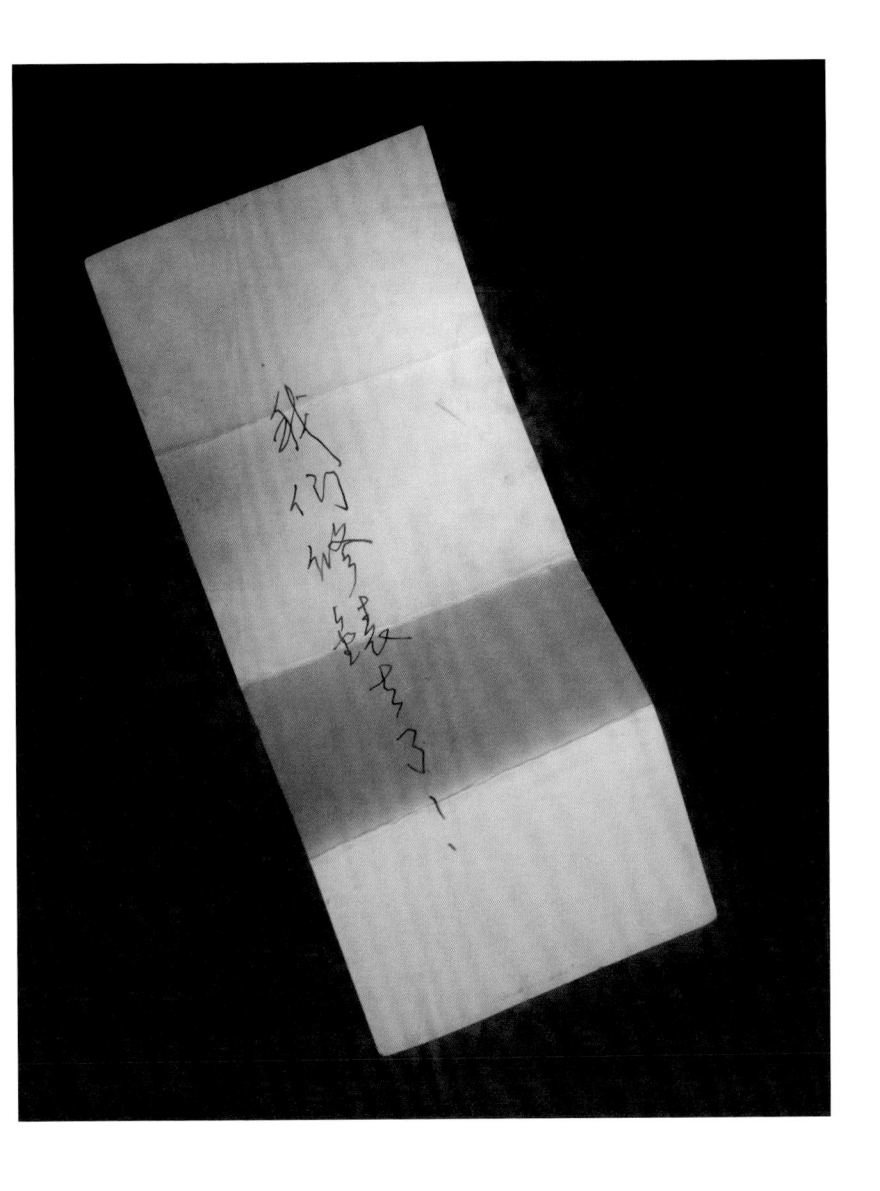

外公最爱画眉鸟，买了很多喂鸟的面包虫，装在铁盒子里。

我总用剪刀把虫从中间一根根剪开，又偷偷把剪刀放回原位。

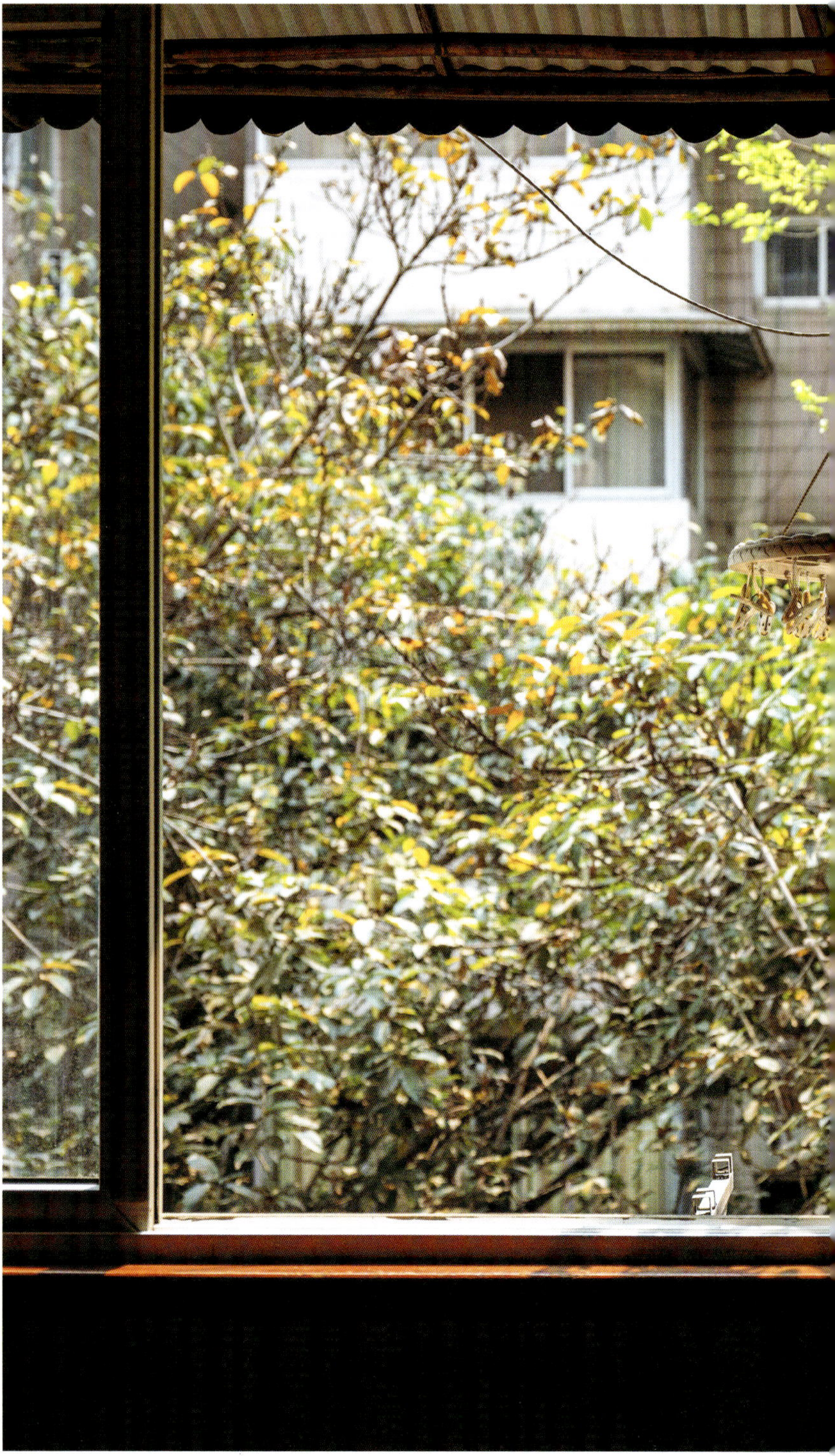

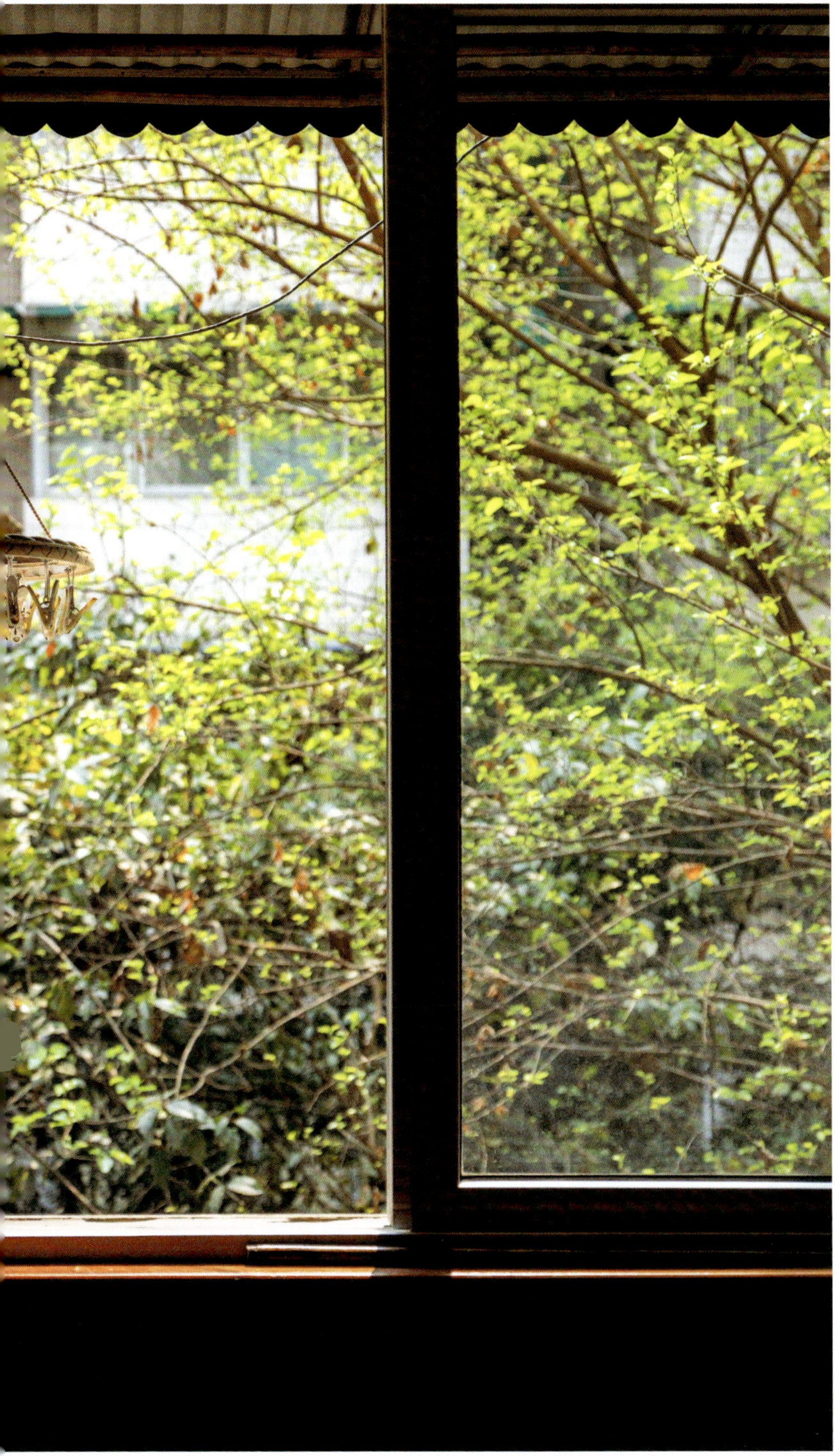

《外婆的日常》展览结束之后回到家，
外婆看到我的第一眼说：

"听说，
你把我的照片挂了一墙？"

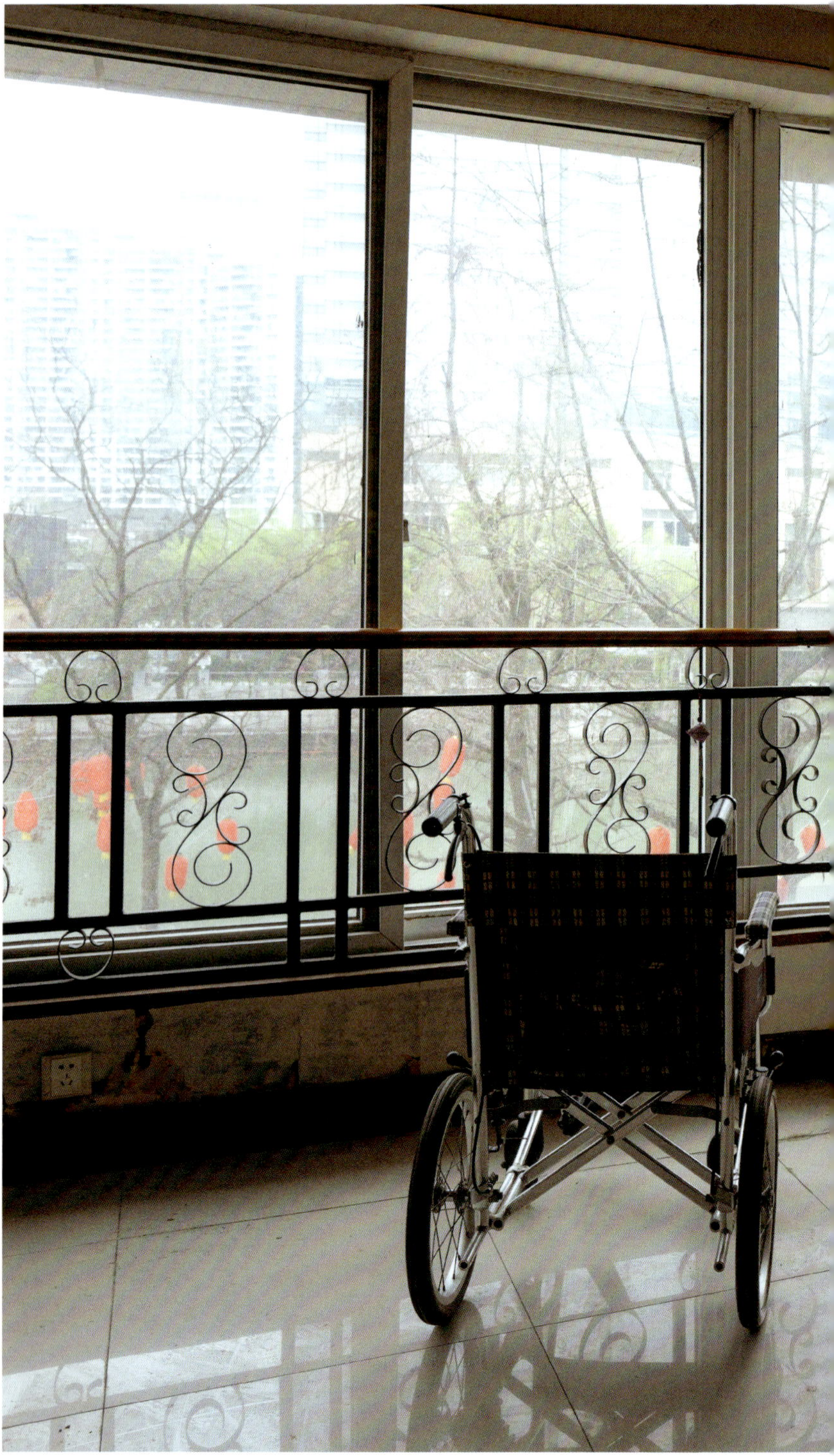

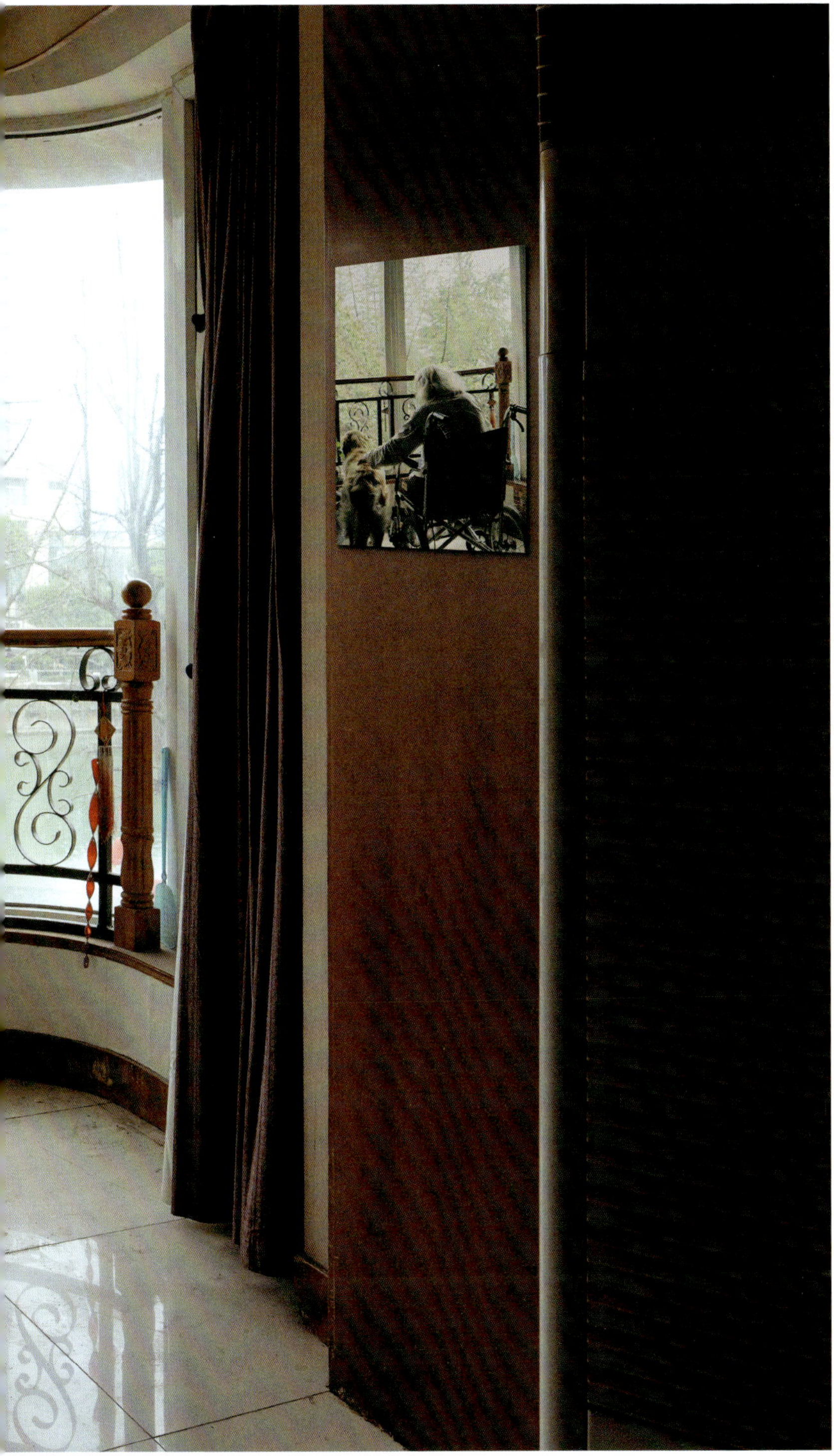

外公生病之后,我刚拿了奖学金,走在饭桌旁塞到他的裤兜里。
他那会儿已经神志不清,也说不出话了,

但还冲着我点头,
嘴里发出噢噢噢的声音。

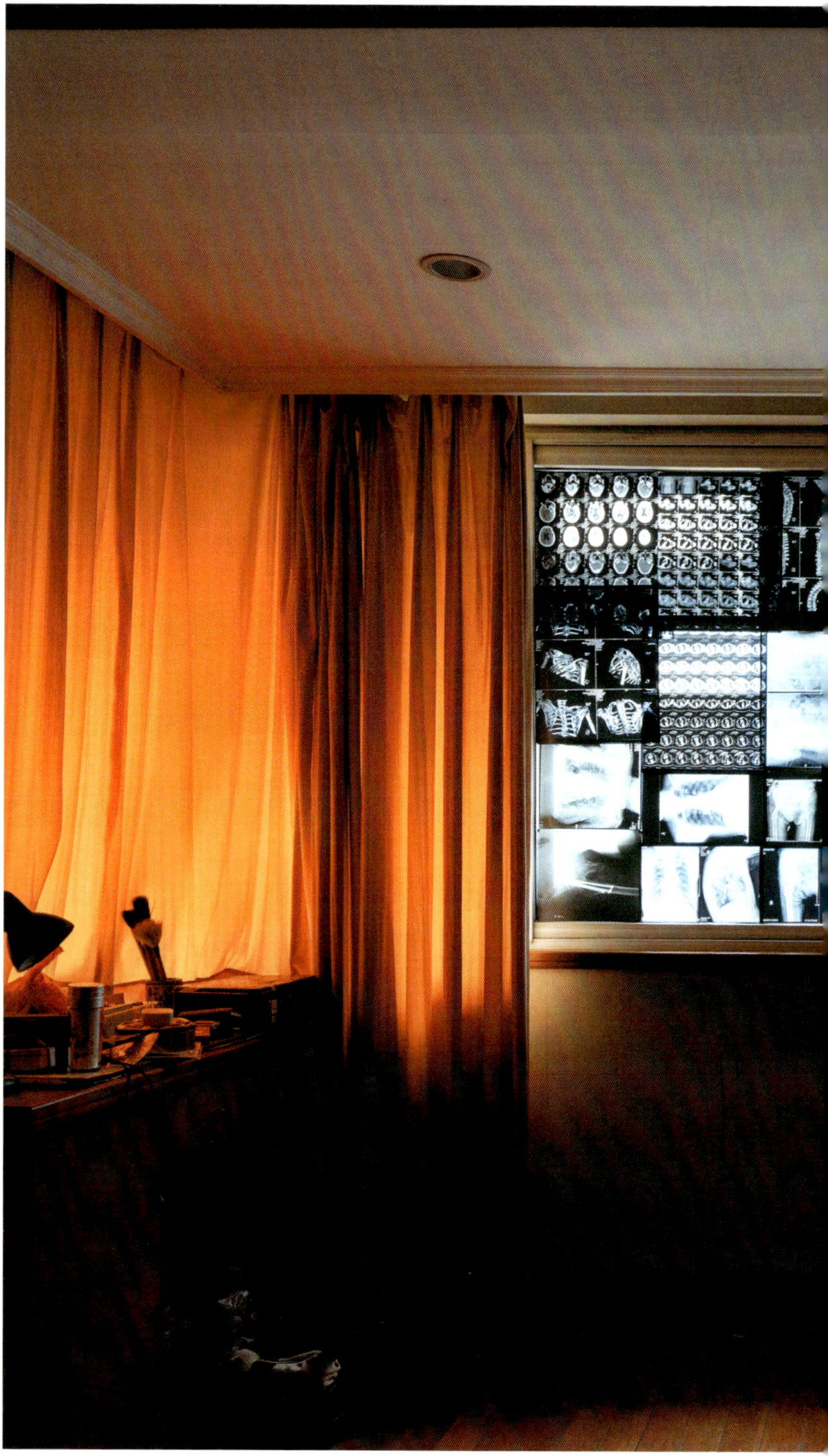

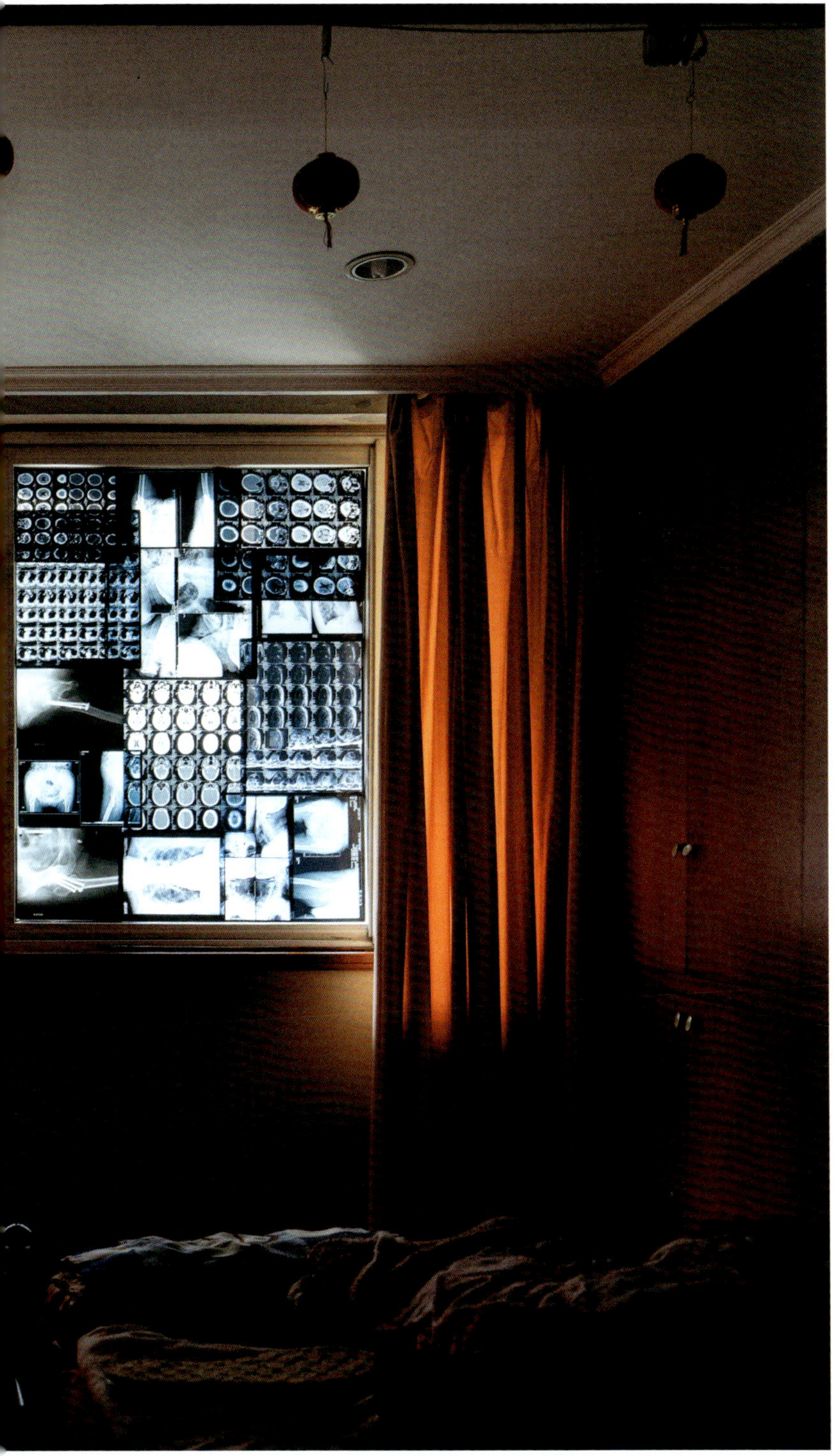

外公最后一次住院的时候,

摸了摸我扎起来的马尾辫,

和我说,

好看。

那是他和我说的最后一句话。

有次外婆持续高烧不退。

我在北京念书,和妈妈通话时,
外婆凑近电话说,

要我好生学习，她不想我。

那是她和我说的最后一句话。

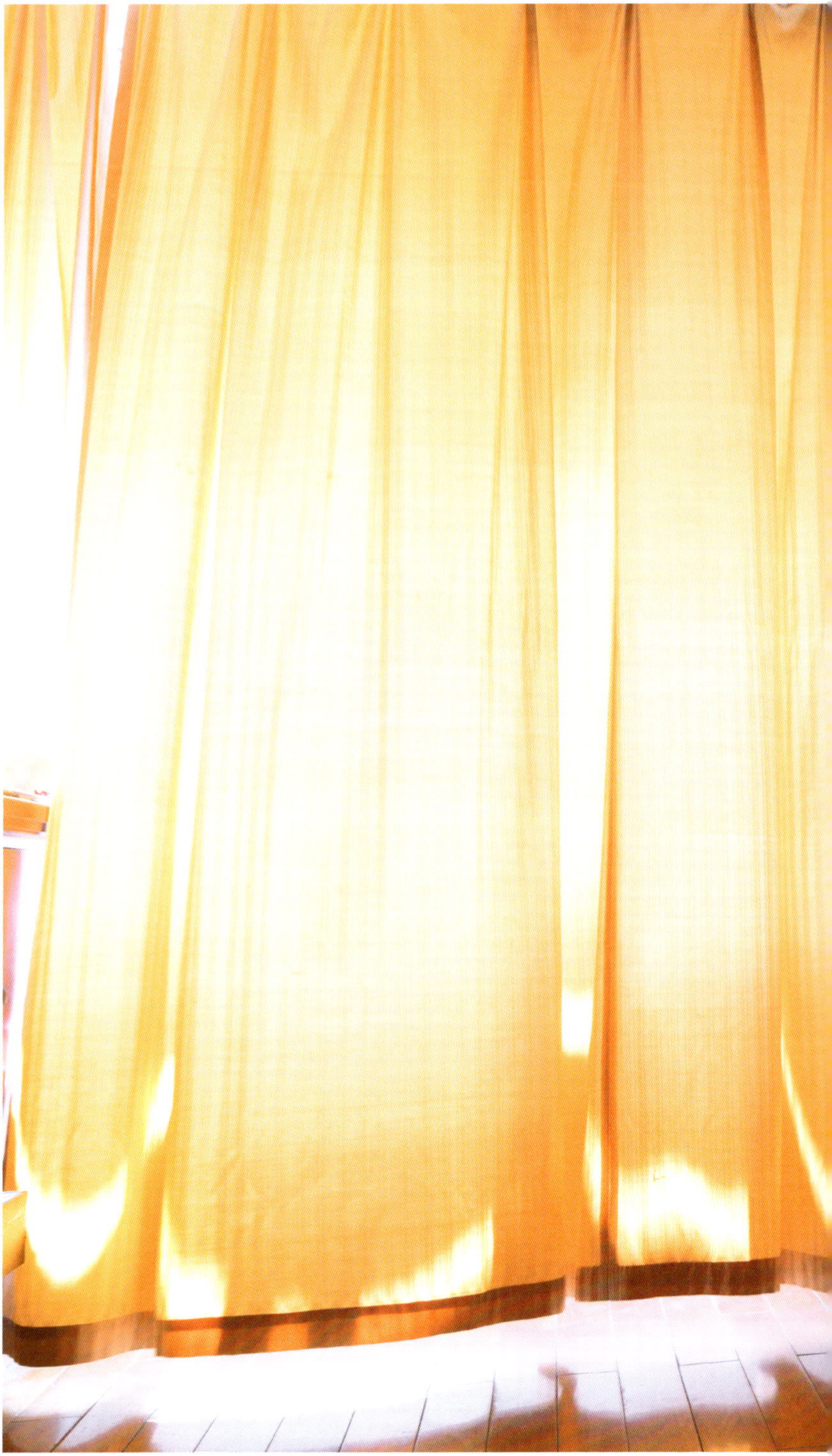

爱 的 痕 迹

2020 年 3 月 24 日，我回到和外公外婆曾一同居住的家。在日后一次次的整理中，发现了越来越多他们留下的物件。最开始构想拍摄画面时，想要还原他们在我心中并没有离开的样子，想要画眉鸟在空中飞，想要营造棋局下到一半，人仿佛刚出门，等会儿就会回来的影像。但身处布满尘埃的家中，每一个空落落的鸟笼，每一堆杂乱的衣服，都在讲述同一件事——两位老人已经去世了。

没办法再自我欺骗，只能将物品一件件摆在桌子上，一摞摞放在一起。我抚摸它们、观看它们、感受它们，和它们长时间地相处，就像以前和外公外婆长时间地相处一样。我看见不曾了解过的他们，看见我妈妈不曾了解过的他们，也看见他们自己也许都忘了的那些人生部分。他们的热爱、真情、勤俭、齐啬……都留在了物件里。

我也在那么多信件、明信片和礼物中，看到我对他们爱的表达。我曾在其中一遍遍述说，有多爱他们。但那时真的懂得爱是什么吗？真的爱过他们吗？我从未想过他们许下了什么生日愿望，从未放弃更多和同伴玩耍的时间来陪伴他们。我向往外面更大的世界，没有对他们的衰老做过丝毫准备。我拿着外公生日时，我们送给他的一整罐手折的千纸鹤，非常困惑：收礼物的人去了哪里？为什么玻璃罐留在了这里？爱的表达有什么意义？如果人会离开，只有东西能留下，那送礼物这个行为有必要吗？

也许，即使人离开了，爱也存在。而且正因为人会离开，所以爱的表达，要更及时、直接、勇敢、不遗余力。

在密集拍摄的阶段，我几乎每天都去整理外公外婆的遗物，有些物件就放在原位拍摄，有些东西抱到车库搭建的影棚中再创作。有一天我找到了一个外婆手缝的小黑布包，里面装着一张珠宝金饰的发票、两封我八岁时写给她的信、一张水晶项链鉴定结果书、一张中国银行的外汇兑换券、一张外婆的爸爸和她弟弟合影的底片、三张记账单、一张收条、一张计息收费单、三张人民医院的门诊收据、两张定期储蓄大额存单和两张我一百天时的底片。那天下午我举着小包哭了很久。我太清楚珠宝金饰、水晶项链、银行存款这些东西在外婆心中的地位，没想到，我和它们同等重要。看着那两张我一百天时单薄的底片，立刻看到了外婆和妈妈把小小的我抱到照相馆，郑重记录下我成长历程的瞬间。我拍摄了小包，也把每样东西取出来，拍下它们的原貌和展开的样子。我太想留住它们了。我留不住他们，现在只剩了这些东西，就用摄影的方式，把它们挨个挨个，全部拍下来，一样也不漏。

我时常有新的发现，整理外公的抽屉，看到一张叠起来的白纸条，正准备丢掉，展开一看是外公手写的字：我们修表去了。我就又哭了很久。这张一点不起眼的字条，把我带回了那个平凡的，吹着微风，没有任何大事发生，完全不值得记住的午后。外公坐在书桌前，从衣兜中取出笔，写下这张纸条,就和外婆出门去修表了。我们真实的生活,真切的人生,是这些不起眼的时刻连贯起来的。但在经历的那一刻,我们往往觉得它太微不足道了,太轻飘飘,太不值得留念。从没想到,时隔那么多年,这张字条回到了我手里,激荡起如此浓烈的思念和情绪。我太想回到那个下午了,但我手里只有那个下午存在过的,一点微弱的证据。

这样的拍摄方式持续了很长时间。我在整理物件、哭泣、拍摄、整理照片的创作流程中循环着。我常能梦见外公外婆,他们在梦里拥抱我。那种拥抱,醒来之后还在身上,我就赖会儿床,在那个感受里多待一会儿。妈妈有时来老房子接我,看我哭得筋疲力尽,总说:"你不要做了,不要陷在里面了。"我不想她担心,就说:"'艺术家'都是这样工作的。"有天晚上我忽然想起了很多事情,各种回忆涌来,以为忘掉的过去,同一时间来到了面前。我接不上气,就到院子里走路,等身体缓过来。我大量地看文学和摄影作品,看其他人如何讲述家庭情感、拍摄家庭故事。我浸泡在回忆和创作的海洋里,再痛苦,只允许自己换气,不允许自己上岸。

妈妈尽管口头上不支持我,但一直在陪伴和协助,她是非常好的助手。多数时候她都极度不理解我的行为,不明白为什么要把千纸鹤一个个从玻璃罐中拿出来,粘上蓝丁胶,固定在一块黑布上。她说我做的是"无用功",把东西从这里搬到那里，一会儿拿出来，过会儿又放回去。她也不赞同我把外公外婆留下的 X 光片贴满家中的窗户，她说如果对面的邻居看到，肯定会报警的，太瘆得慌了。即使不认同，她也搭着梯子帮我贴，一边贴一边瘪着嘴摇头晃脑。后来《芬芳一生》在北京电影学院展览时，妈妈在现场无比骄傲地指着 X 光片那张照片说："这是我的劳动成果！"

随着遗物整理越发细致，也因为在论文写作过程中，对于诸多艺术家如何拍摄同类主题有了更为广阔和深入的研究，我改变了影像策略。我不再执着于记录每个物件，而是将它们分类整合，展现这些物件的体量，也让观者产生视觉的新鲜感。我将外公的很多鸟笼放在一起，将外婆的所有鞋垫堆起来，将他们收藏的若干把扇子做成一个造型……我试图不仅仅以外孙女的视角来拍摄，而是尝试将私人情感转化为艺术创作，让观众能从单张影像中，直接读解到老人的生活习惯与志趣，获得更大的信息量。

遗物和家庭空间的拍摄持续了近一年，遇到瓶颈就停一停、歇一歇，寻找办法，后期很少掉眼泪，因为再哭就来不及拍完了。前期多数是今天遇到什么就拍摄什么，对什么物件产生了情感连接就优先表达什么。后期更有条理、更紧凑，每天都有清晰的目标，比如今天要拍一堆鞋子，拍到这张能使用，过关了，那再拍下一组物件，更像是项目里还缺什么就拍摄什么。

2020年4月,小区里在商量装电梯,要砍掉外公外婆房间窗前的那棵大树。那树一直长在那里,从他们的窗看出去,是郁郁葱葱的绿。砍树那天我在场,有人护着树,有人护着电梯。我一句话也不想讲,搬着小板凳坐在车库门口生气。生了一会儿气发现不对劲,等树砍完,楼上的风景就全变了,赶快跑上去拍了几张从窗户看出去的景。树砍了,枝满地,我拖了一枝树干到影棚里,仔仔细细拍它。几个月后,它完全枯萎了,我又拍了一次。外公外婆的窗看出去,从此空空荡荡,那棵树砍得彻底,像从没出现过。

我看见外公给小鸟搭了一座桥。

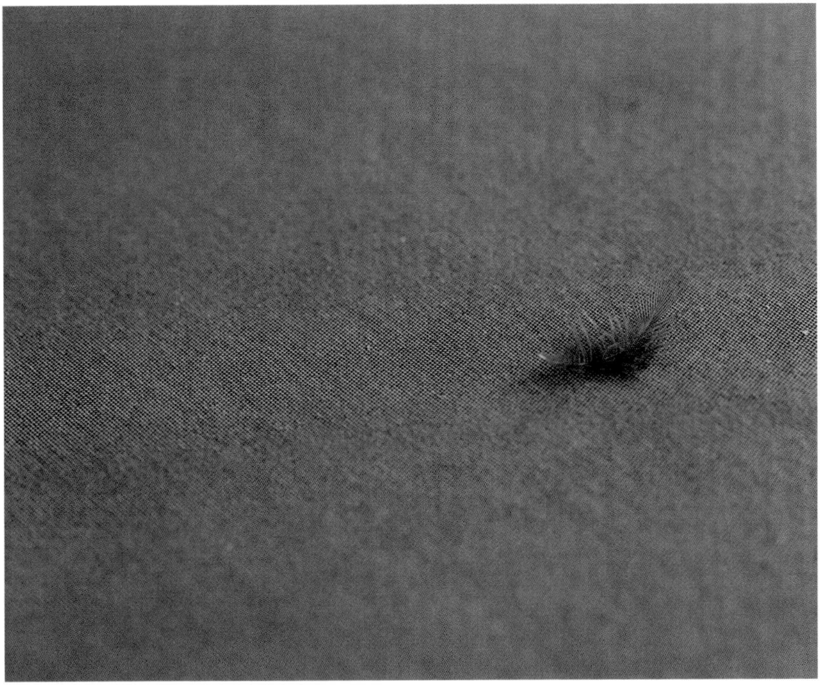

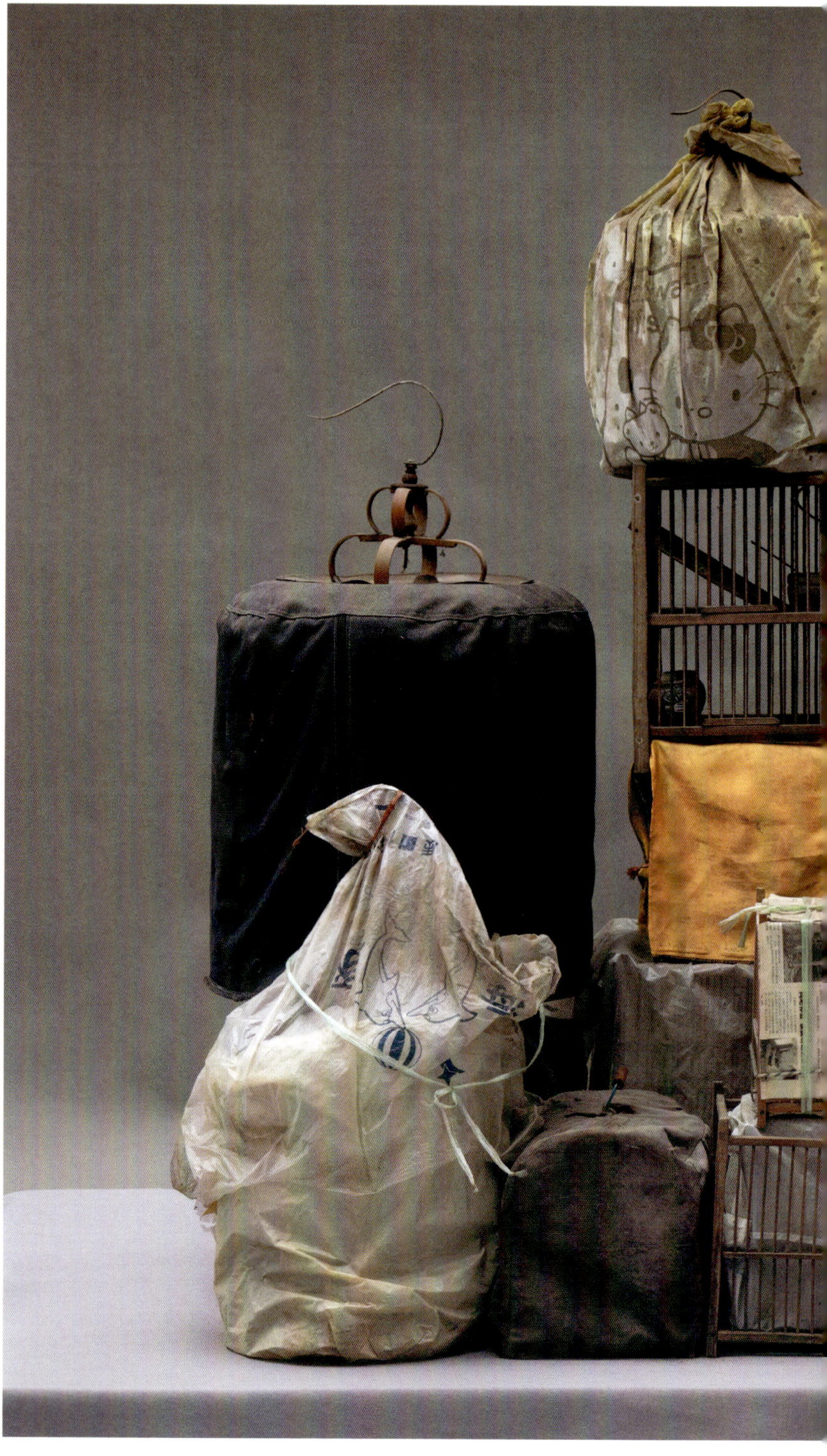

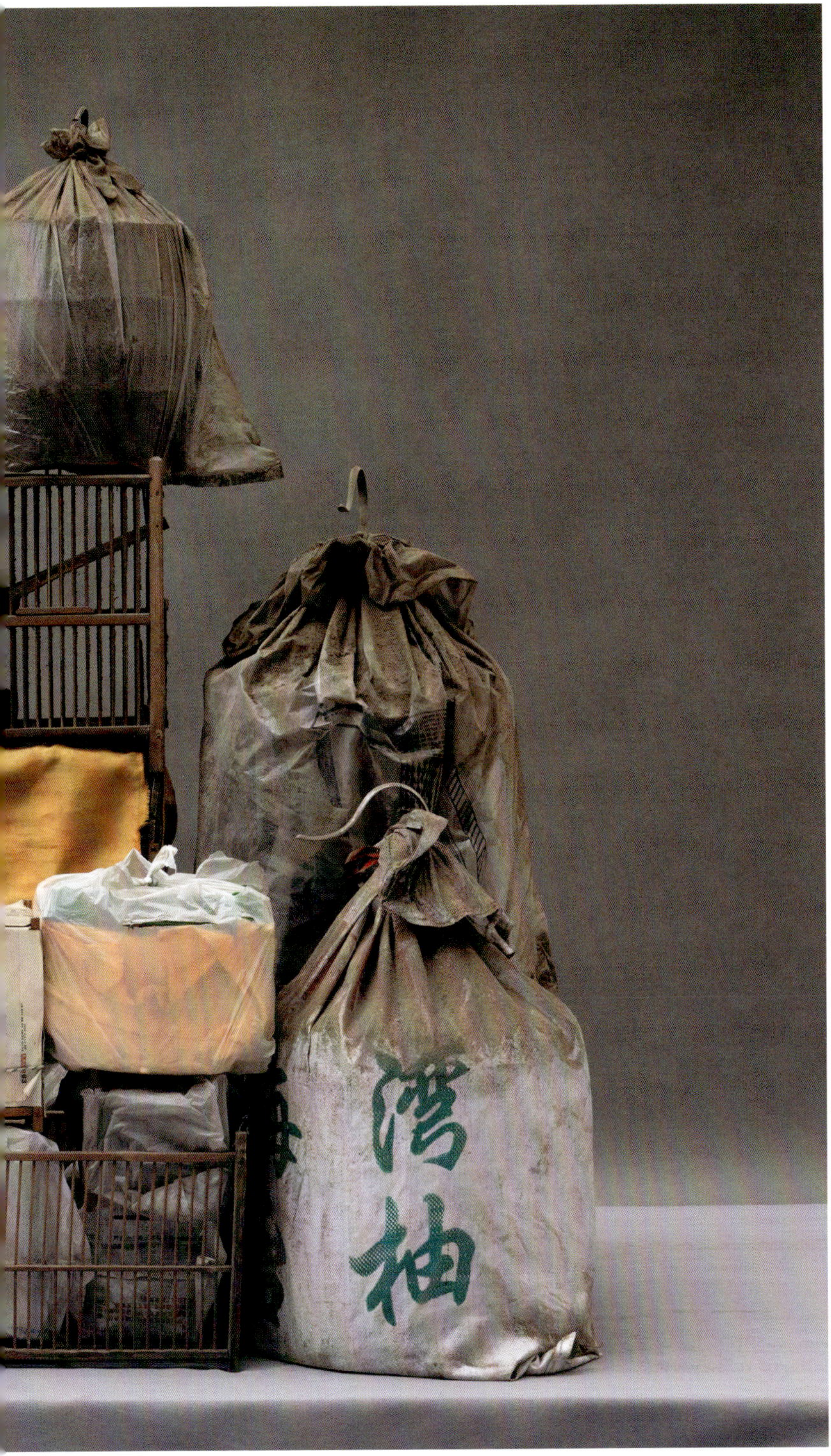
湾柚

我看见一片灰色的羽毛。

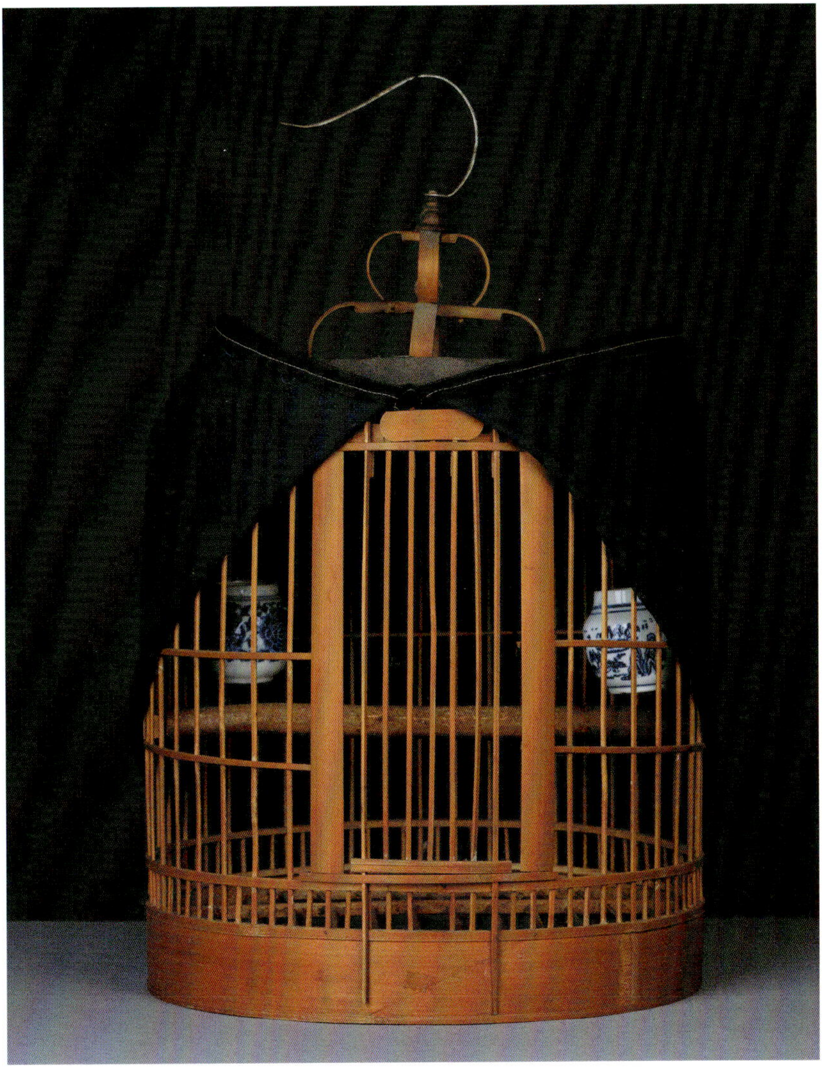

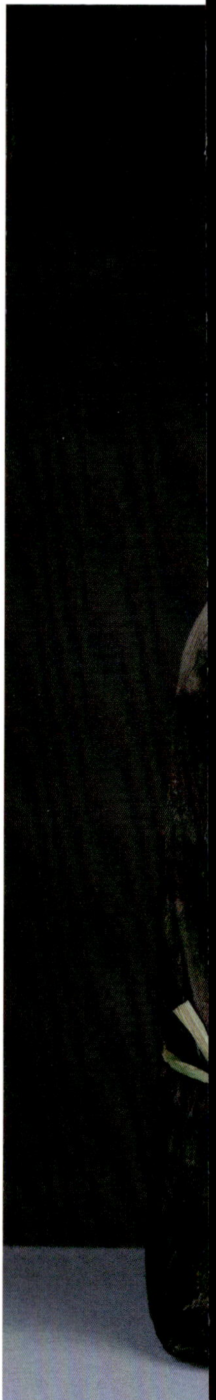

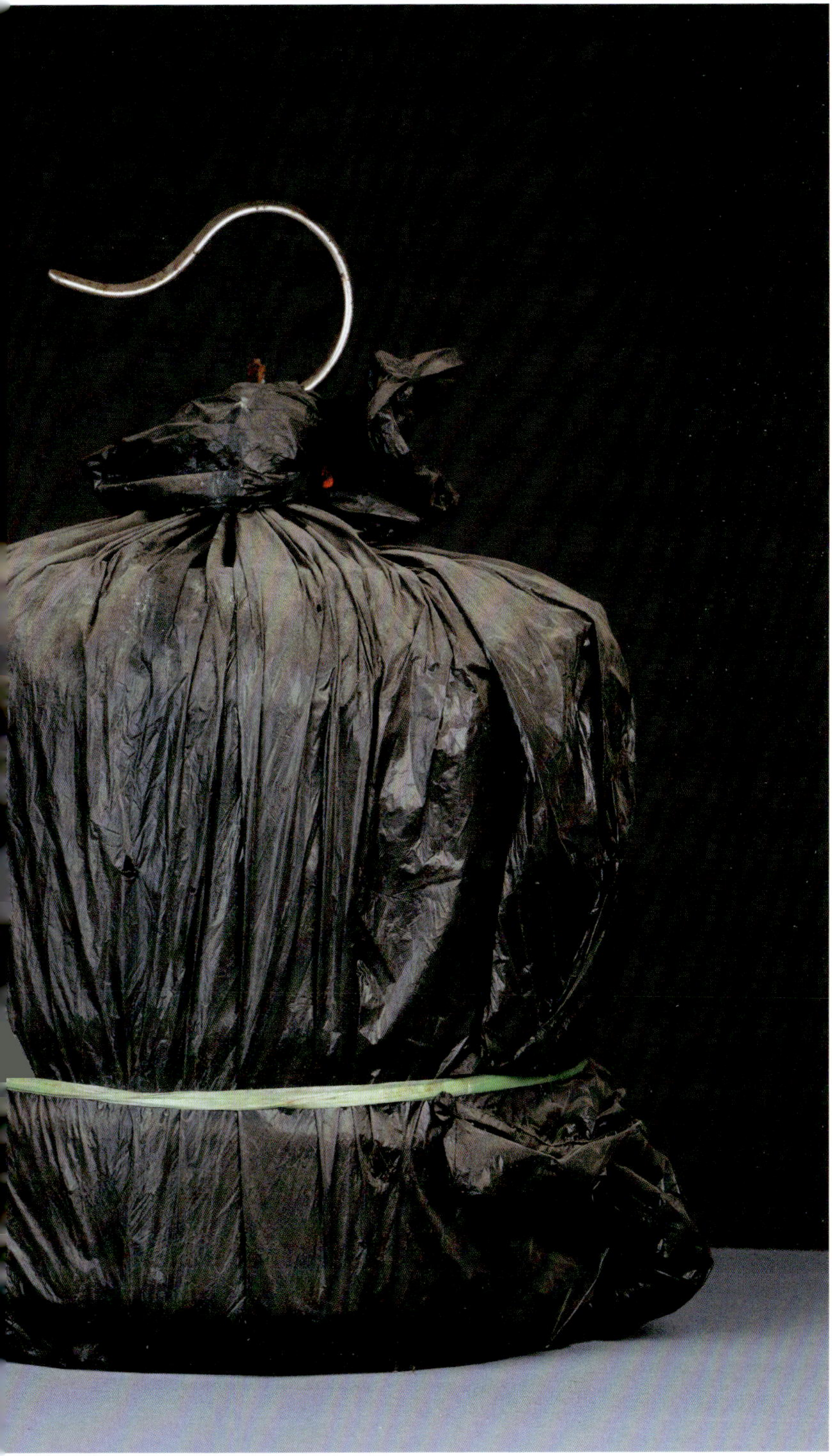

我看见外公外婆把我送给他们的礼物整整齐齐叠放在塑料袋里。

我看见外婆藏了一大口袋的酒店洗发水、沐浴露、梳子和牙刷……

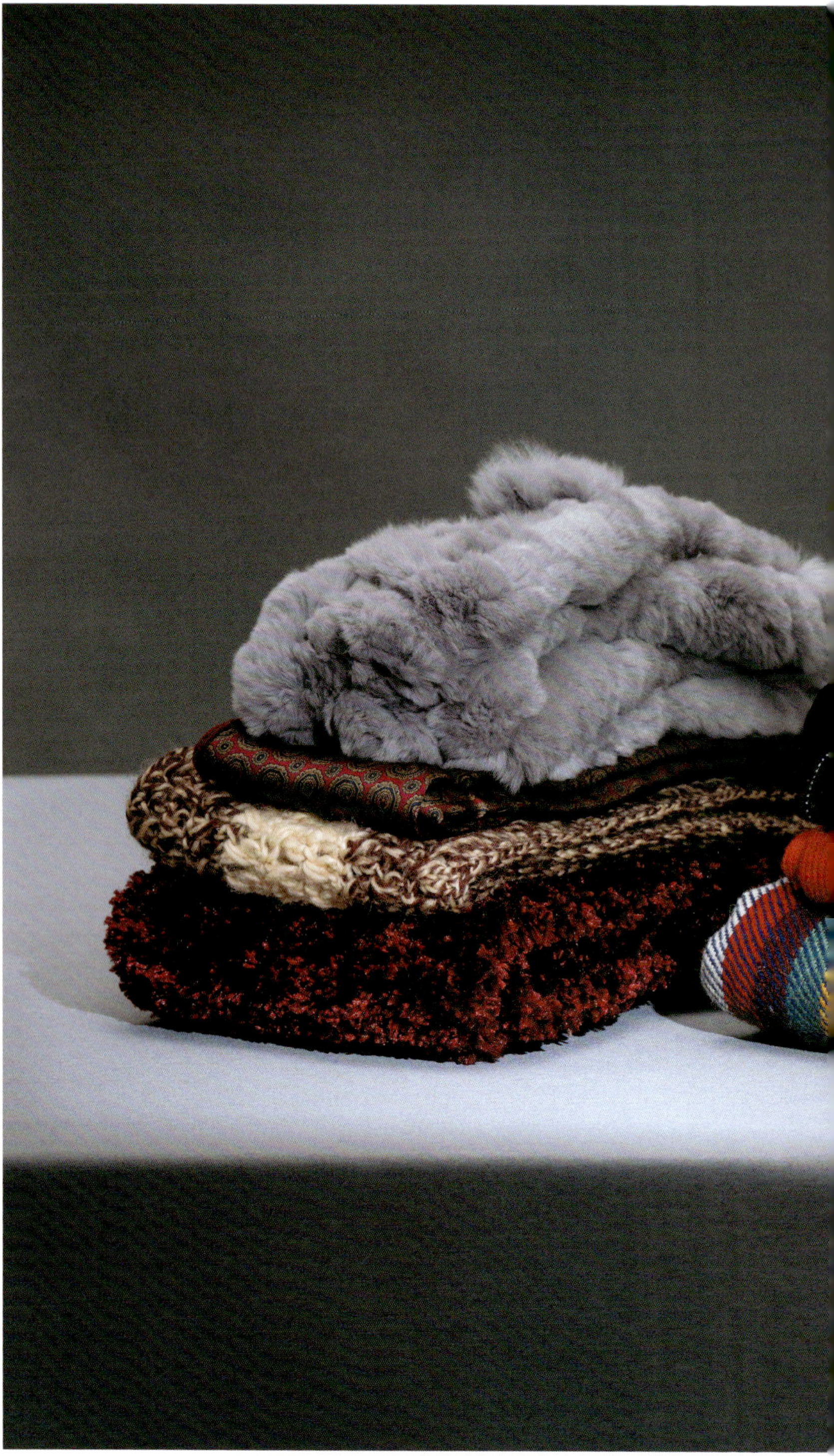

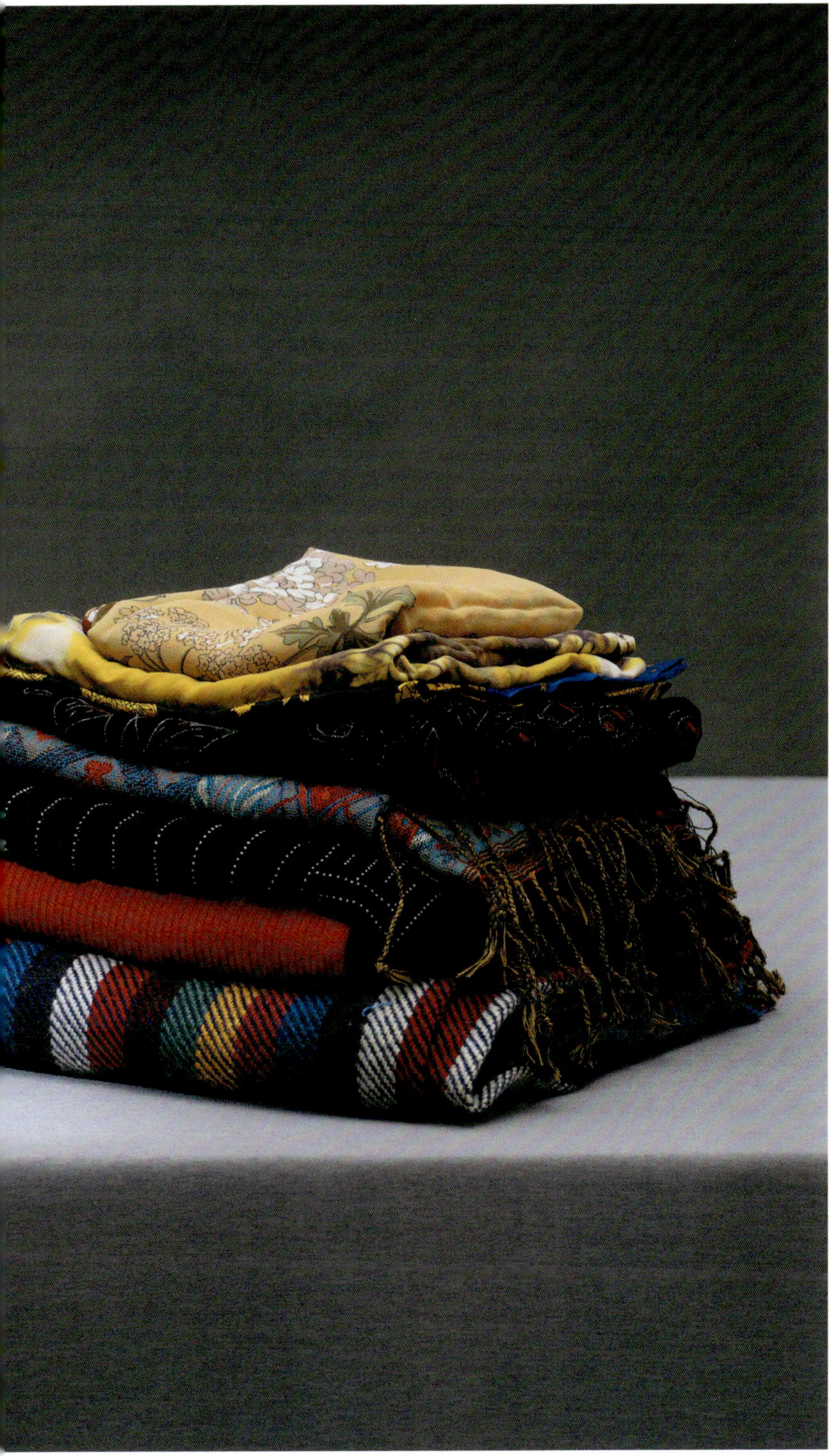

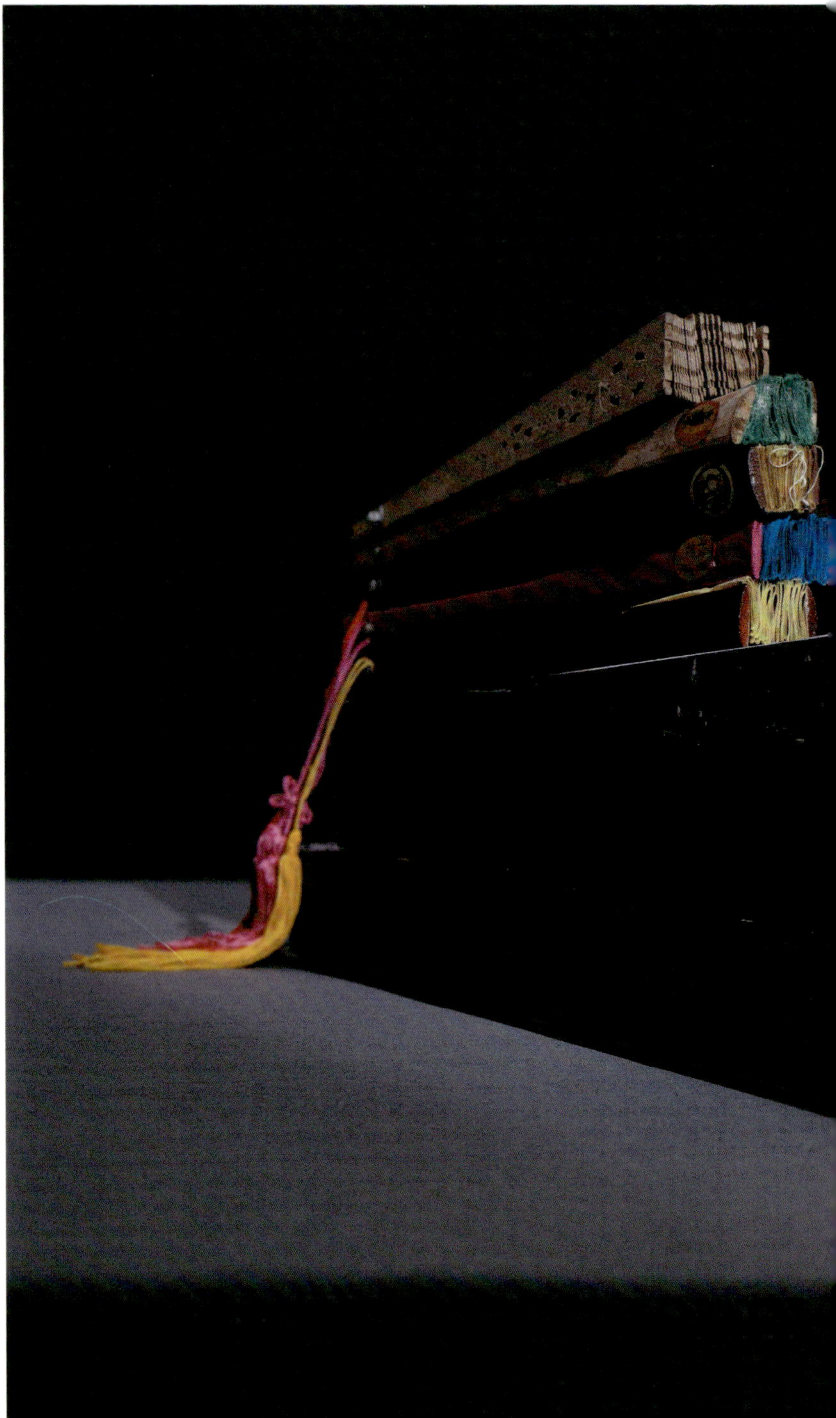

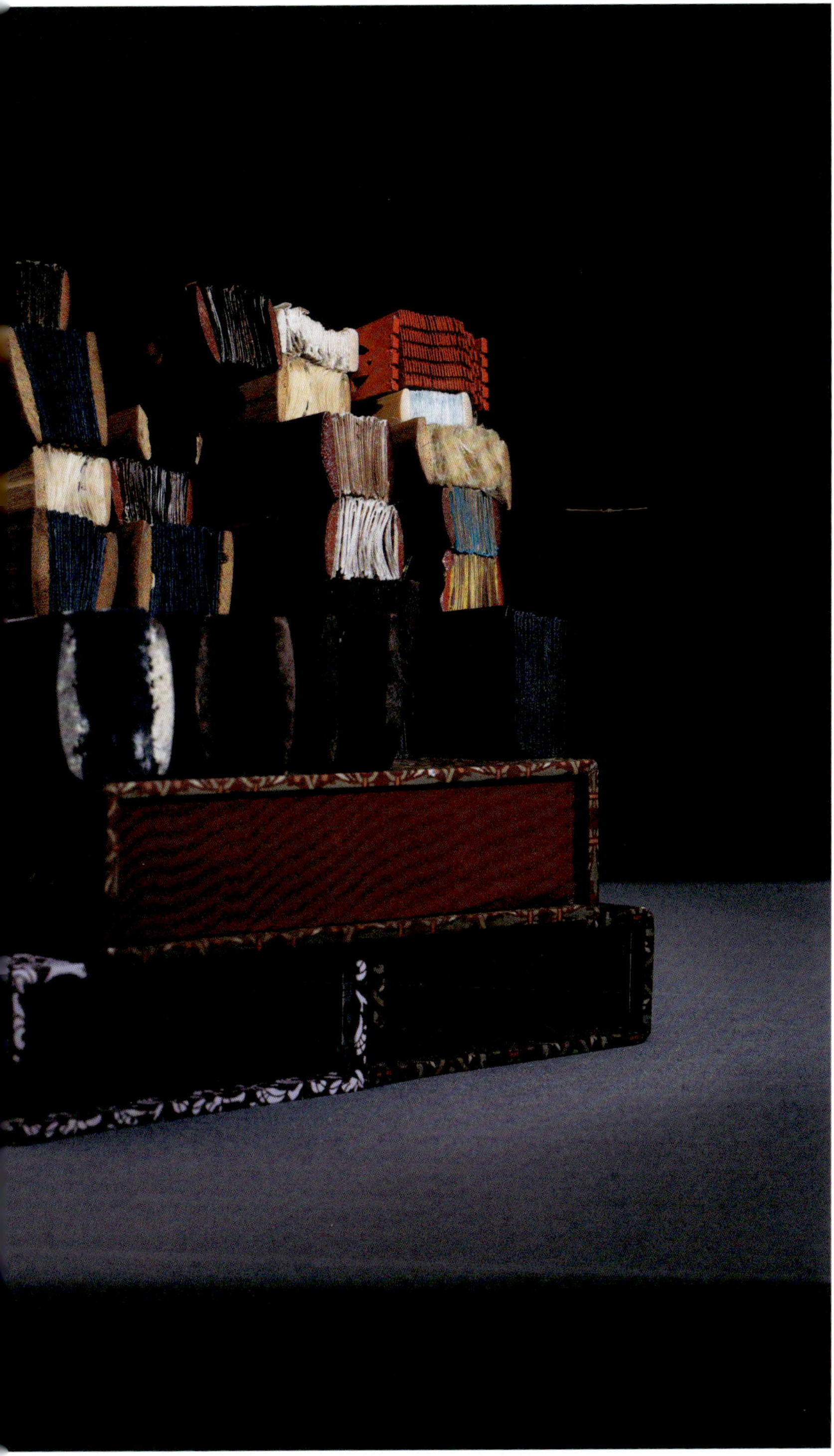

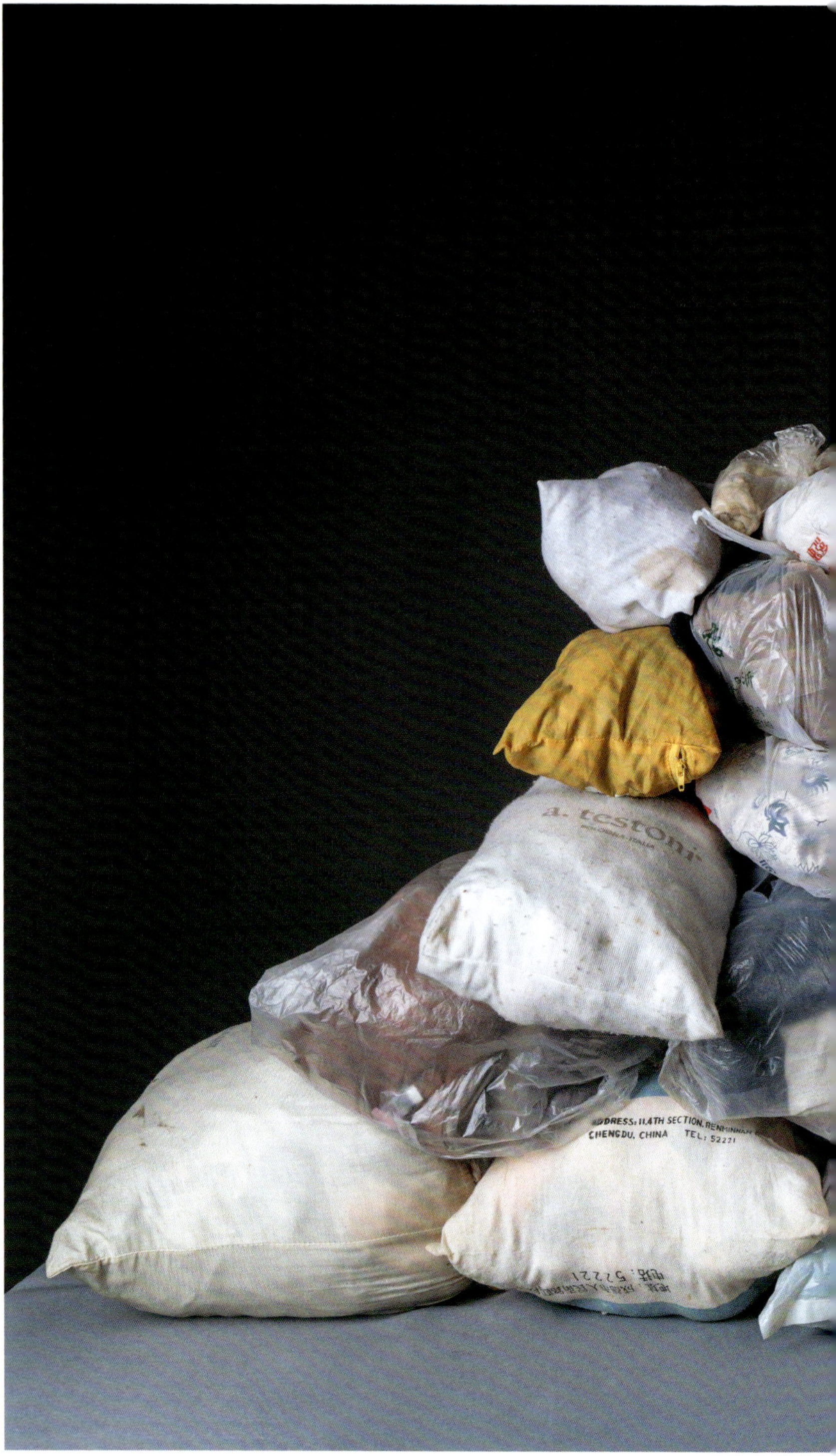
a. testoni
CHENGDU, CHINA

LAUNDRY
洗衣袋

他们留着我童年的小衣服、小帽子、小围巾和小袜子。

他们留着我妈妈年轻时的花裙子。

他们留着承载秘密和痛苦的书信。

他们留着每次看病的发票。

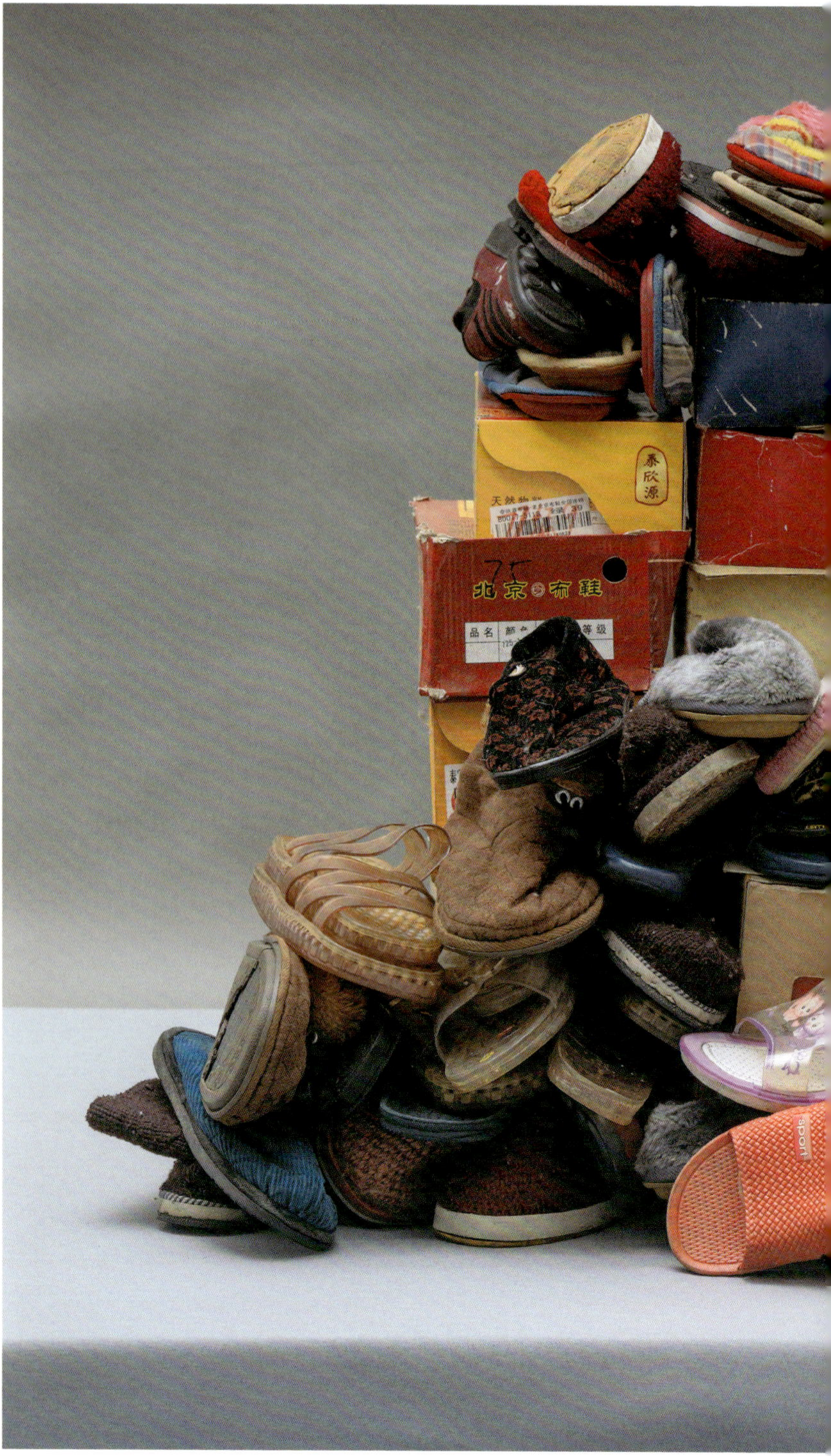

泰欣源
北京布鞋
品名
等级
sport

款号	颜色	号码
0506	浅兰/白

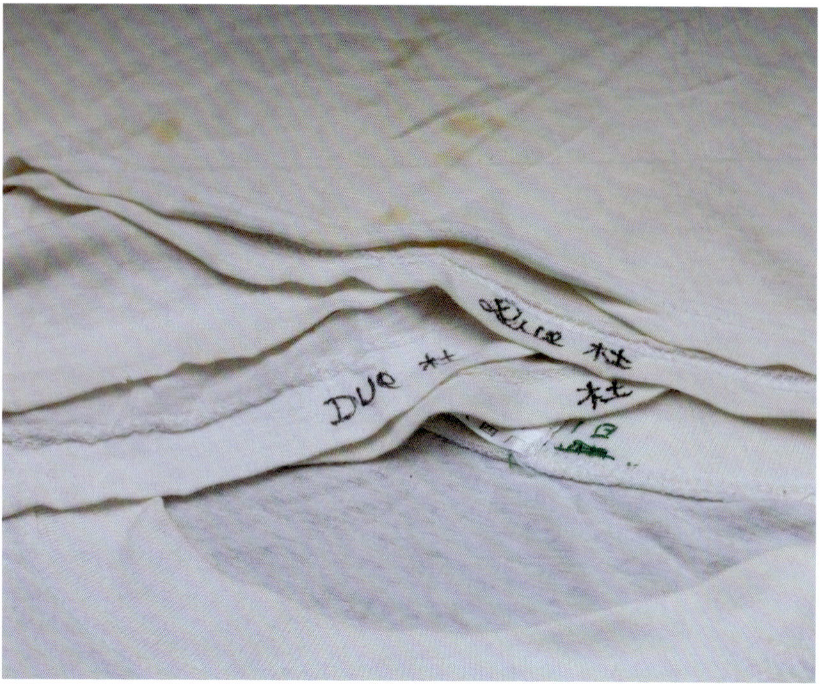
DUe 杜
杜

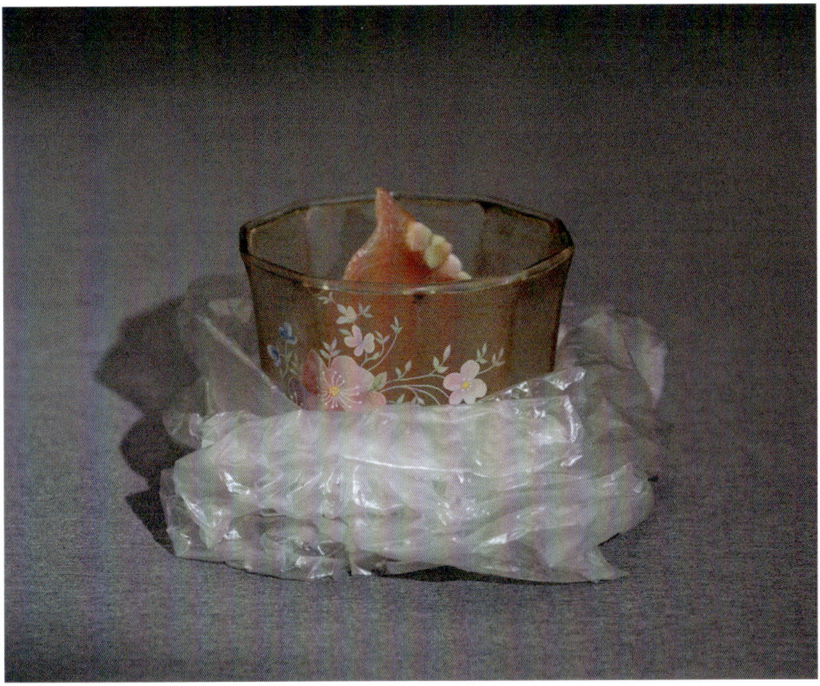

他们几乎留下了生命的每个碎片和过往,

这个发现常常让我思考:

他们丢过东西吗？他们为什么要留着它们？

优秀学生手册

2008

成都市良友学校赠

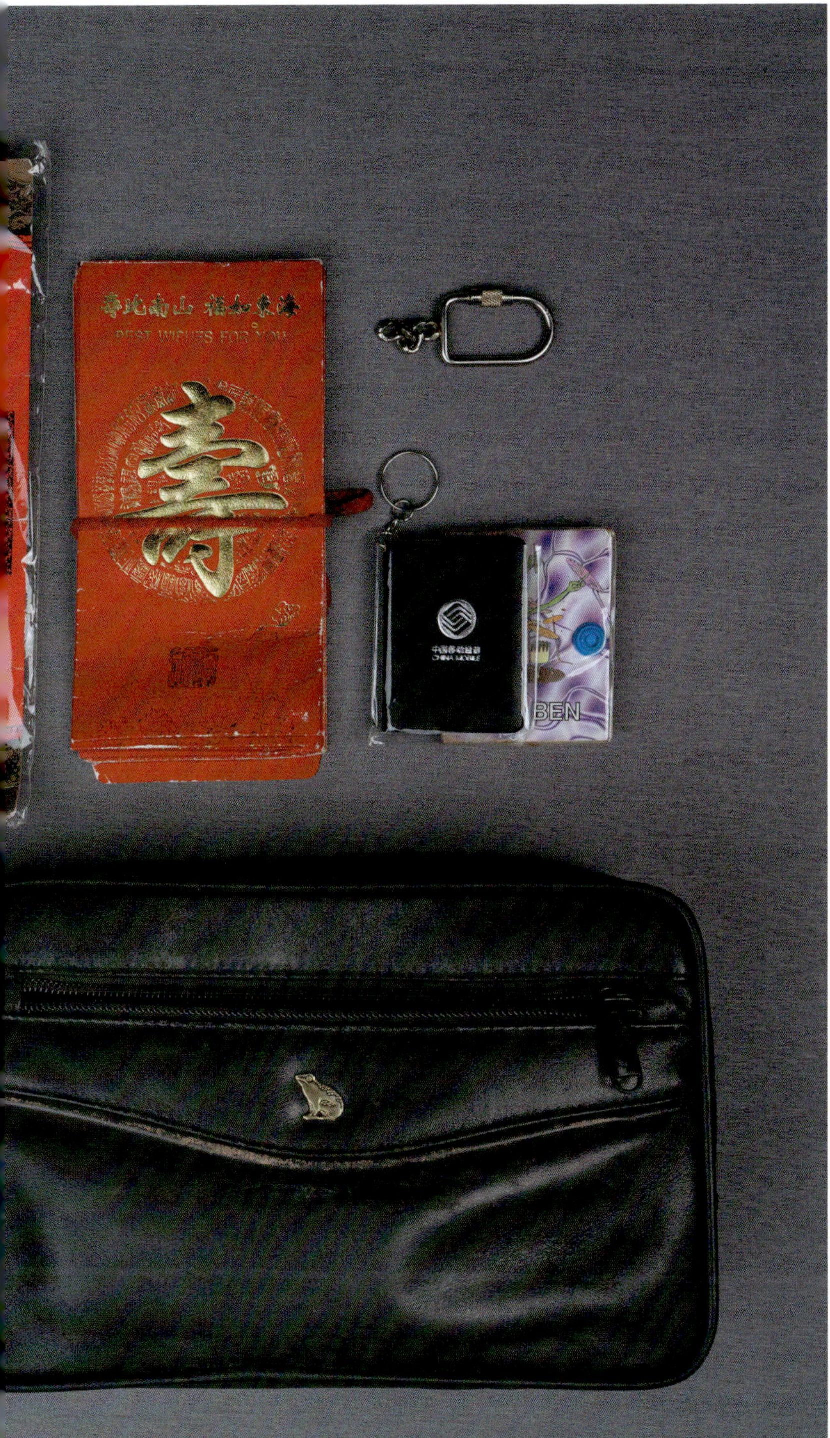
BEST WISHES FOR YOU
CHINA MOBILE
BEN

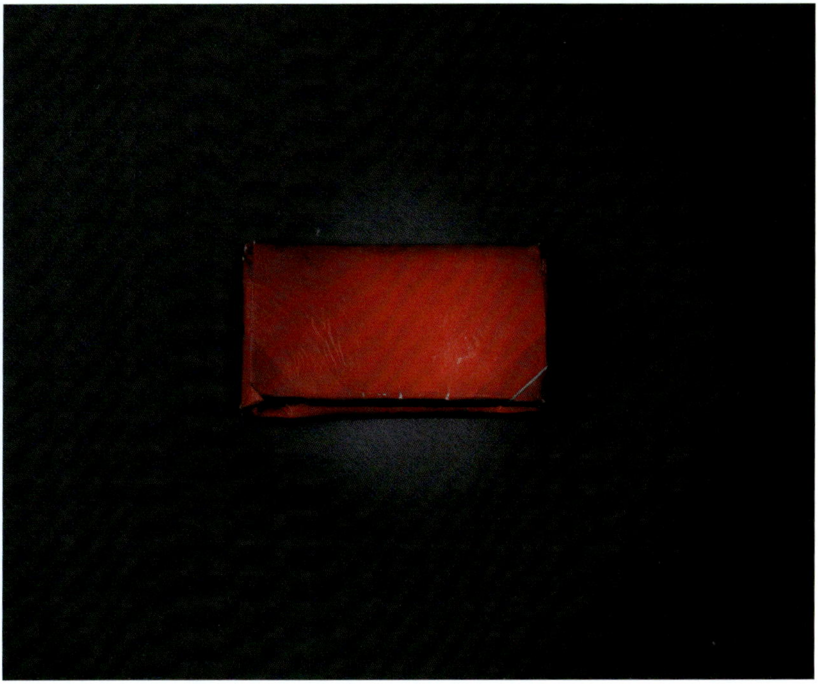

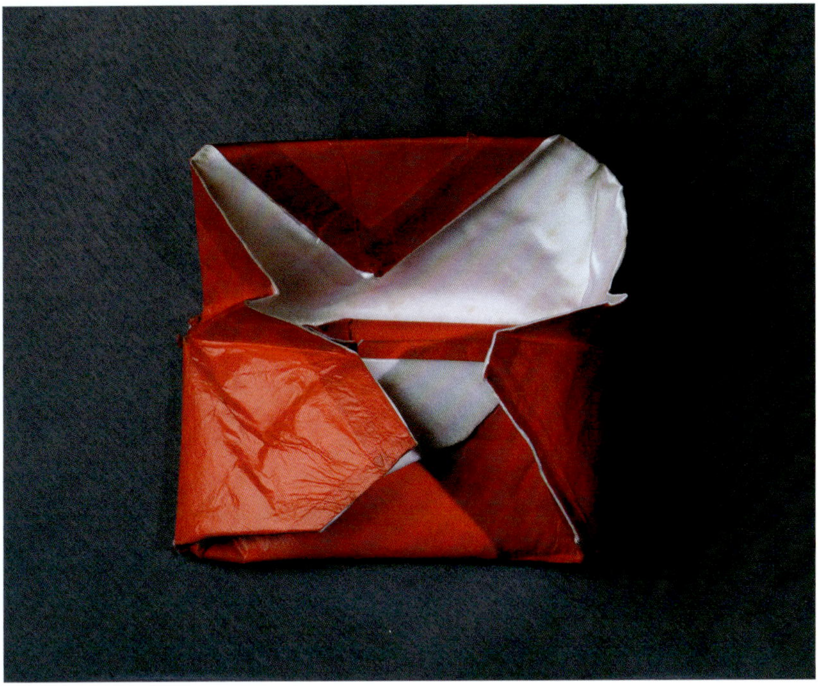

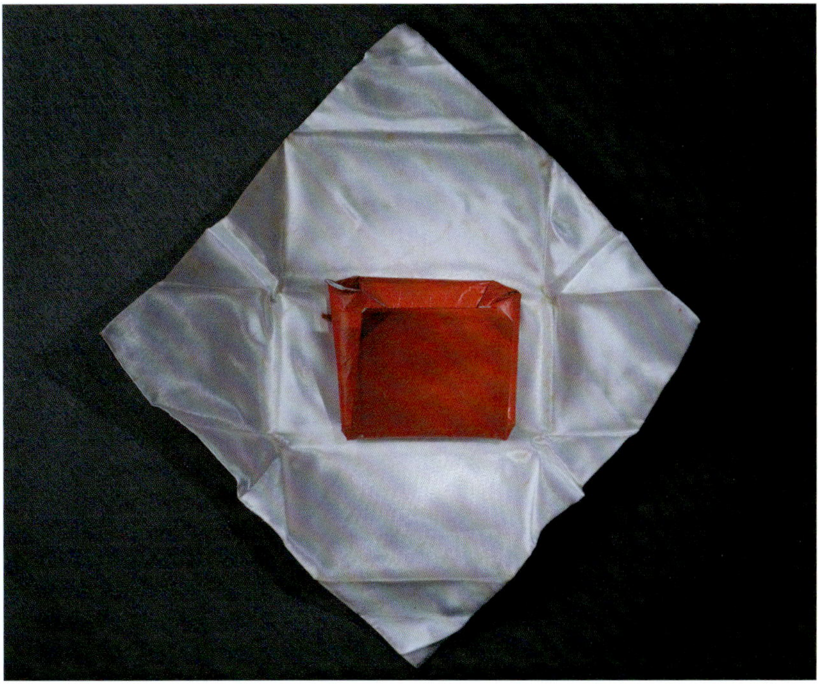

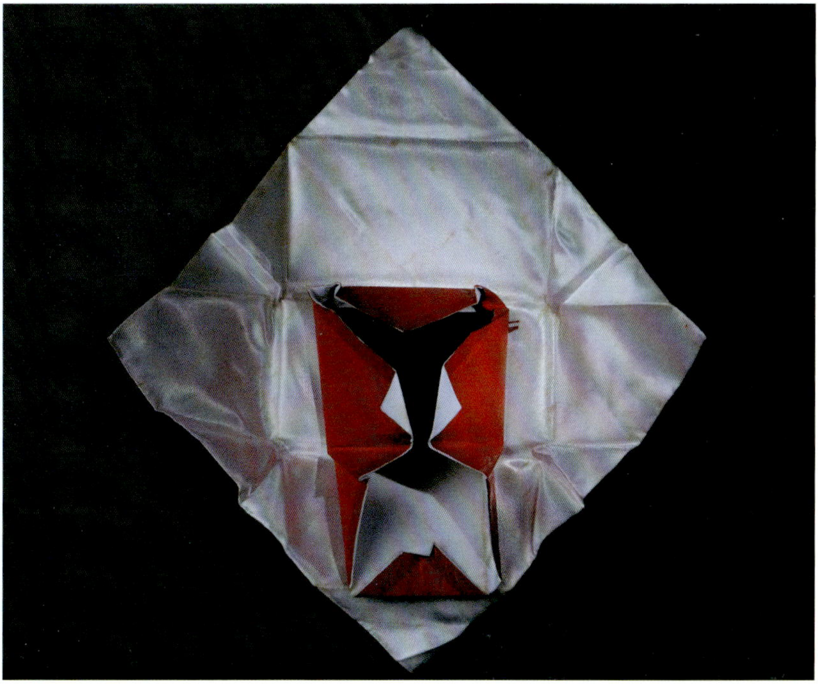

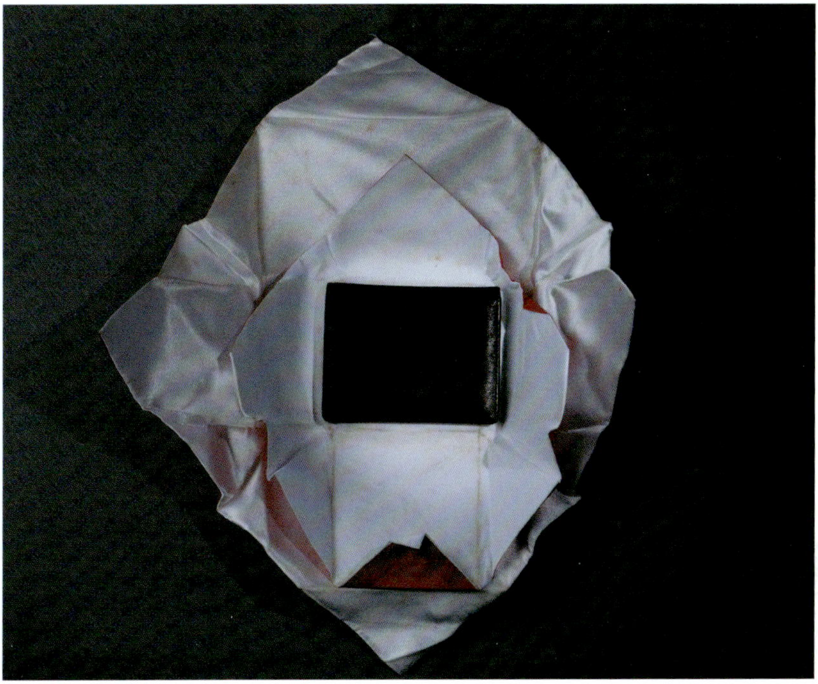

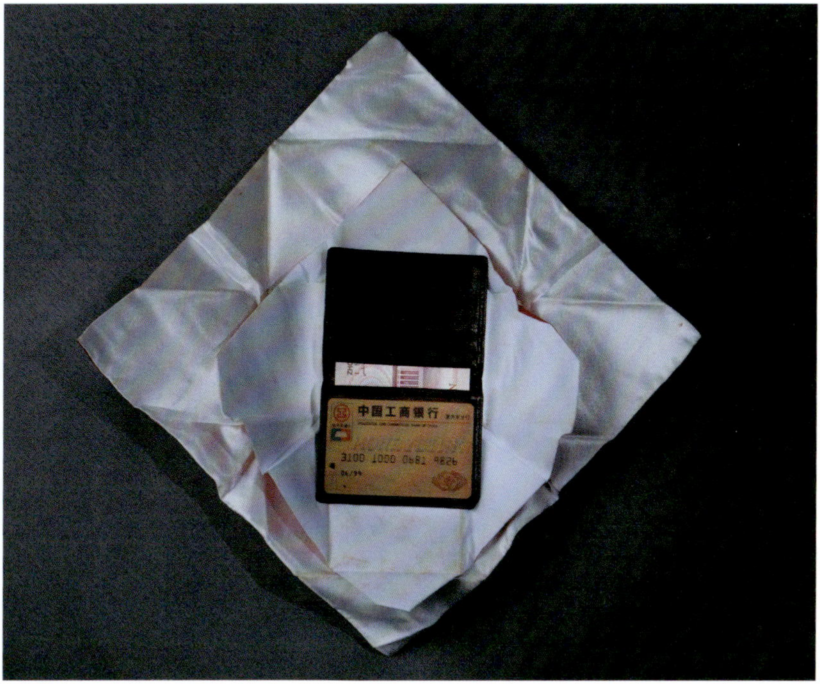
中国工商银行

养育恩人(

吴为法

荷抑左8

成都艺真彩扩部
冲扩彩色照片
精放彩色照片
销售照相器材
黑白冲洗放大
黑白证件快照
地址：跳伞塔商场内
电话：52085
23A
24
33
33A

养育恩人（收）

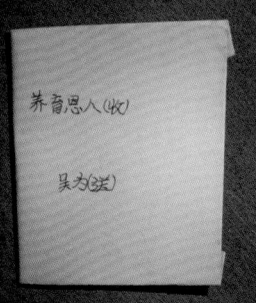

吴为（寄）

尊敬的养育意人：

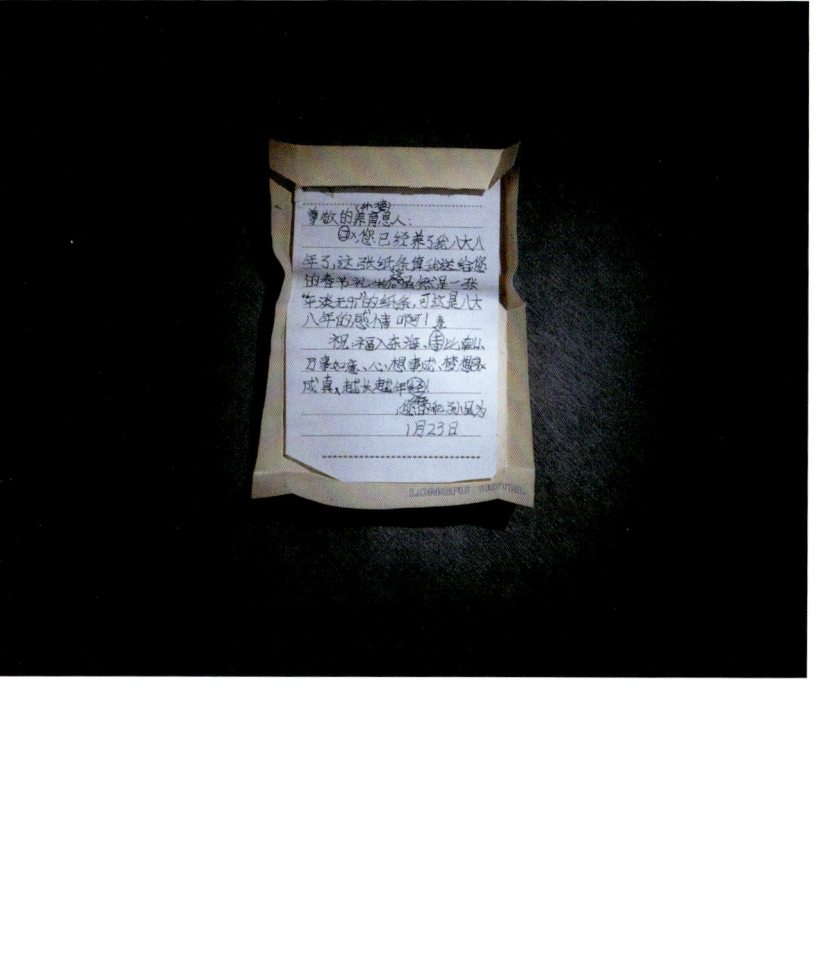

     您已经养了我八大年了，这张纸条算我送给您的春节礼物，虽然是一张平淡无奇的纸条，可这是八大年的感情呀！

     祝：福入东海，寿比南山，万事如意、心想事成、梦想成真，越长越年轻！

1月23日

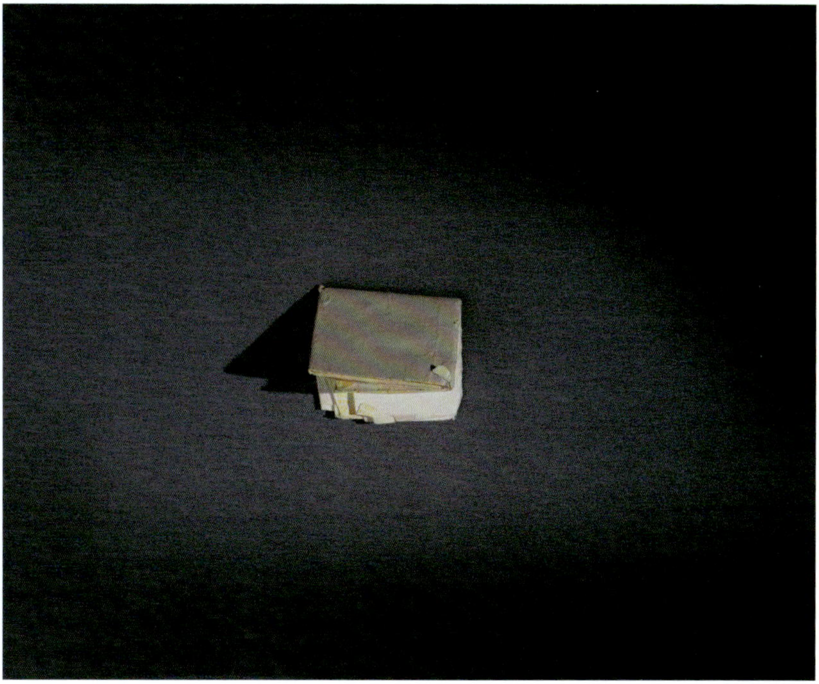

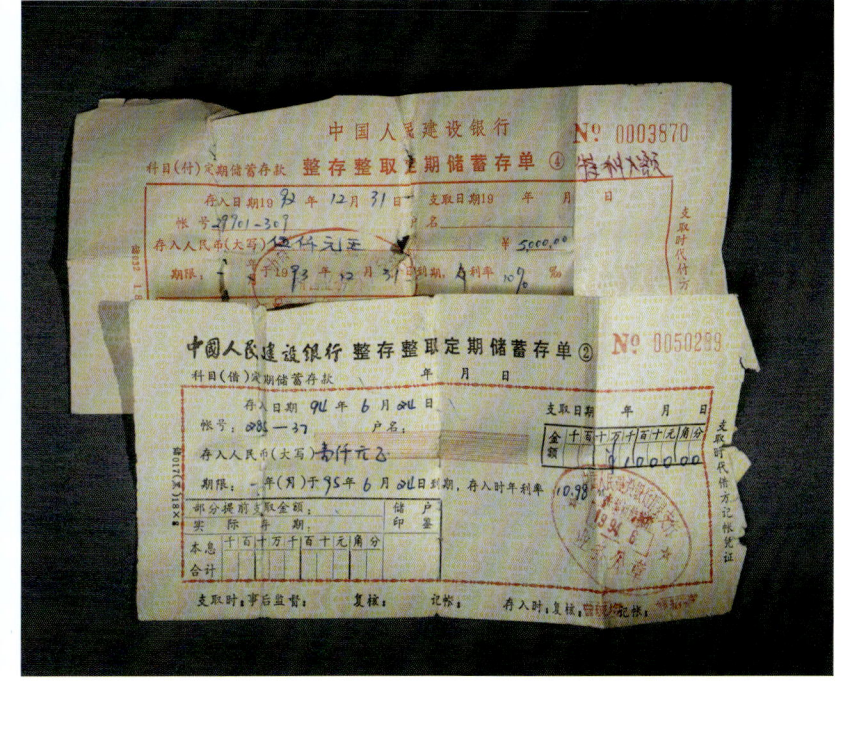

中国人民建设银行　整存整取定期储蓄存单 ④

No 0003870

科目(付)定期储蓄存款

存入日期19 92 年 12 月 31 日　支取日期19　年　月　日

帐号 2901-309　户名

存入人民币(大写) 伍仟元正　￥5000.00

期限　于1993年12月31日到期，存入时年利率 10 ％

中国人民建设银行　整存整取定期储蓄存单 ②

No 0050299

科目(借)定期储蓄存款　　年　月　日

存入日期 94 年 6 月 21 日　支取日期　年　月　日

帐号 086-37　户名

存入人民币(大写) 壹仟元正　金额 ￥1000.00

期限 一年(月)于 95 年 6 月 21 日到期，存入时年利率 10.98 ％

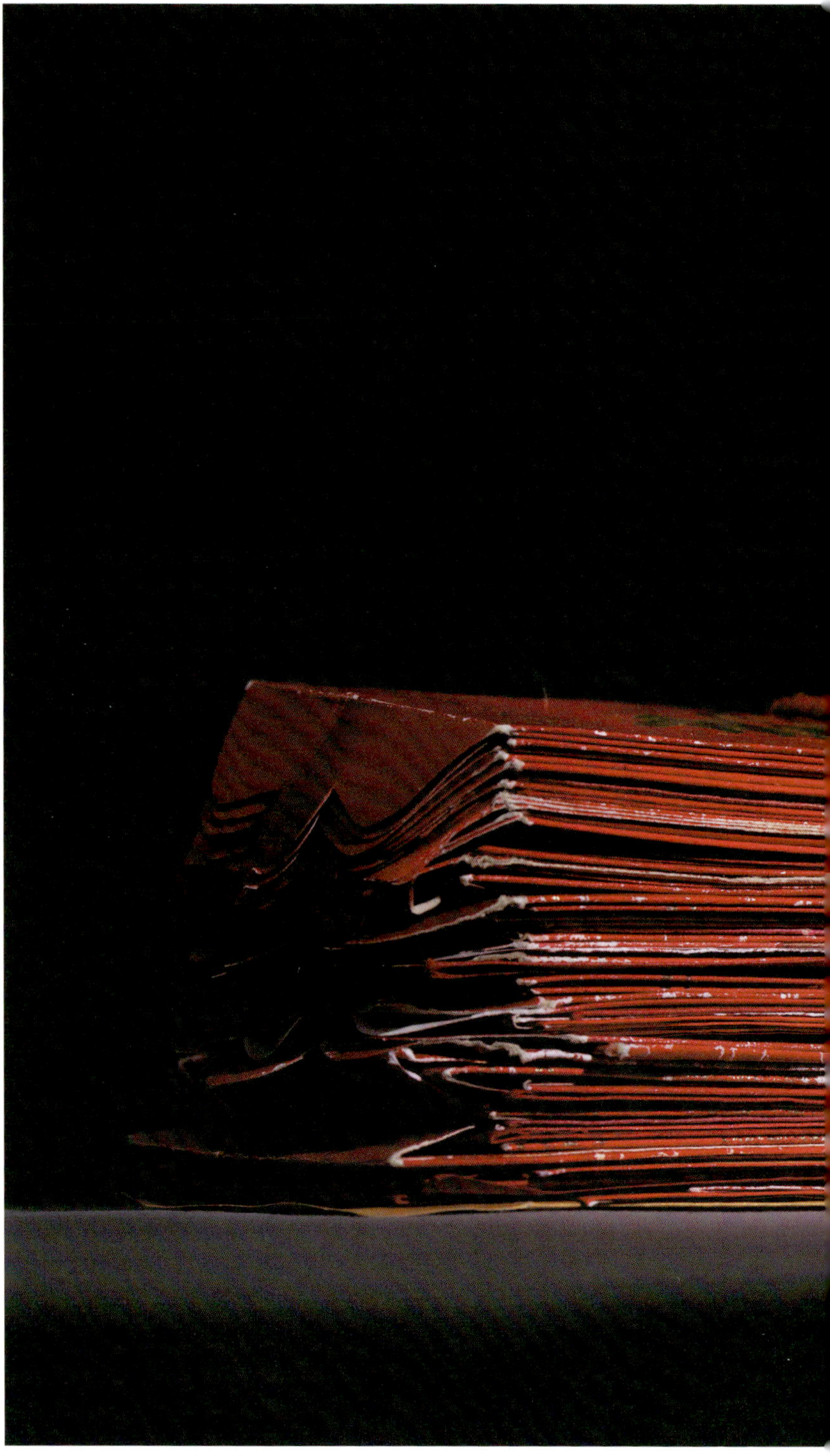

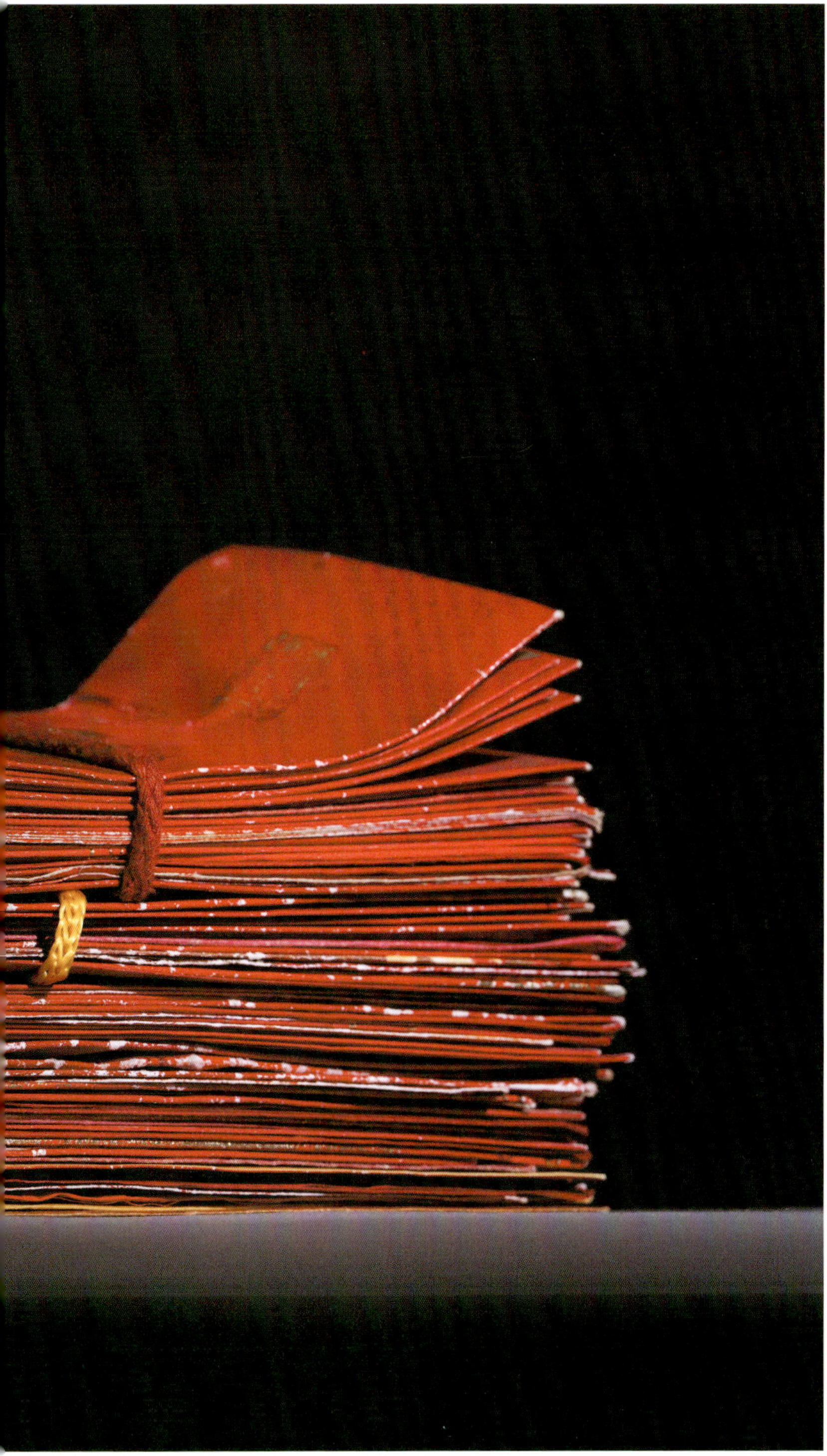

外公在很多地方都藏了钱。他过世之后，每过一段时间，我们就又找到一小叠现金，或是一叠捆好的空红包。

外公把八十大寿收到礼金的清单，工整地分别抄在了两个小本子上。妈妈说外公去世后，她已经找过一遍家里了，没想到我还能找到那么多钱。

后来我用这些钱，去做了《家族小事》的印刷。

文章摘录

月日	摘要	出处	士	金额	
4.26	10元收购低于计划价 10派2折				865
	起元库井10税12.5万		+	129.00	888
	164股×7.8元/股				
	弘材 600+120=164元		—	1279.20	
	4.26 定发股200股× 36.01元/股		+	10270.89 正手 11.62元	7380.
	4.26 派送大家36元				
	98 己府井12元加毛3		—	7202.00	
4.1	3月房委扣垫		—	147.23	178.03
4.21	主弘金		+	30.80 10000.00	30.80 10030.80
4.29	购宁有菜股		+	4000.00	10030.80 14030.80 14063.80
"	购2黄方		+	+++15.00 +50.00 111.41	14015.80 14063.80 14165.03 15145.3?
"	卖言中600股收到 14.84		—	1644.00 1729.50	1549.03 13649.03
			+	+452.00	14101.03
				+469.00 5888.41	14463.77 19304.18

月日	摘要	借/贷	金额	余额
4.28	幸运400×10.87	+	4348.00	19319.03
	美400×10.87	−	4348.00 (京都手机)	14971.03
	收银机800		12660.00	2331.03
	买7片	+	810.57	20114.25
	冰花200粒 21.9/粒	−		
200円			4423.43	15691.32
	26552/4瓶	−	4353.29	11338.03
	2007入货	+		6995.62
		+	6000.00	17338.03
		+	1337.68	18671.11
		+	375.36	18941.47
		+	10608.14	29350.11
	支去1886 → 15726.40			13623.71
		+	12262.32	
		+	1947.31 20100.61	1161.39
	4173.60		21400.14 21670.29	21110.64

· 35 ·

外婆爱手织鞋垫，那时全家人的脚下，都垫着她织的鞋垫。但我不知道她织得这么多、这么好，还把对我的爱称，也织在了上面。

我拿着鞋垫，就听到她喊：

为为啊，乖乖，乖孙儿……

一遍遍喊我。

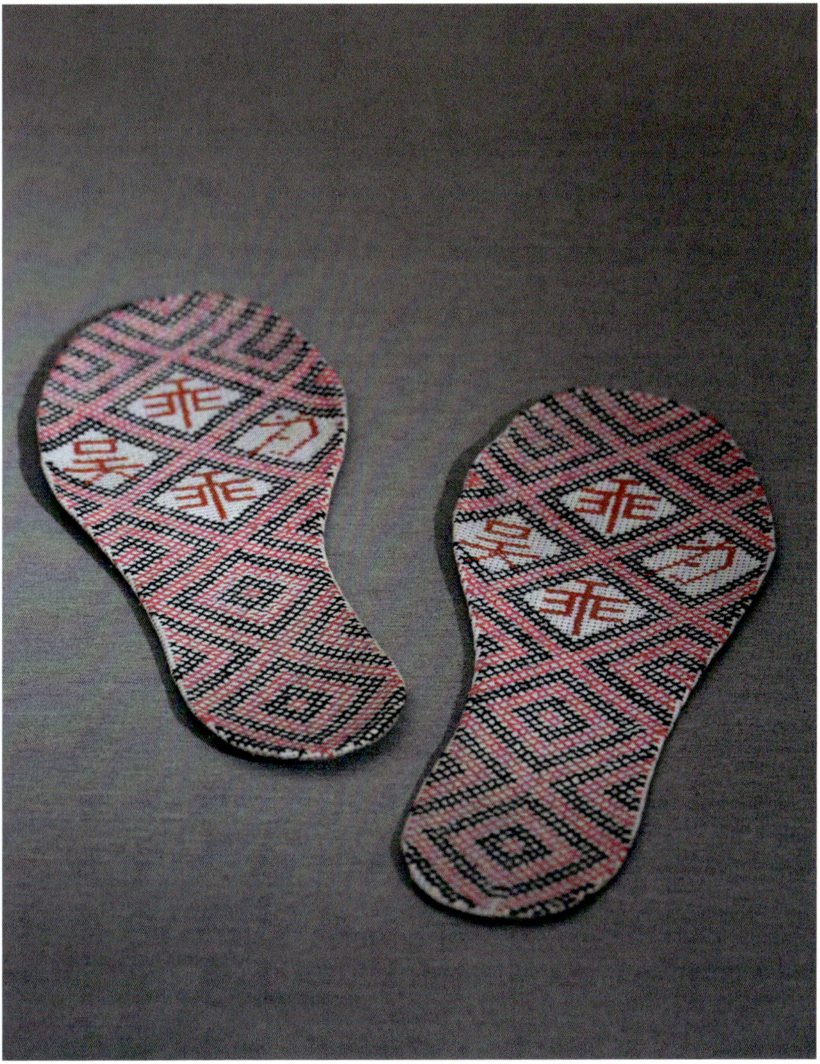

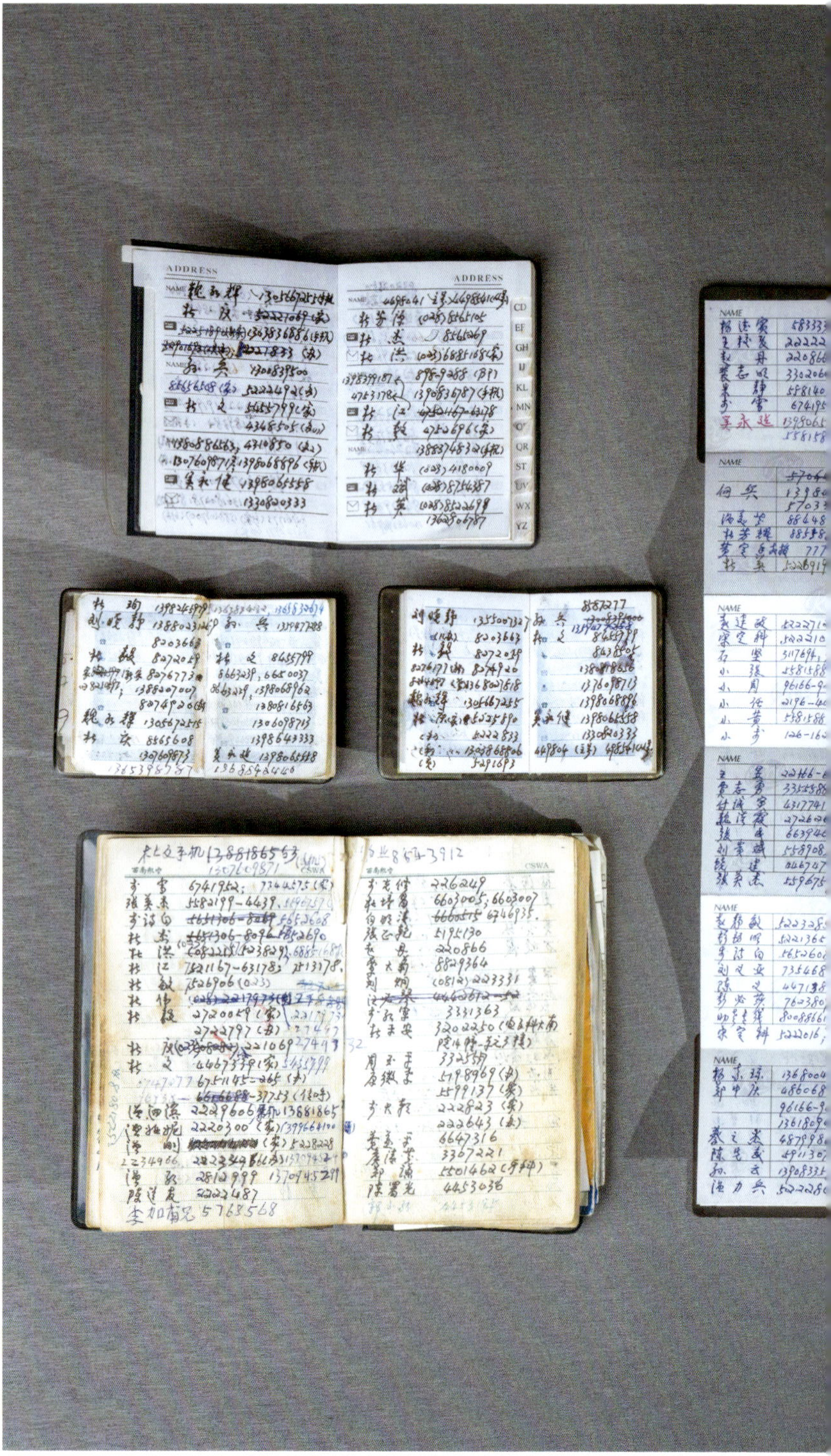
ADDRESS
ADDRESS
CSWA
CSWA

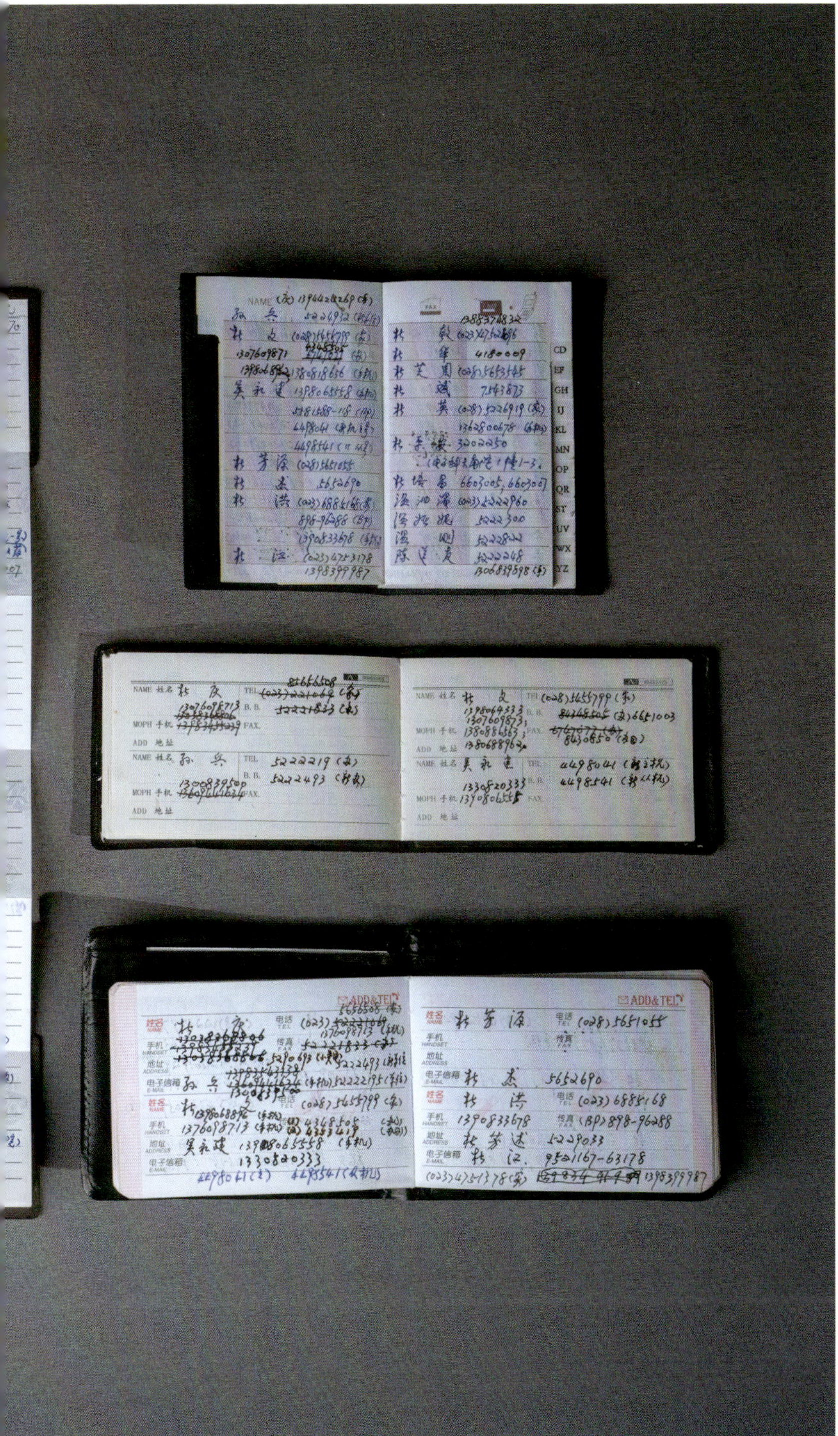
NAME 姓名
TEL
B. B.
MOPH 手机
FAX
ADD 地址
ADD&TEL
姓名 NAME
电话 TEL
手机 HANDSET
传真 FAX
地址 ADDRESS
电子信箱 E-MAIL

外公外婆有好多电话本,翻来覆去都是那些人,反反复复抄了好多遍。每年春节,外公都会守在电话旁,举着小本子给亲友和同事打电话,有人只是寒暄几句,有人可以聊上好久。

一年一年过去，接通的电话一次比一次少。

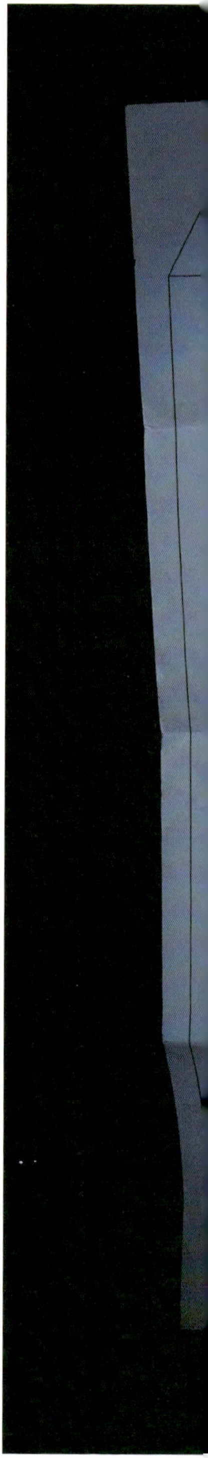

七齋誥單

佛說西方境　迢迢十萬程
彌陀親說法　喚醒夢亡魂

菩薩本願經云：人去世後"冥冥遊神，未知罪福，七七日內，如癡如聾，或在諸司審定之後，據業受生，未測之間，千辛萬苦，何況墮於諸惡趣等。是命終人，七念之間，望諸骨肉眷屬造福力救拔……是故，閻浮眾生若能為其父母乃至眷屬，設齋供養，志心懇切，如是之人，存亡護利。"

考杜公芳耀老大人　生於 1930 年 七月初子 時，不辛在 五月初一日 辰 時辭塵去世一夢南柯，千秋永別，報恩孝男（女）痛念身德重教養之恩，當報詢勞之德。

今當於 癸巳年 西元／農曆	年 五月初七 日	首七	不燒
星期 五 燒七 西元／農曆	年 五月十四 日	二七	
西元／農曆	年 五月二十一 日	三七	
西元／農曆	年 五月二十八 日	四七	
西元／農曆	年 六月初五 日	五七	
西元／農曆	年 六月十二 日	六七	
西元／農曆	年 六月十九 日	七七	
西元／農曆	年 八月十一 日	百日	
西元／農曆	年 五月十二 日	回煞	

忌日和每七日還有百日為他誦經念佛。

供品：(鮮花一束、水果一盤、清茶一杯、香燭紙錢)。

請多稱念：南無大願地藏王菩薩。

天運 癸巳 年 五 月 初一 日

所有和外公外婆的死亡有关的东西，都被妈妈统一放在了一个文件袋里。遗体火化证、骨灰寄存证、骨灰安葬证、墓地购买证明、丧葬仪式的收据、烧七单……一个袋子里全是死亡。

后来我陆续找到了外公外婆的身份证、银行卡、存折、党员证、教师证、产权证……这些小卡片、小本本，就这样组成了人的一生。

中国建设银行
China Construction Bank
产权证
中华人民共和国民政部监制
中国工商银
UnionPay
银联
China Construction Bank

621721 3100010226558
UnionPay
居民户口
Household Regis
512222193101080025
中国建设银行
CHINA CONSTRUCTION BANK
4367 4237 6642 1276 670
CCB CQ
ELECTRONIC USE ONLY
ATM

我把它们放在一起拍了一张照片。

所有的社会身份、地位、角色，
都在这些生不带来、死不带去的证件里。

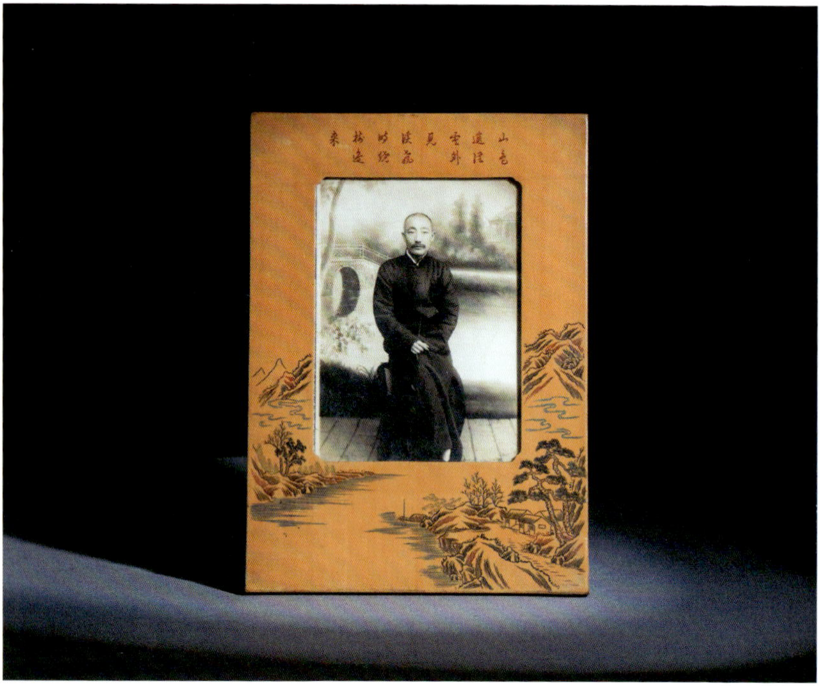

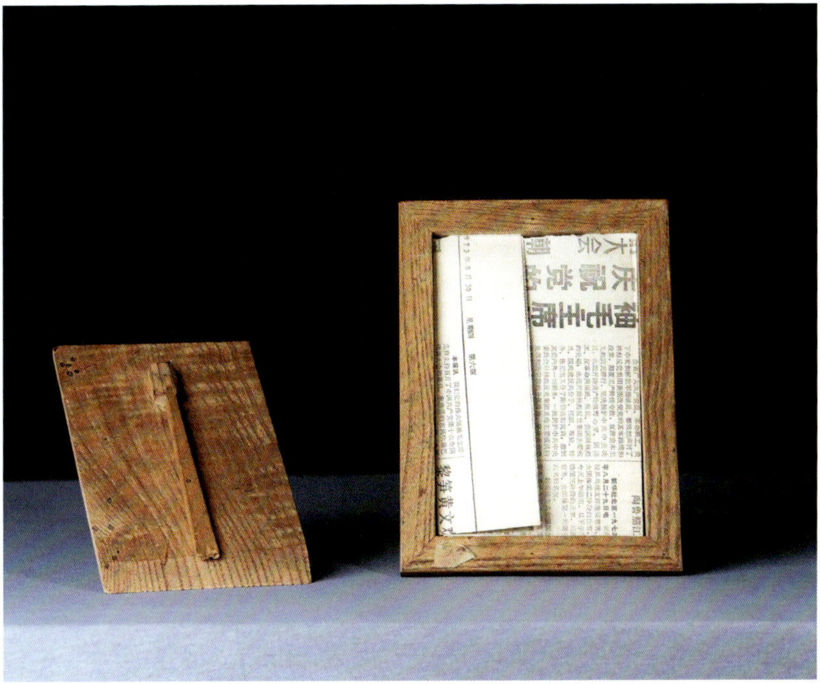

我在家里找到最老的照片，是外公的父亲的照片，
应该是在1949年，他去世之前拍摄的。

后来又找到一张四人合影，大约拍摄于1956年，
是外公和他的母亲以及两个弟弟的全家福。

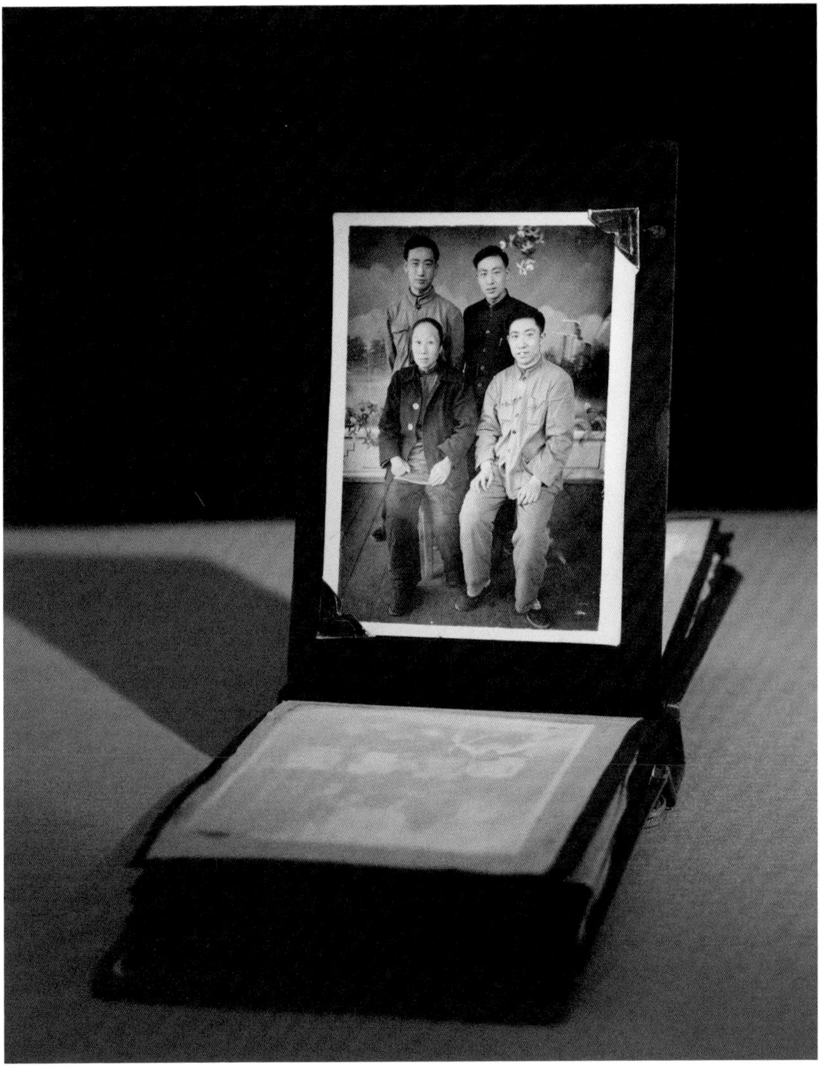

外婆还有一位堂弟在世。我去拜访他时,他把上溯到乾隆丙子年的温氏家谱取出来,讲给我听。

外婆是女性,在家谱上没有留下名字。

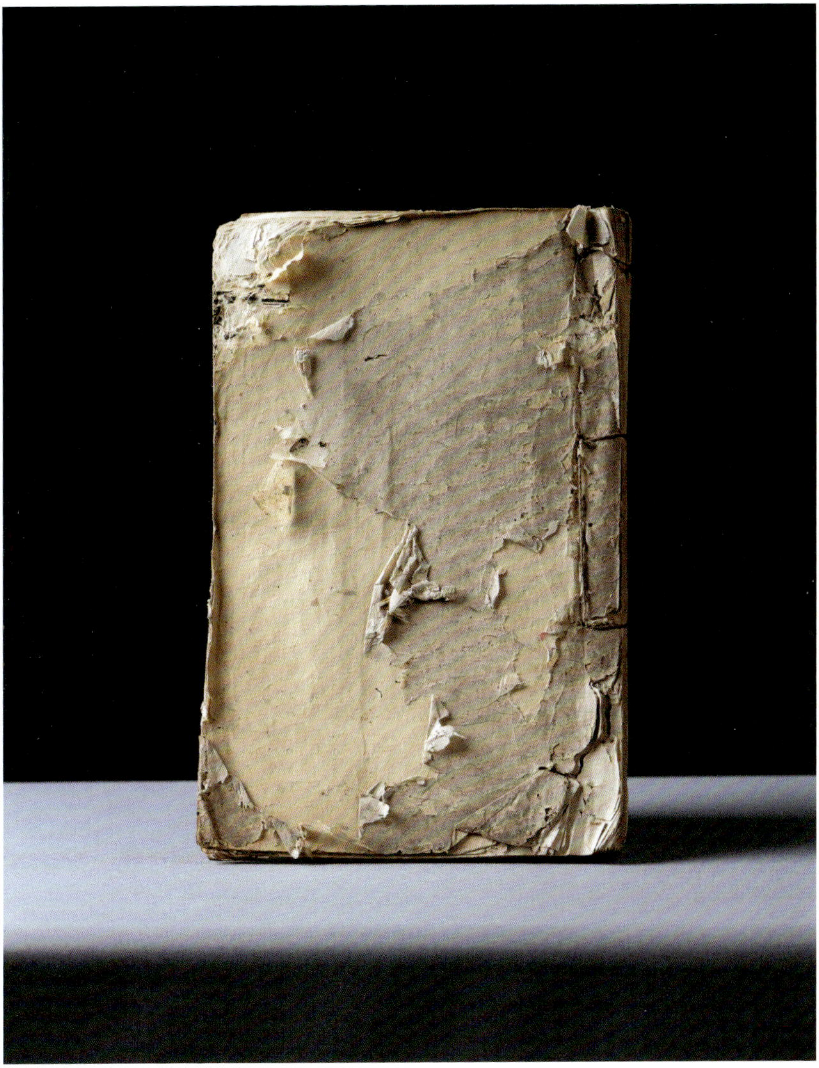

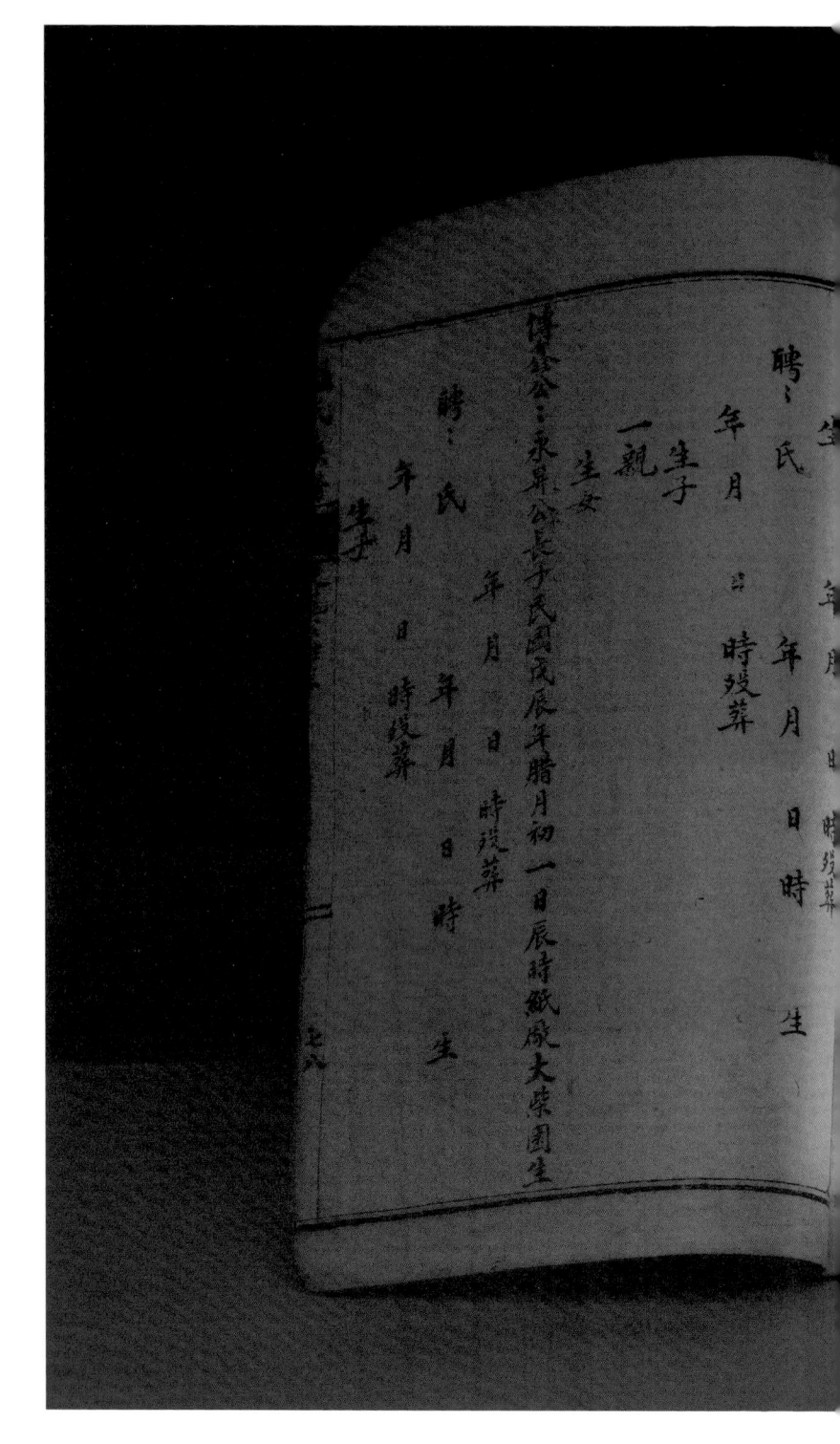

傅簽谷：永昇公長子民國戊辰年臘月初一日辰時瓩歲大榮園生

聘　氏
　年月　日時沒葬
一親生子
　生女
　　年月日時沒葬
聘　氏
　年月　日時沒葬
　生子

傳俊公：承恭公長子字漢濱民國丙子年九月初五日亥時紙廠大
榮園生　　年　月　日　時歿葬
配聘：邱氏民國甲戌年二月䖝日寅時紙廠大
榮園生　　年　月　日　時歿葬胡成白土地
生子二
一親
生女二
一親
生子
一親
生女

我第一次在影棚痛哭，是看到外婆的病危说明书。
上面列着长长的治疗经过，每一条看起来都那么疼。

我没有见到外婆病危的样子，

拿着那沓纸，像坐在了她的病床旁边，
一具衰老的躯体上有那么沉重和复杂的痛苦，

但远在北京念书的我，

浑然不知。

四川省第四人民医院
DR会诊报告单

四川省骨科医院
成都体育医院
X 线照片报告单

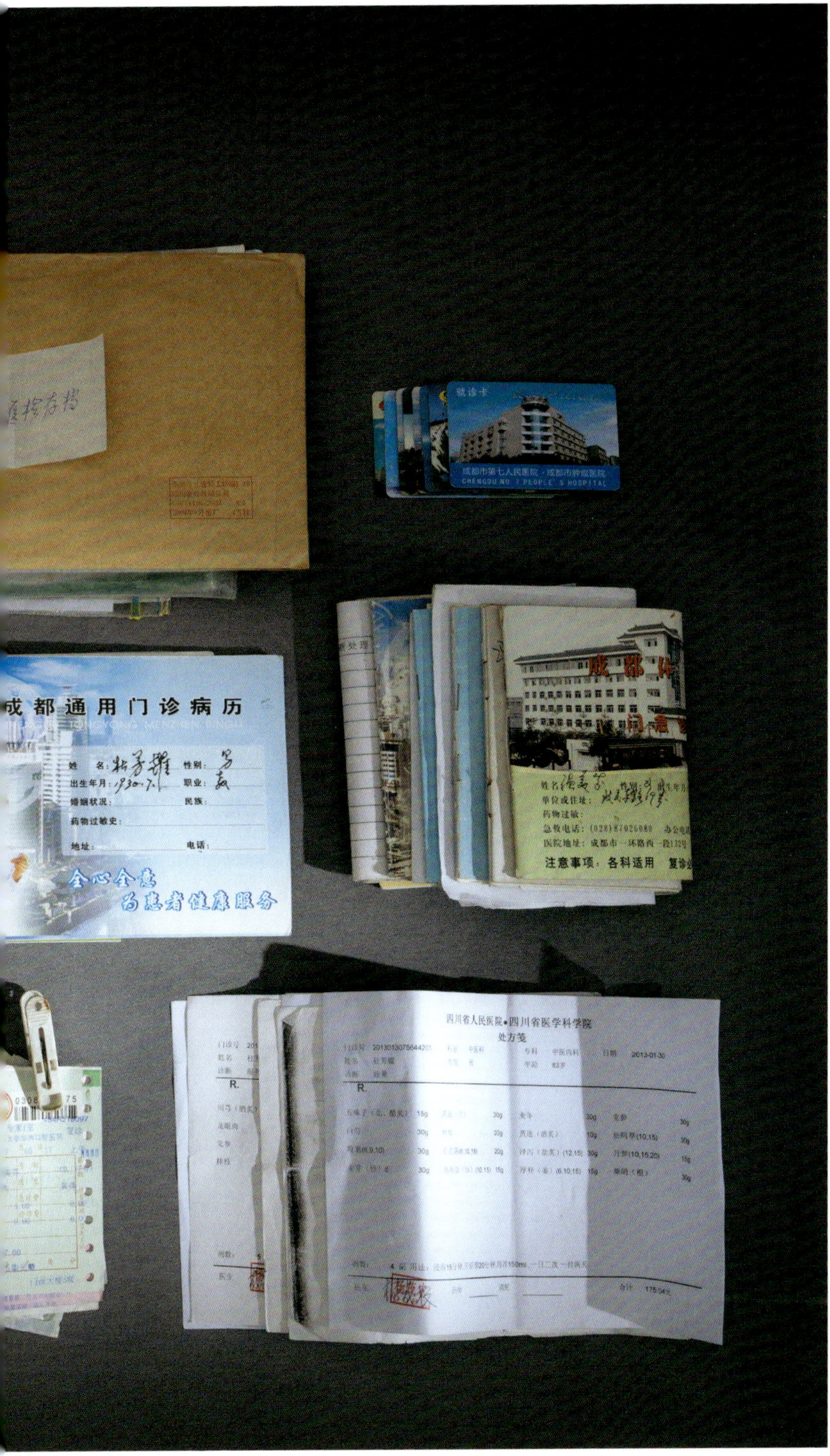
就诊卡
成都市第七人民医院·成都市肿瘤医院
成都通用门诊病历
全心全意
为患者健康服务
注意事项：各科适用
四川省人民医院·四川省医学科学院
处方笺

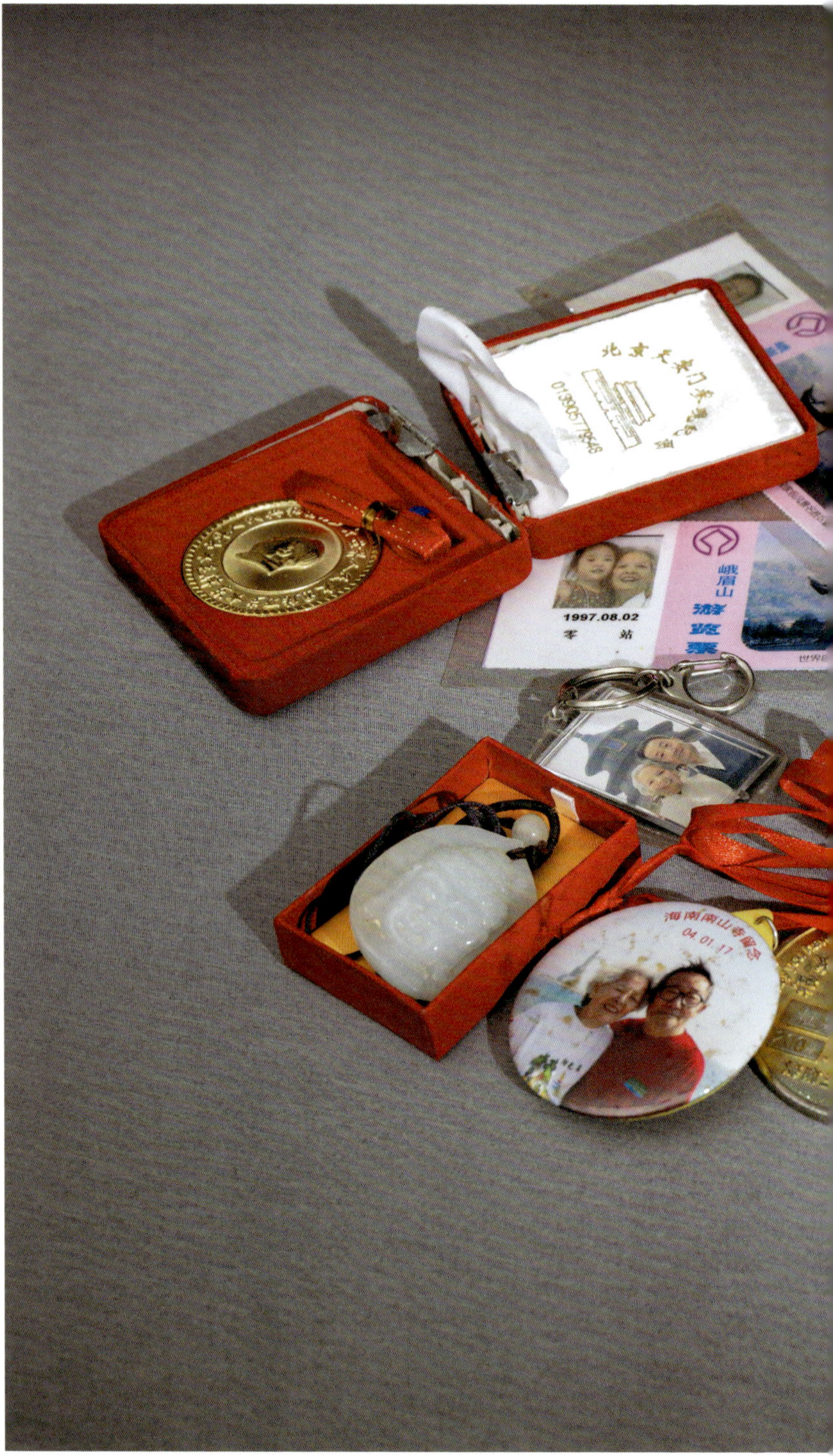

1997.08.02
峨眉山
游览票
海南南山寺留念

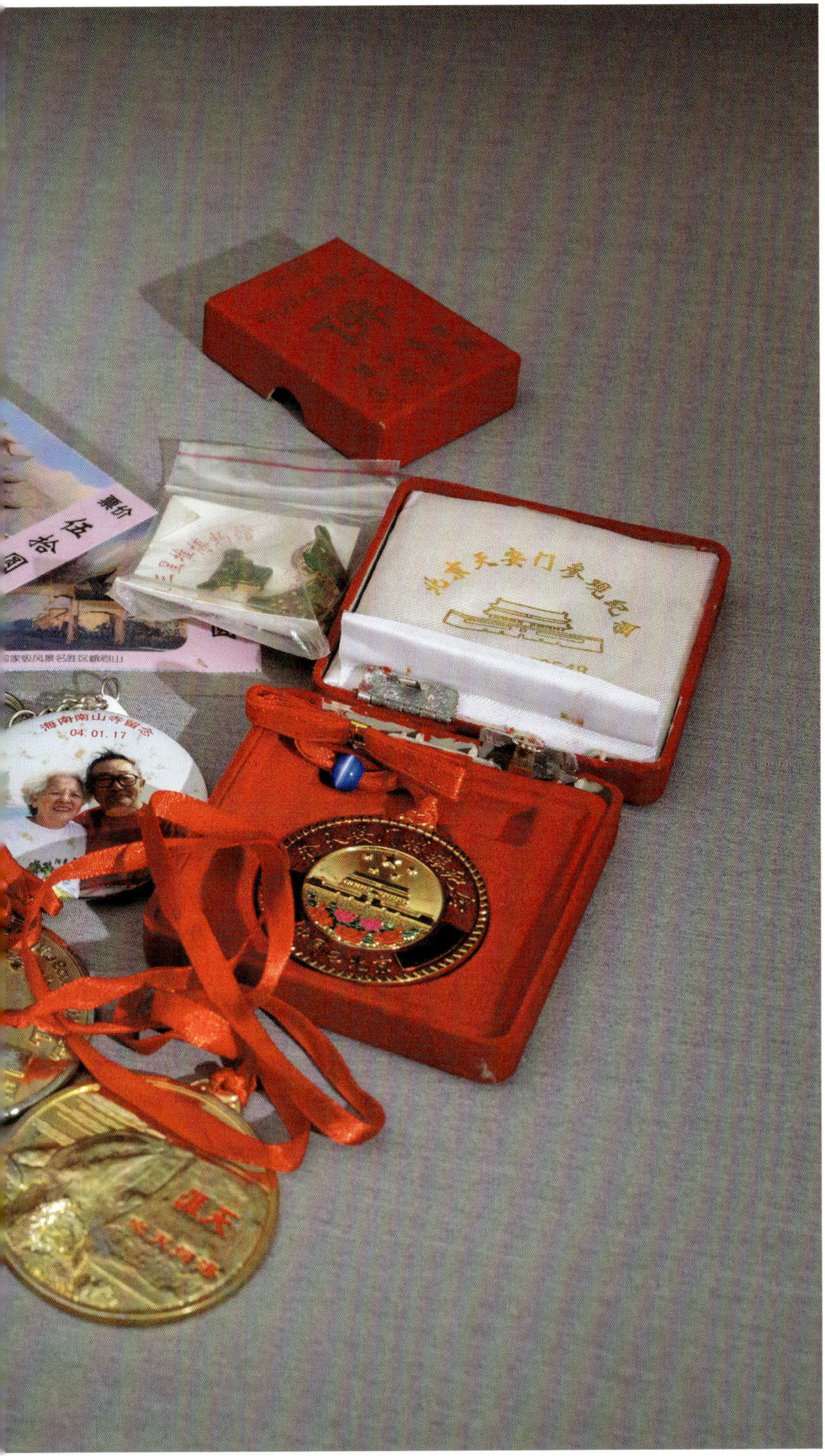

海南南山寺留念
04. 01. 17
北京天安门参观纪念

我把外婆的死亡医学证明（推断）书轻轻地立在台子上，它太直截了当了。

我看到妈妈在上面写下每一个字的悲痛,每一个字都在谈论死亡。

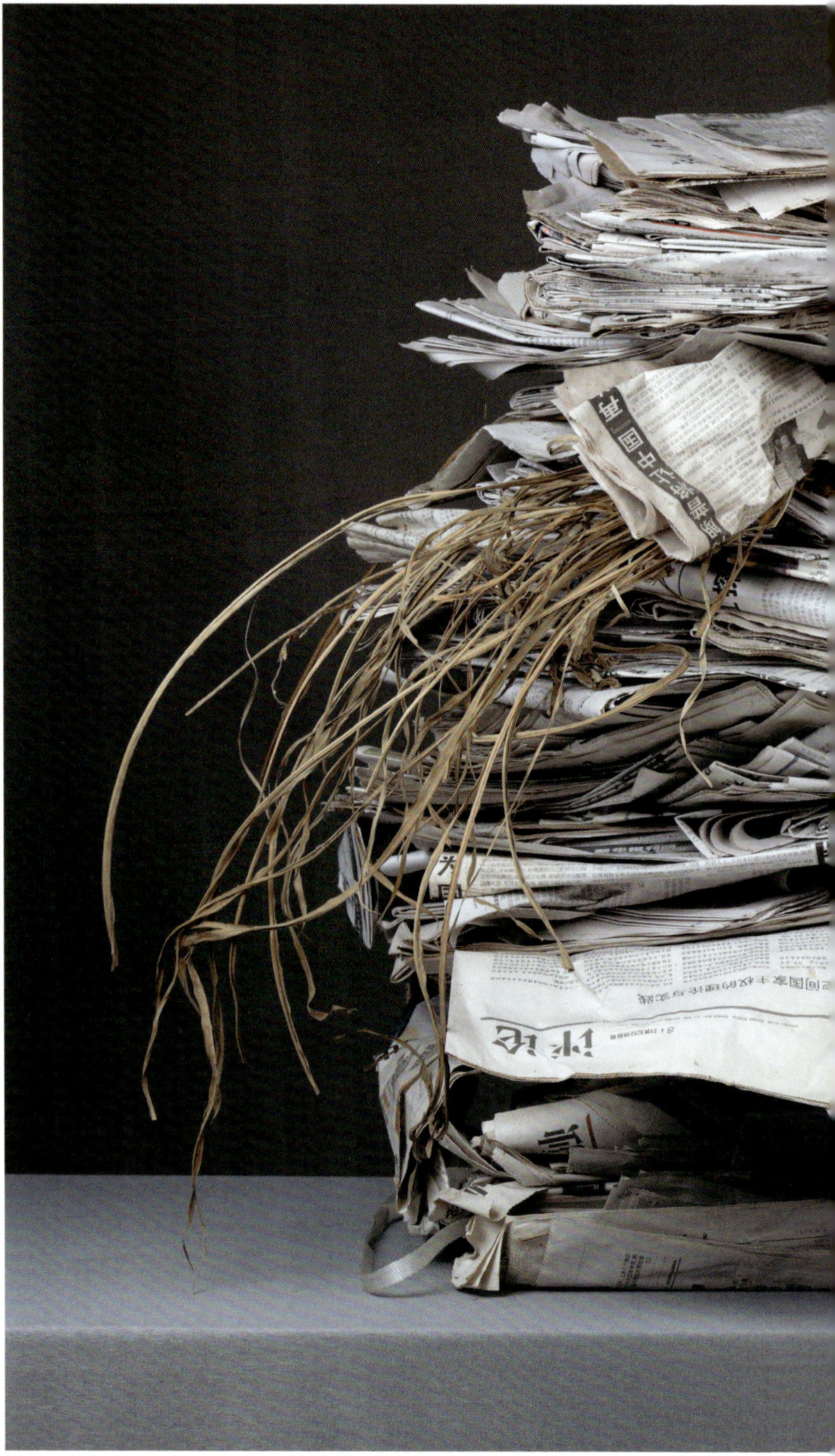

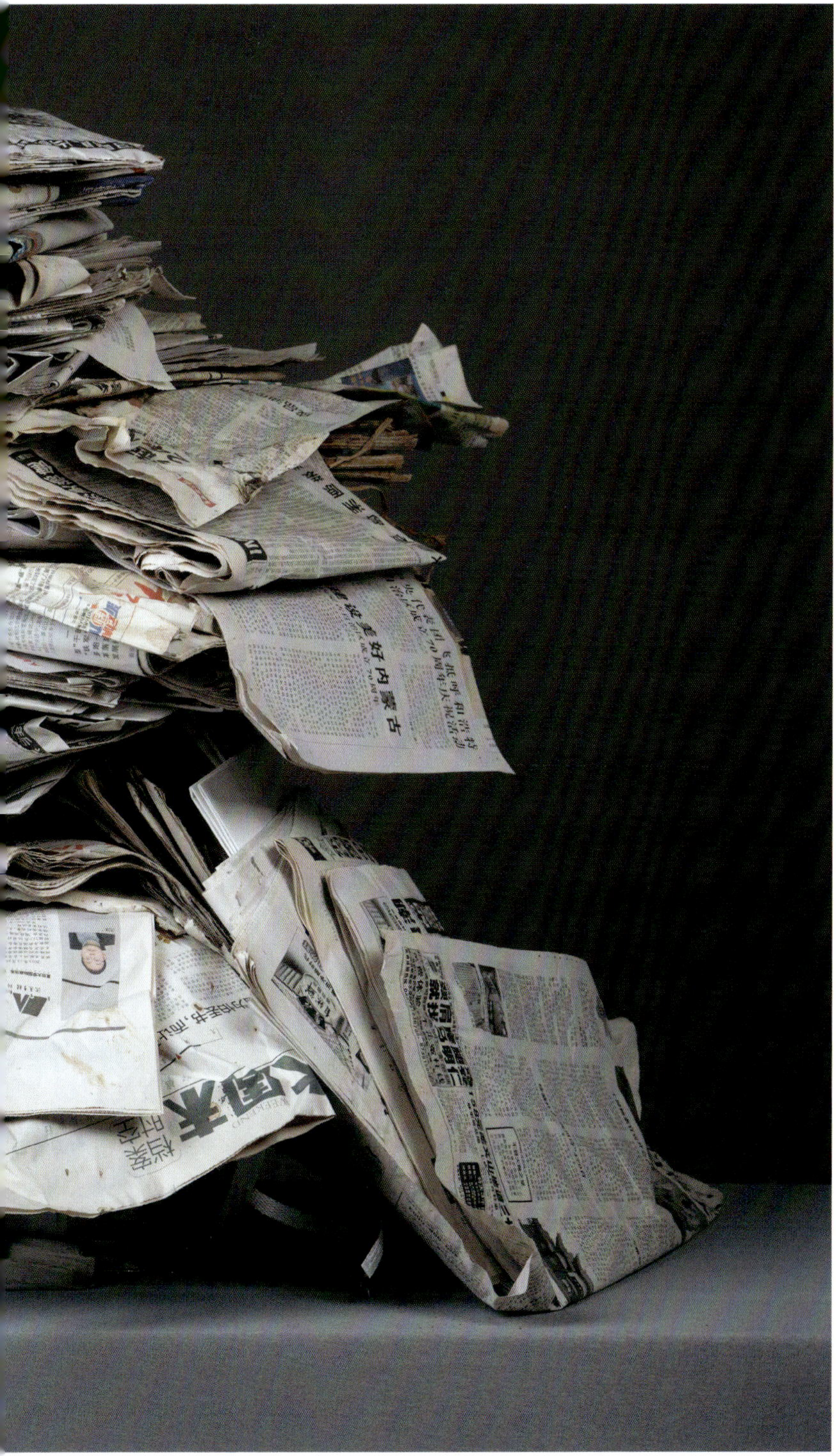

外公留下的报纸拍摄了两个版本。

一个是它原本的样子，像堆废品堆在那里，中间还有一些垃圾。

然后和妈妈一起，将它们一张张叠整齐。又拍了一张。

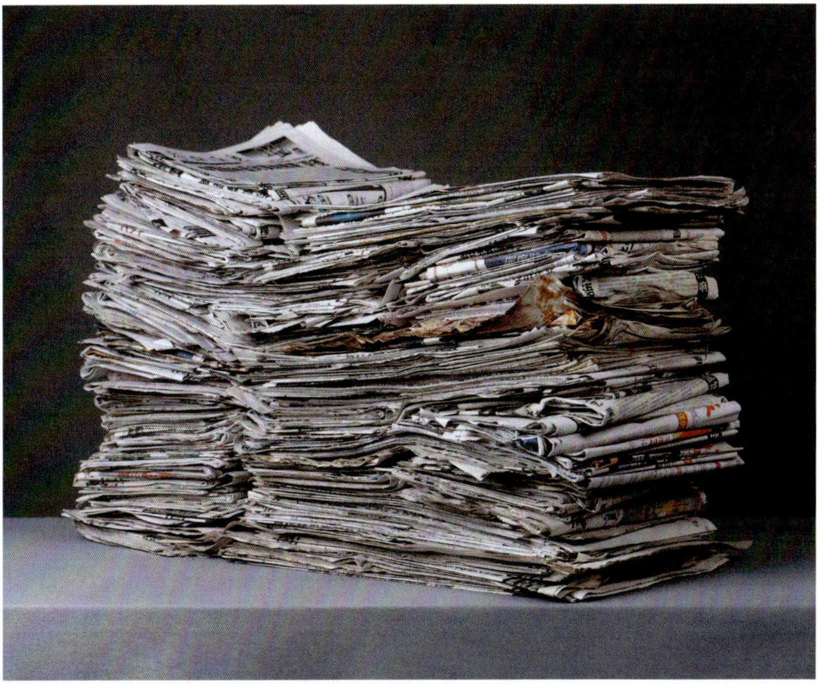

外公外婆总在他们房间的窗口送我，他们探着身子挥手的画面，我上学和外出的每一天都能看见。每次我们互相挥着手，直到更多的树、更远的绿，把双方的视线挡住，还恋恋不舍。

爸爸前不久说，那几年，他和我一起在车上跟两位老人挥别时，常常会想，不知道这样的光景还能持续多久。而我那会儿，只是告别，只是看着他们，从未想过更多。

是从哪一天开始看不见这样的画面？

不记得了。

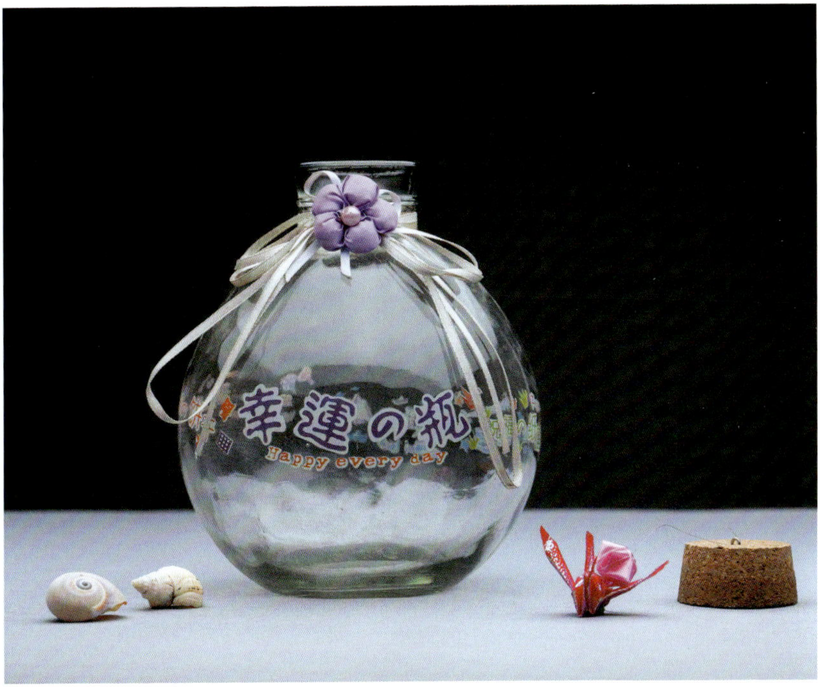
幸運の瓶
Happy every day

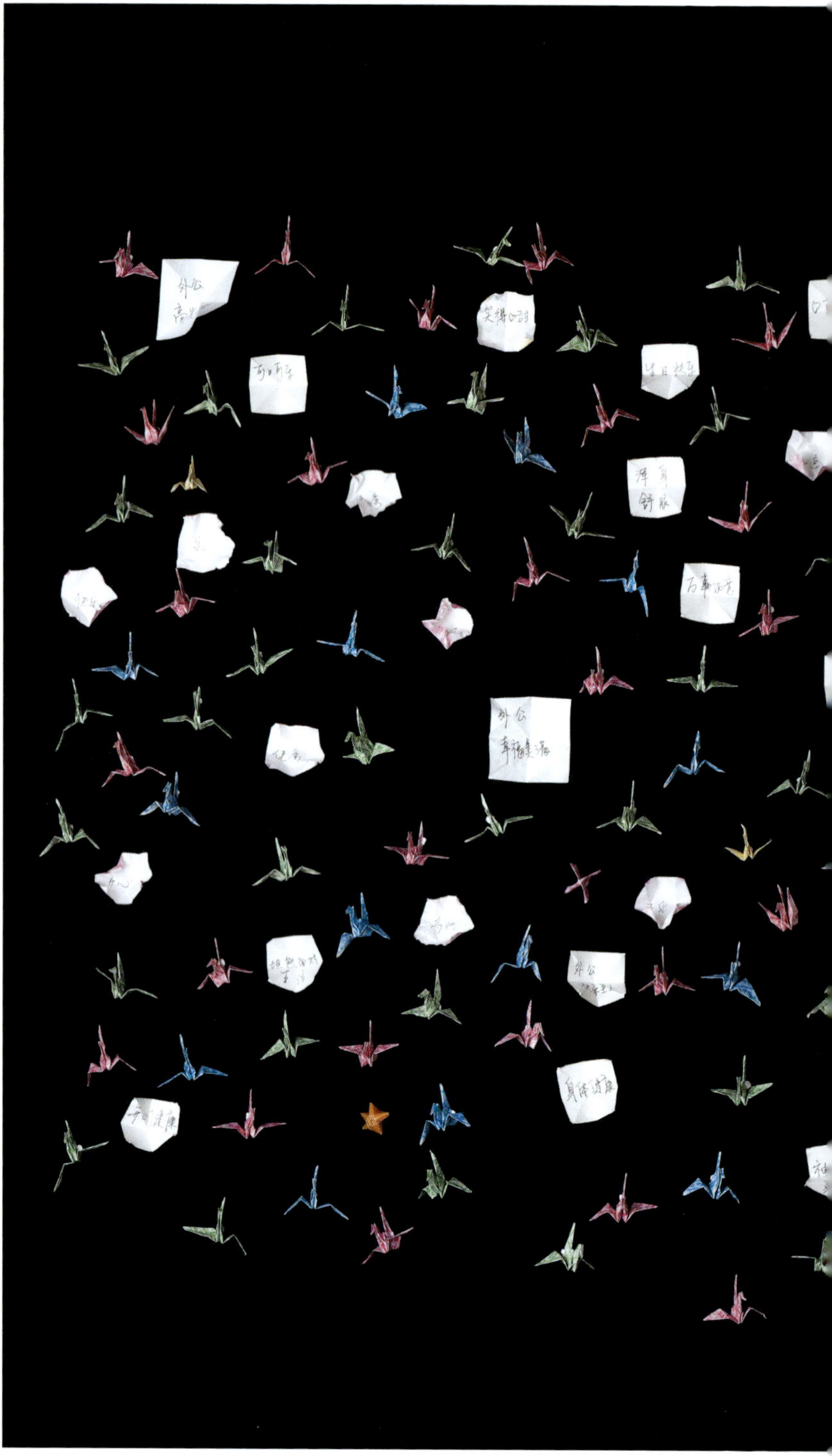
生日快乐
外公
幸福美满
身体健康

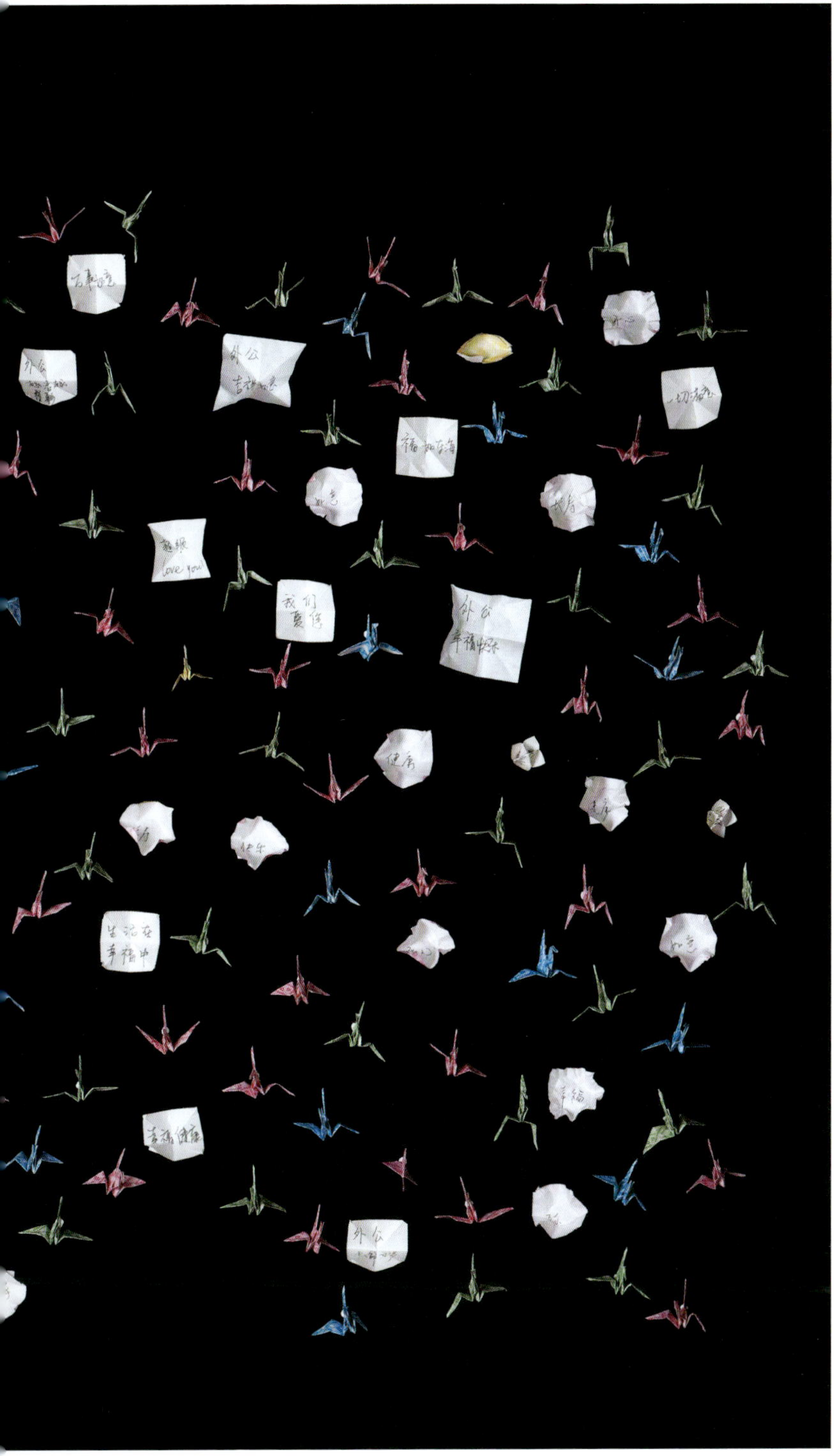

外公
吉祥如意
福如东海
超级
love you
我们
爱您
外公
幸福快乐
健康
快乐
生活在
幸福中
幸福
外公

外公
就是愛
You

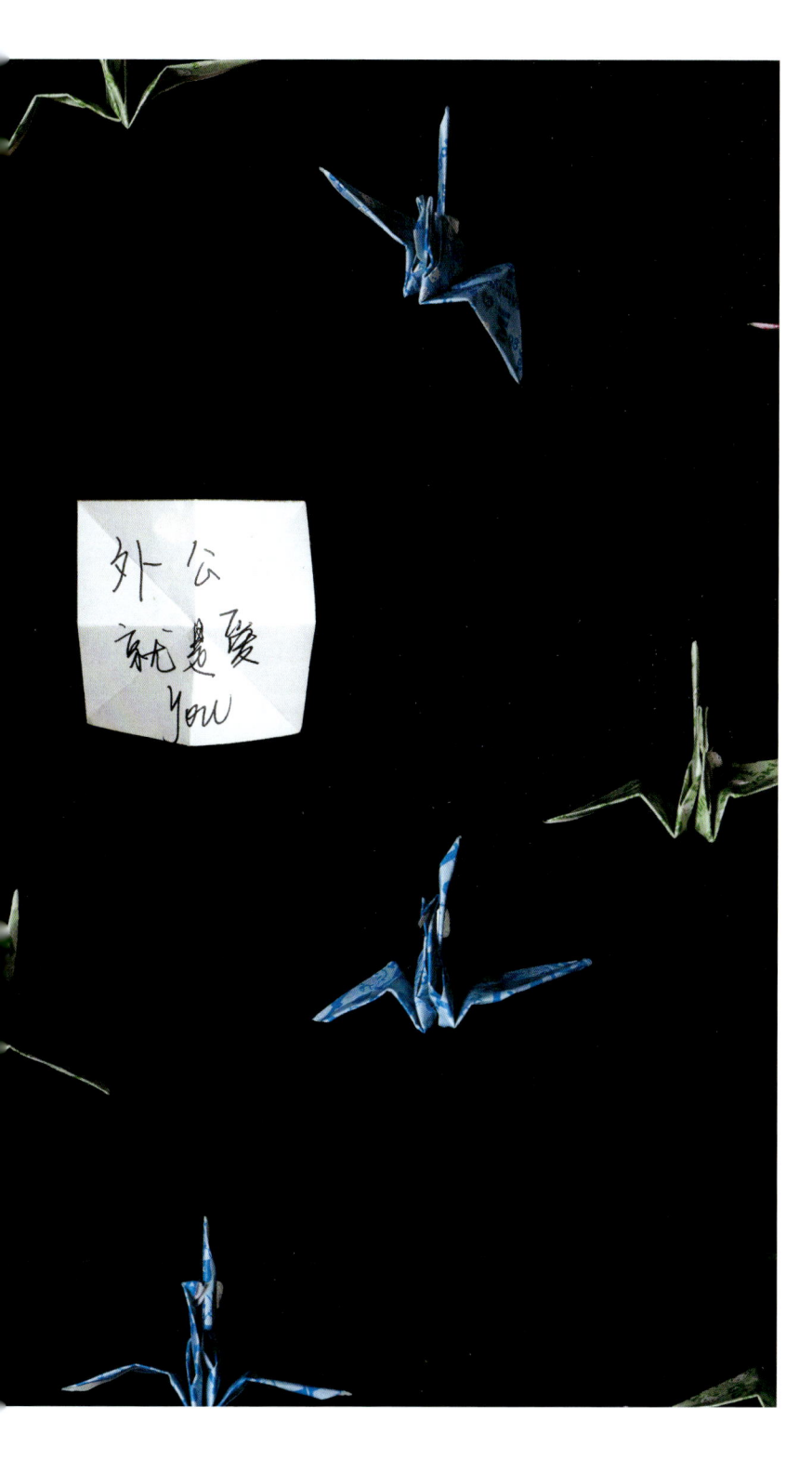

真 的 重 逢

2021年5月10日，在北京电影学院毕业展的现场，不少观众问我，整个项目是从什么时候开始的，一共做了多久，我好像每次都给出了不同的回答，因为不断想起项目更早的源头。比如在2018年12月22日，外婆去世的第二天，我在书房翻看老照片，看到我们2002年在北京的合影，放声大哭。那时我就知道，有一天会用它们做点什么。但做什么，怎么做，没有想法。

处理完后事，我把那几本小相册带回了北京，在课余不断地看，不断地想，也不知道要怎么使用。一直到创作《芬芳一生》，开始大量地调研，看其他人如何结合新老照片，处理时空的情感，看得越多发现能用的手法越少，各个创作者在各类领域似乎已经穷尽了表达的形式。最终只好先选个场景试试，看看重回旧地的我，能否被激发出新的感受。

第一站选了圆明园，进到园子，很熟悉，比对着老照片找当年的拍摄地，发现遗址前都围上了栅栏，再也无法随意进入了。按照之前列的清单，把能拍的都拍了：我举着老照片站在遗址前，圆明园现在的样子，我一个人站在遗址前，遗址的细节……中午找了个地方坐下来，在后期软件中开始尝试制作。当外公外婆在圆明园合影的老照片、如今我一个人站在遗址前的纪念照和圆明园现在的照片，三者叠加在一起时，虚实影像在一个瞬间一同呈现出来，感觉对了。就是那么笨拙、粗糙、直接，甚至袒露。那是一张假的合影，充满破绽，经不起细看，但这样的虚构，像极了有时的回忆，以为是真的，却是假的。也像极了有时的重逢，明明是假的，却多希望它是真的。

依据这样的创作形态，用了几天去到当年和外公外婆一起游玩的颐和园、故宫、天安门、北京饭店、天坛、地坛、八达岭长城……每次根据原有的老照片选择好拍摄位置，过去站定之后，很快就感受到外公外婆站在了我身边。我催促帮忙拍摄的朋友快点按快门，好多次眼里的泪噙着，拍完的下一秒就掉了出来。每个地点的探寻，每个空间的回访，每次重逢的构建，每张照片的叠加，我都一次又一次遇到了他们。

对我而言，这是真的重逢。

回到老屋，常常一晃神，外婆好像还在屋子里。

之前拍摄的《外婆的日常》做过几次展览，撤下来的照片零散地堆在家里，每次都能看见它们。
有一天索性把当时拍的外婆在厕所梳头的照片，摆回了洗漱台。

外婆的梳子还在，发夹还在，当年为她拍摄的照片也在，

但她去哪儿了？

我站在那儿看着照片,不愿意接受物是人非,哇哇大哭。

后来把《外婆的日常》中的很多张照片都摆回了拍摄的场景中:

外婆在沙发上玩七巧板,
外婆在按摩椅上剥橘子,
外婆在床上量血压……

七巧板再也找不齐七个板子,
按摩椅上爬满了灰,
外婆的床看起来不像有人睡……

人非,物也非。

以前外公骑三轮车,载着我和外婆去菜市场晃悠。

我总忍不住要从外婆的怀里挣脱出来,趴在外公的背上,伸手扯掉几根他的胡子。

他有时是真的恼怒,要吼我,也就吼那么一声。

他的胡子摸起来是什么样子,我的手现在都记得。

不　　敢

外婆的骨灰端出来时
工作人员叫走了
妈妈二姨大姨
不让她们看它

我和哥哥姐姐
不记得有没有妹妹

盯着那盘子灰
仔仔细细
不敢认她

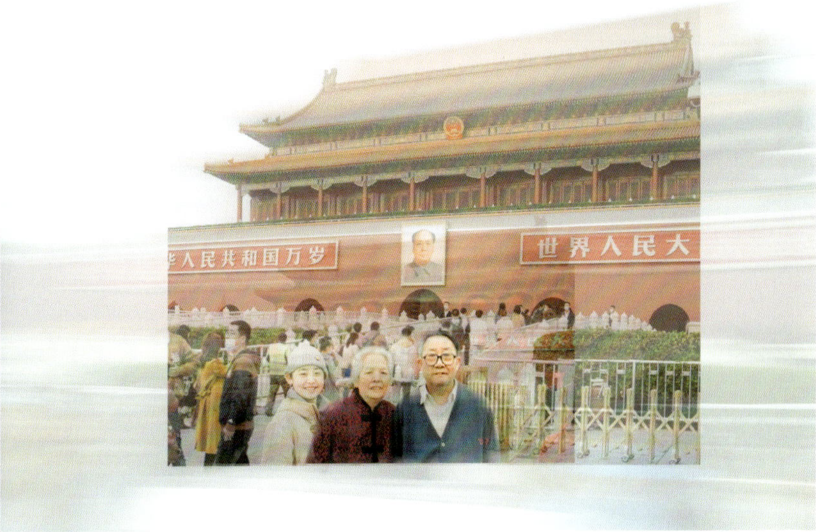
人民共和国万岁
世界人民大

那　　不　　是　　你

你死的两年前
我们带你看电影
记得是《金陵十三钗》
人太多 坐在第一排

看到一半
你忽然起身
比演戏的人还要大声

说着
我要去太平间

妈妈吓坏了
以为你
知道自己
要死了

但你只是去
卫生间

后来你死在了家里
尸体停在自己的卧室

我赶到时
人人都说
你去看一眼你外公嘛

你有点肿
把小床填得满满的

我没摸
也没亲
就看了一眼

那不是你

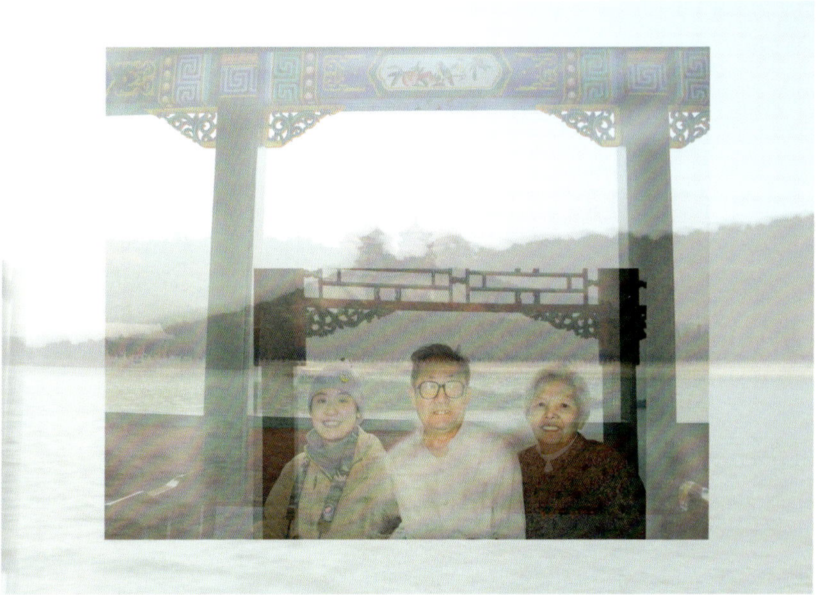

翻　　衣　　服

妈妈站在衣柜前
把外公外婆的衣服
从左到右
翻来翻去

妈妈
你在干吗

我摸摸我的
爸爸妈妈

忘　　了

妈妈
外婆最后几年的鞋
在哪里呀

你不记得了吗
外婆最后几年
没怎么穿鞋啊

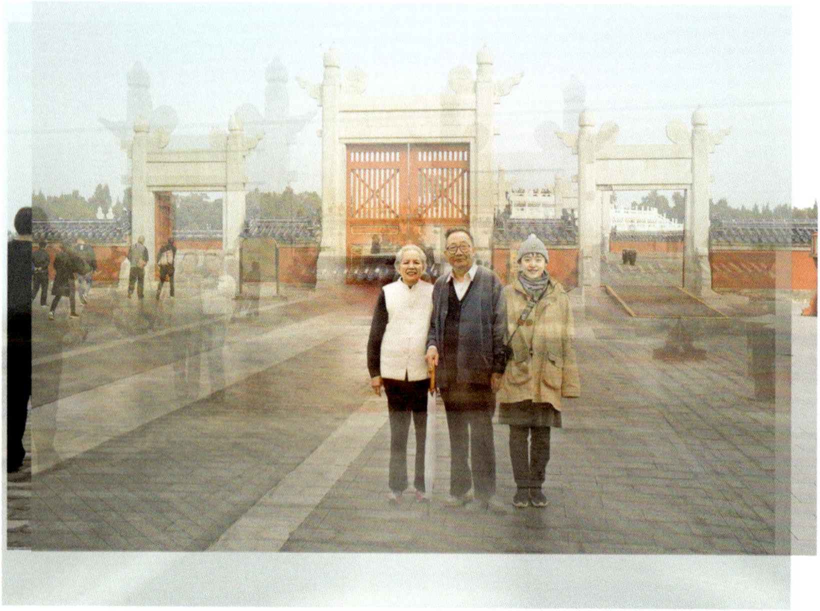

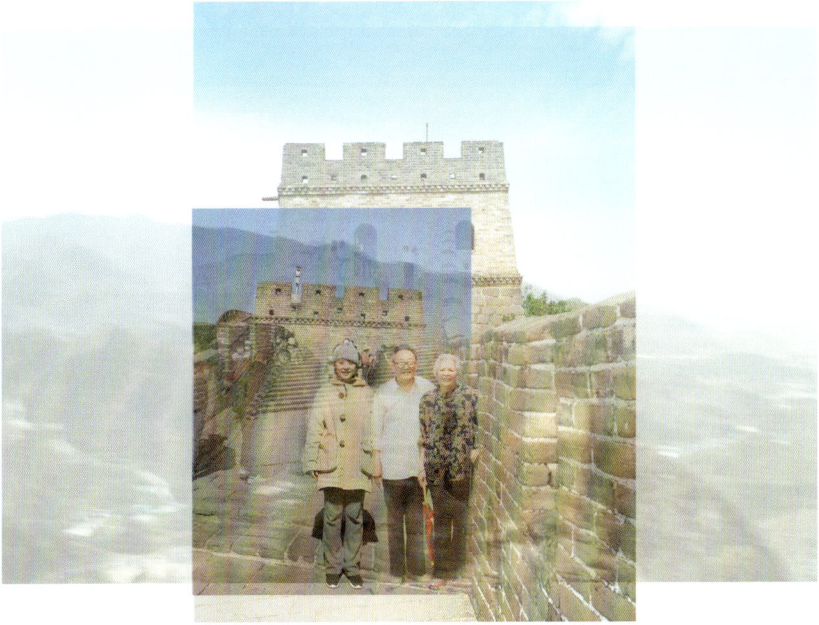

秘　　密

有时在想
你们可能没有死
只是住在了
离我们远一点的地方

还是因为谁输了谁
一盘弹珠棋，争吵不休
晴天下雨都去望江公园
遛鸟吃茶，听风看光

地铁九号线开通时
你们是第一批体验者
列车进站吹起两顶假发
工作人员穷追不舍

想我们了
你们也会来做客
但要遵守规定的
摸抱亲，都不可以

只能看一眼
多看一眼

妈妈有一天给你们打电话
我偷偷听见了
她说爸、妈
你们这周,过不过来耍嘛

就是那天
我知道了
你们没有死
这是个秘密

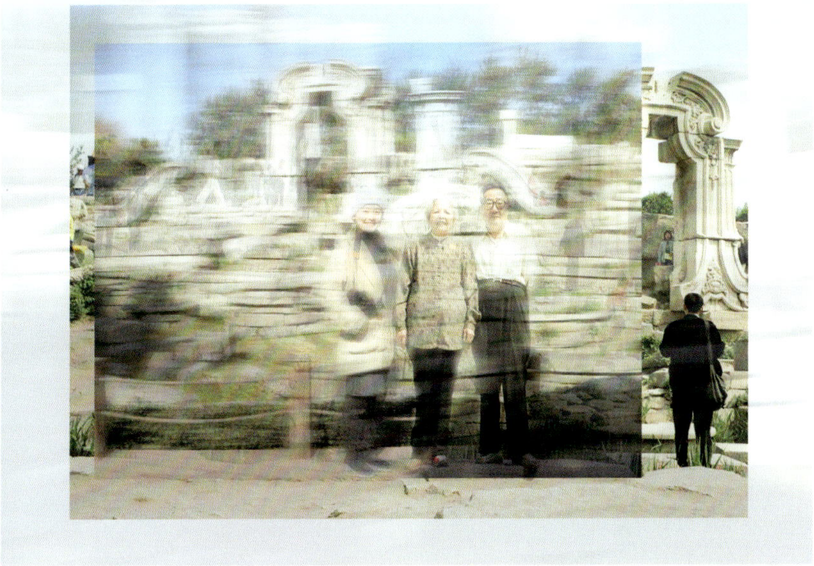

一 切 发 生 的 地 方

2022 年 8 月 9 日，我回到了这个一切发生的地方。

守门的阿姨老远就看见了我，用眼神打着招呼。她老了一些，没了以往的锐气，走近了发现她的右臂垂挂着，以不规则的弧度在空中旋转。我没藏住惊讶。阿姨说："去年出了个车祸。"我讷讷地："那要好好恢复。"阿姨带着满腔无奈："就只能恢复成这样了。"手臂不停地打转。我再也不知说什么，只好互相点了点头。走到小区的中心花园，过去这儿有一棵大树和众多小灌木，现停满了车辆，需在其间错身行进。踩过枯萎的草和胡乱的石块，掏出钥匙，提前按下遥控开关，三栋七单元右侧的车库门缓缓升起，待我走到，不用弯腰就可以进了。这是《芬芳一生》拍摄期间累积下来的经验，我总想提高效率，连等待开门的时间也要节约下来。

走进车库，迎接我的是一个巨大的蜘蛛网，糊住了脸，挣扎着摆脱后，就看见了满屋的物件，东倒西歪地散布。无数的鞋盒和鸟笼、好多袋的衣服、布满灰的闪光灯、各种摄影道具、儿时的小外套、外公的电话本、强效驱蚊的猪圈蚊香……每多看一眼，就和回忆撞个满怀。蓝色小凳上放着"一条"公众号的"《芬芳一生》采访提纲"打印稿，上面罗列着四个问题："你从什么时候开始拍摄的？大概拍了多久？有多少张照片？最后选出来的成品是多少？"之前拍摄时，常踩在三层白色梯子上，不断调整桌上物品的布景——从未想过有一天会坐在白色梯子的第二阶，面对摄像机讲几个小时《芬芳一生》的故事。那天导演躲在贴满千纸鹤的黑布后方，一边听着采访，一边时不时探出头来补充发问。我看着眼前的编辑和摄像师，只觉得真实又幻灭。如今，拍摄和采访都已翻篇，而车库的墙上还贴着工作清单：

1. 胶片（反相）拍
2. 报纸
3. 鸟笼
4. 红包重拍
5. 两个球（一前一后，有所交叉）
6. 老花眼镜
7. 梳子
…… ……

当时每拍完一个物件，就划掉一个，拍的多，能用的少。现在看着外公外婆的旧物，我没有太多悲伤，一直在想：这些东西怎么办？丢了吗？

坐电梯上楼，家里还是老样子，餐桌上放着拍摄时保暖的橘色厚袜子和一张待做事项，上面列的还有很多东西没拍，如今也没有拍的冲动和必要了。屋里的灰比想象中多，有些地方曾放置过拍摄的物品，久而久之，灰尘又形成了新图案。进门鞋柜上的钟表停留在一点三十二分四十三秒，这是我从未注意过的细节。老照片在相框里一动不动，三岁的我,抱着家里的第一只猫——虎子,看起来鲜活崭新,反而是现代油墨快印的生日合影,没过几年就已经氤氲得不成样子。当年《外婆的日常》展览的照片全部堆在童年的床铺上,一进屋就看见外婆别着金属发夹举着木头梳子的那张,和枕头坐垫乱七八糟地放在一起。我提不起精神来收拾这个屋子,对遗留的东西不知如何是好。我想妈妈应该也不知从何下手。她每次回来,来了就走,不愿久留,这次还拉了水闸和电闸。我在不太明亮的家里来回走动。它很乱,充满了过去的生活痕迹,也保留了《芬芳一生》的拍摄痕迹。新的时间带来了新的灰,给老屋又涂上了一层新色彩,是灰蒙蒙的色彩,一切都褪色了。如果说之前是"暂停",这次更像是"毁灭"的前奏。物件不再说话,空间不再表达,整个气场都寡淡、没劲儿、乏善可陈。拖鞋、风扇、窗帘、按摩椅,都不知道自己已经成了一些照片的主角,被很多人在很多地方看见与评论,它们原封不动地存在着,沉默地完成使命。没有光了,怀念和追忆已经结束了。

走进外公外婆的房间,门口吊着的日历止步在2017年12月。外公的深蓝色外套还挂在椅背上,床上的小山丘衣服造景原封不动,窗户上的X光片因为怕吓到邻居,早就一一取下了。在桌子下方看到一大盒红色的《历史的情怀:毛泽东生活记事》,是我在重庆念书时买给外公的。前晚刚读到我大一下学期和外公的短信记录,在2011年11月23日的17:35,外公发来:"爸爸带回你买的大堆礼物皆大欢喜,大姨爹最爱的玉器鉴赏珍藏知识,舅舅喜欢的字画鉴赏，有关我最崇敬的毛泽东的生活专著，除此而外还有因人而异各所心爱的礼物和明信片，真是用心良苦，各取所需，各获所爱。在此我代表大家向你表示衷心的感谢，你这一番情实在感人肺腑，乖孙我好想你哟。"崇敬毛主席的外公去世了，喜爱字画鉴赏的舅舅去世了。我感人肺腑的一番情，只能在这条短信和这套书籍中，隐约可见。

爸妈房间的大床上，还摆着外婆的一套衣裤，紫色真丝无袖衫是她每年夏天都爱穿的，卡其色长裤内侧有她手缝的小钱包。我当时想要记录她手缝钱包的习惯，特意选了这条裤子，拍了几次都不到位，只好放弃，衣裤却没归位，继续懒洋洋地躺在床上。我每次看见都会被吓一跳，以为外婆还在。环顾爸妈的房间，看到送给爸爸的几个礼物，摆在床头柜上没有被带走，就像我送给外公外婆的礼物，也没有被带走一样。

走楼梯下楼，或许太久没人走过这三层的路，蛾子惊得四起。原先通道里的采光被电梯的支架和挡板全盘遮住，窗户看出去也只剩钢铁，再没半点绿。我站在曾经无数次开启的绿色铁门面前，一时忘了如何操作，想了想，试着往左拧开小圆坨，听到脆生生的"嗒嗒"。回忆的门和现实的门，一起打开了。

这个一切发生的地方，是我学会骑自行车的地方，外公在窗台上表扬我骑得好，为我竖起大拇指，我便在拐弯处朝他挥手，得意忘形，连车带人撞进了别人家。

这也是我第一次养狗的地方，"巴布豆"在车库里住了很久，外公负责给它洗澡，院子里的小孩都叫外公"斑点狗爷爷"。"巴布豆"有一天跑去吃了邻居家的一只鸡一只兔，我们赔了不少的钱。

我记得小学二年级有次数学考得不好，背着书包垂头丧气，走到家门口不敢按门铃；也记得初中第无数次数学考得不好，我翻过窗台的栏杆，准备一跃而下结束自己的生命。

家里的白色铁门，夹住过我右手的食指，血流喷涌，伴随着外公的尖叫和小跑拿来的云南白药止血粉。咖色的粉在他慌乱狂抖的手中，撒落满地。

也是这扇铁门，每逢端午节都会挂上艾草，从楼下就能闻到香气。门的内侧贴着我手写的字条："记得锁门，爹地晚安"，恐怕是有个阶段，父亲应酬晚归，常忘别上门锁。

在客厅的圆桌旁，我吃过无数条鲫鱼，外婆怕我吃到小小的刺，总用筷子加手，一点点把刺分离出来，再把烂融融的肉塞到我嘴里。

外公最爱看我吃饭，我只要吃开心了就会哼起歌来，大家都叫我"哼猪儿"。外公走后，外婆一个人在圆桌旁吃饭，最开始大家还给外公摆副碗筷，没过几天就没摆了。

从客厅通向外公外婆房间的过道，春节时挂满了香肠和腊肉。我爱吃半肥半瘦的香肠，只要钻进厨房吃上一块，就收不住口，要连吃整整半根才能打住。

也是在这个过道里，外公的遗体被抬下楼，外婆站在那儿像一头受尽伤痛的瘦小野兽，在外公出门的那瞬间用完所有的力气哀号。那一声叫，惹了好多人掉泪。

同样的叫声，我以前听过一次，外婆在阳台整理废纸板时忽然摔倒，外公也是这样叫着，疯跑到她身边。那次外婆做了很大的手术，往股骨头里打钉子时，她一声不吭。医生说，少见这样坚强的人。初二的我很长时间没在家见到她，当时她在病床上总说自己要死了，可她慢慢恢复，又活了很久很久。

这个一切发生的地方，有层出不穷的回忆，从心间指尖流淌出来，一石激起千层浪，千浪汇聚成海。稍不留神，又溺入过往的深渊，要扑腾好多下，才喘上一口气。现在一切都结束了。现在一切重新开始。

外婆的日常

我 再 也 没 有 机 会 拍 她 了

2014年,姐姐送了我一台胶片相机。为了申请伦敦艺术大学新闻纪实摄影专业的研究生,我每天在家准备雅思考试,家中只有外婆,就常常用这台相机给她拍照。拍她时,从来不需要引导,不用特意和她说"外婆,你对着我笑一下",她一看见镜头后面的我,自然就笑了。筹备作品集时,编辑了这些照片,取名叫《外婆的日常》。

每次有人说:"过了那么久,还是最喜欢《外婆的日常》。"我都会纳闷:为什么不喜欢我现在拍的照片啊?难道我没有进步吗?很长一段时间里,我都回避反观它们,因为那时用的大多是过期胶卷,没有专业的摄影知识,相机对焦不准,扫描的电子档也全是灰尘和划痕。从任何一个角度,它们都不应该被称为好照片。

2015年9月离家去英国时,外婆是能生活自理的,12月回家时,外婆已经卧床不起了。她再也不会自己梳头了,再也不会自己剥橘子了,再也不会玩七巧板了,再也不会伸直腿了,再也不会自己上厕所了,再也不会自己吃饭了……但她成了一个诗人,她唱出了《悯农·新篇》:

锄禾日当午
汗滴禾下土
谁知盘中餐
半夜起来吃豆腐

她成了一个行为艺术家。她把屉屉丢得远远的，然后笑着说，我今天捡了好多石头。她成了一个小孩，她叫"幺女儿"时，像在叫自己的妈妈。总有些东西是不变的。比如她认出我时，我就还是她的乖孙，她的眼里还是有无穷无尽的星星。她经常叫外公的名字，然后说，你怎么不理我了呀。她知道找我爸要钱，尤其在他打麻将赢了的时候。她依然最爱红包，不喜欢吃洋芋，记得自己当过校长，时不时唱起老歌。

外婆什么都用不上了，我反而不知道怎么爱她了。每次和她视频通话都会情绪失控，还好外婆房间信号不好，经常没说几句就卡住了，我连忙挂断，任由自己哇地哭出来。她特别坚强，我们都陪她活着，只怕这不是她想要的生活。

2017年我念完书回国，想让外婆被更多人看到，用《外婆的日常》投稿了第17届平遥国际摄影节。照片质量欠佳，无法打印较大的尺寸，我就把外婆使用的手表、梳子、首饰盒、输氧管等物件，也如照片一样装了银色相框，一同挂在墙上。现场不少观众询问,外婆是不是已经去世了，我每天都忙着解释。这个展览获得了当年的新人奖，我也因此认识了朱炯老师，萌生了想要去北京电影学院再读一个研究生的想法。

2018年考研上岸后，开学前我问导师，现在可以拍点什么？朱老师说，要不要再拍一下你的外婆？当时外婆每天卧床，拍出来的都是她在床上和人互动，以及大家照顾她的状态。我本能地逃避，但还是鼓起勇气拿起相机。

2018年末，外婆离世。我再也没有机会拍她了。

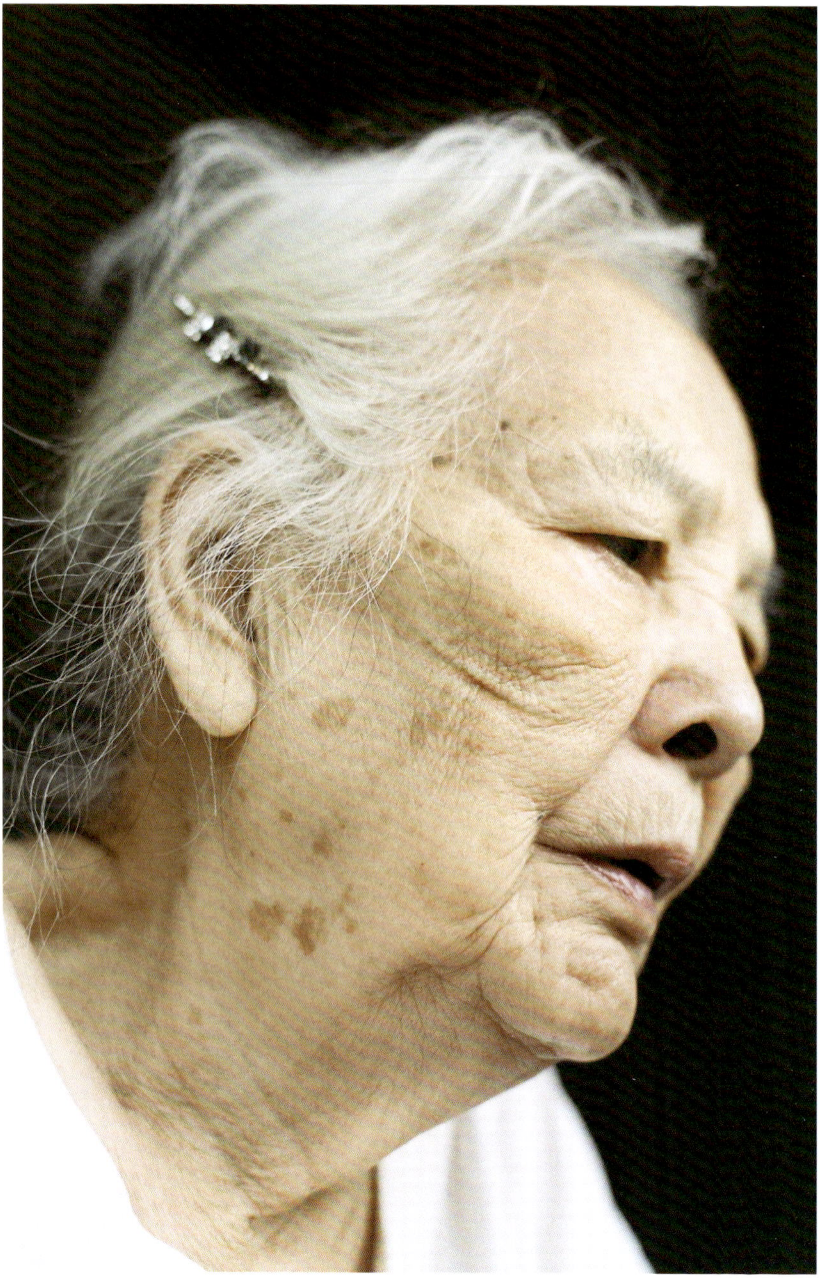

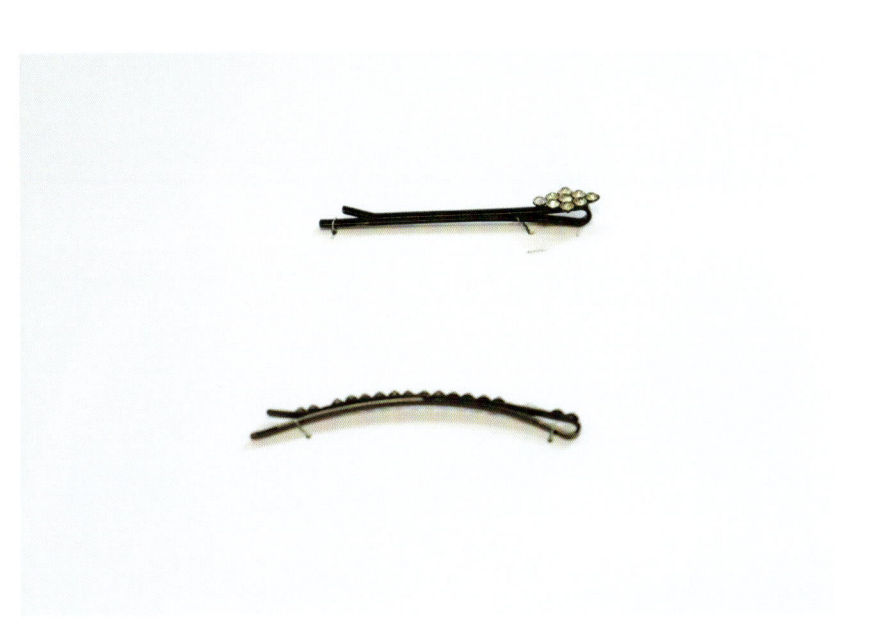

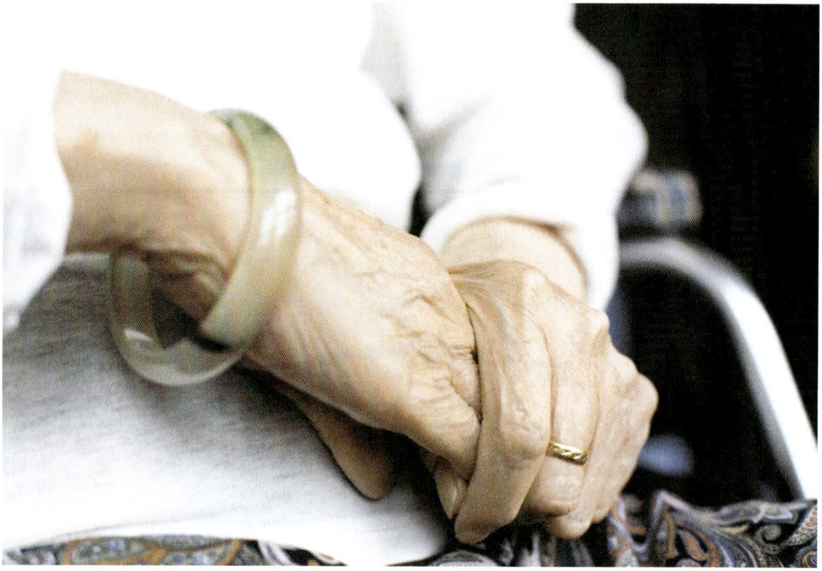

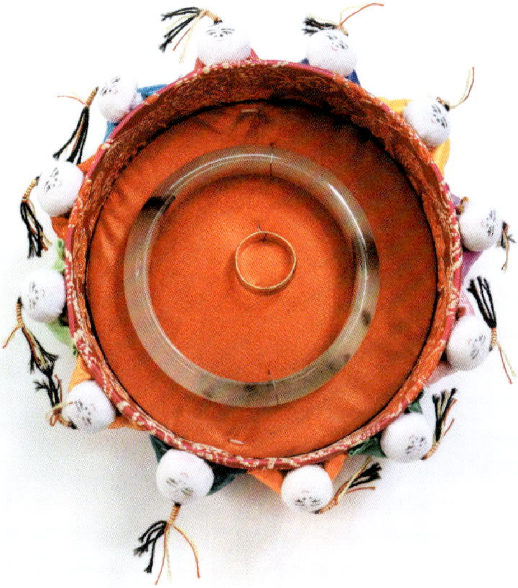

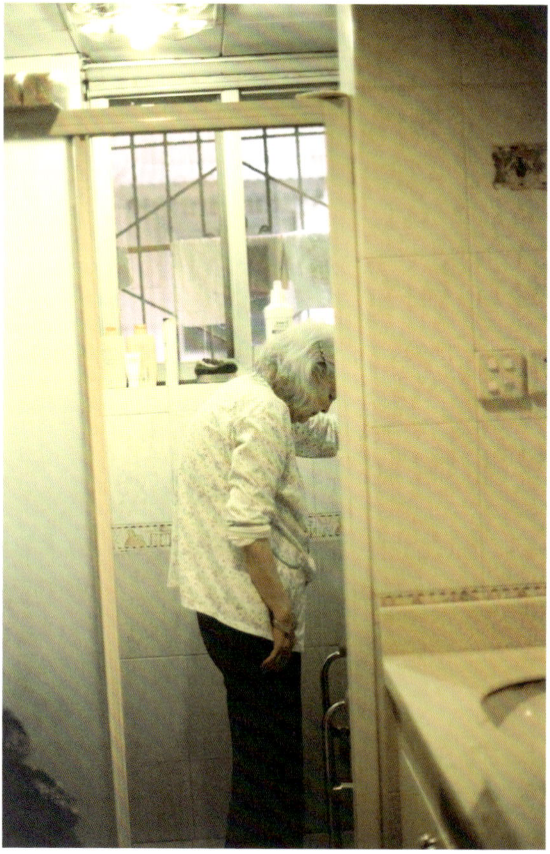

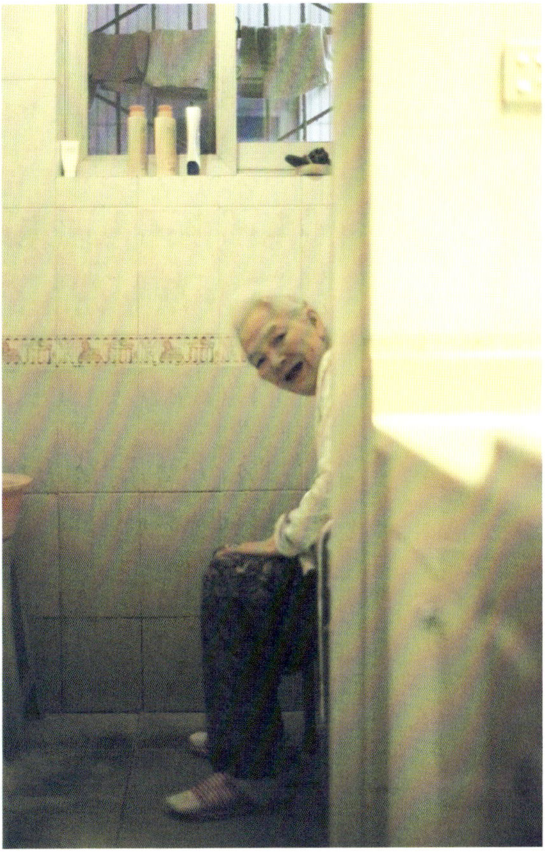

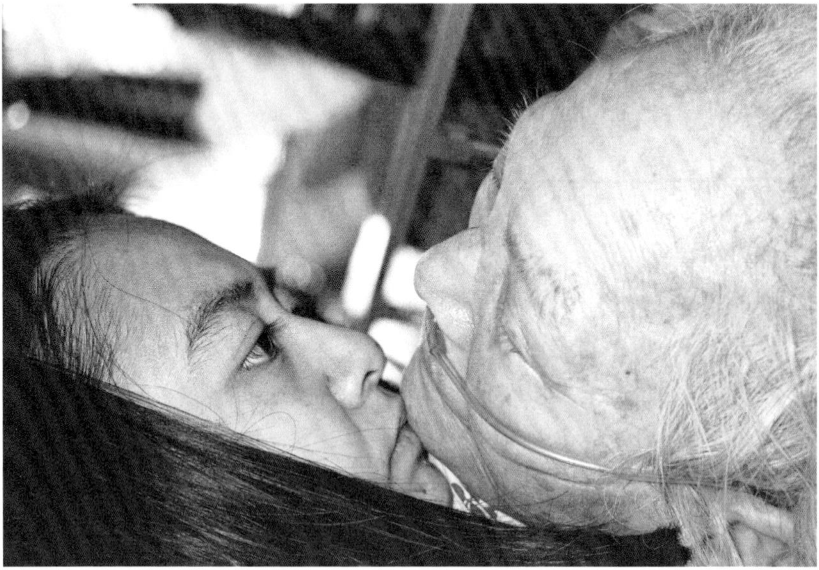

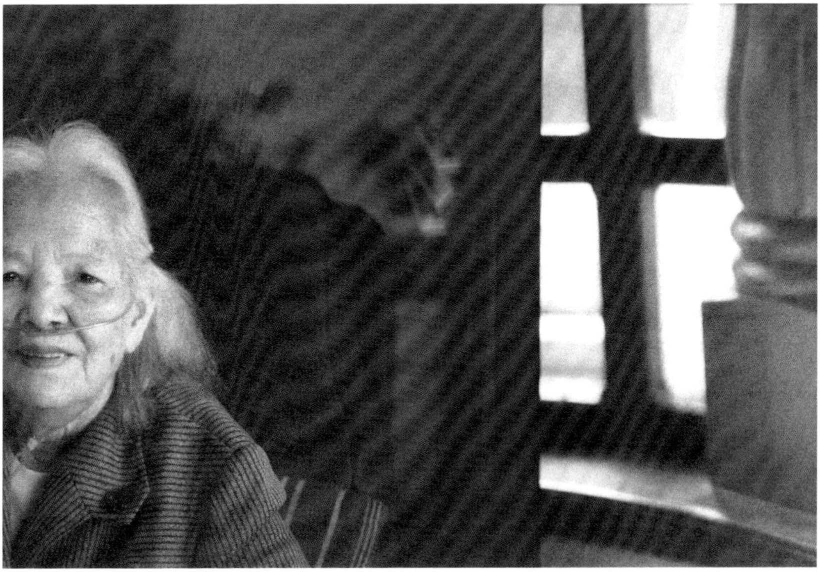

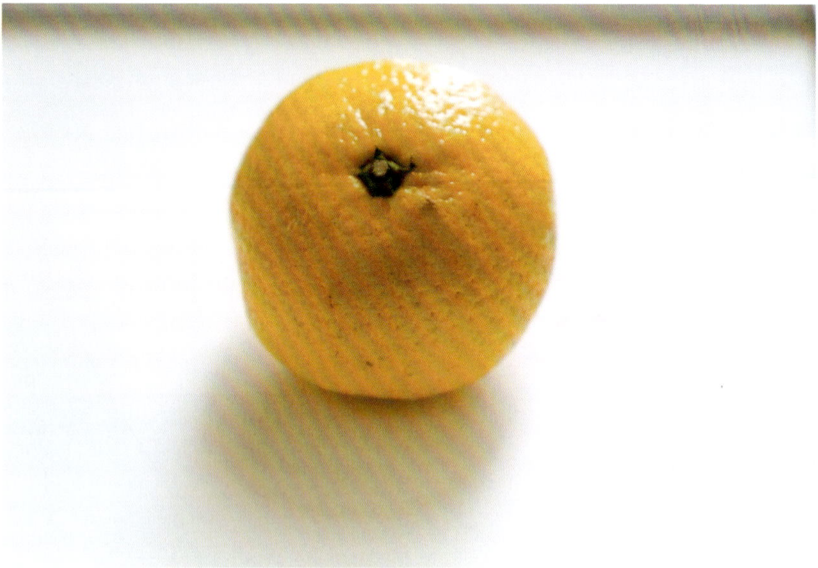

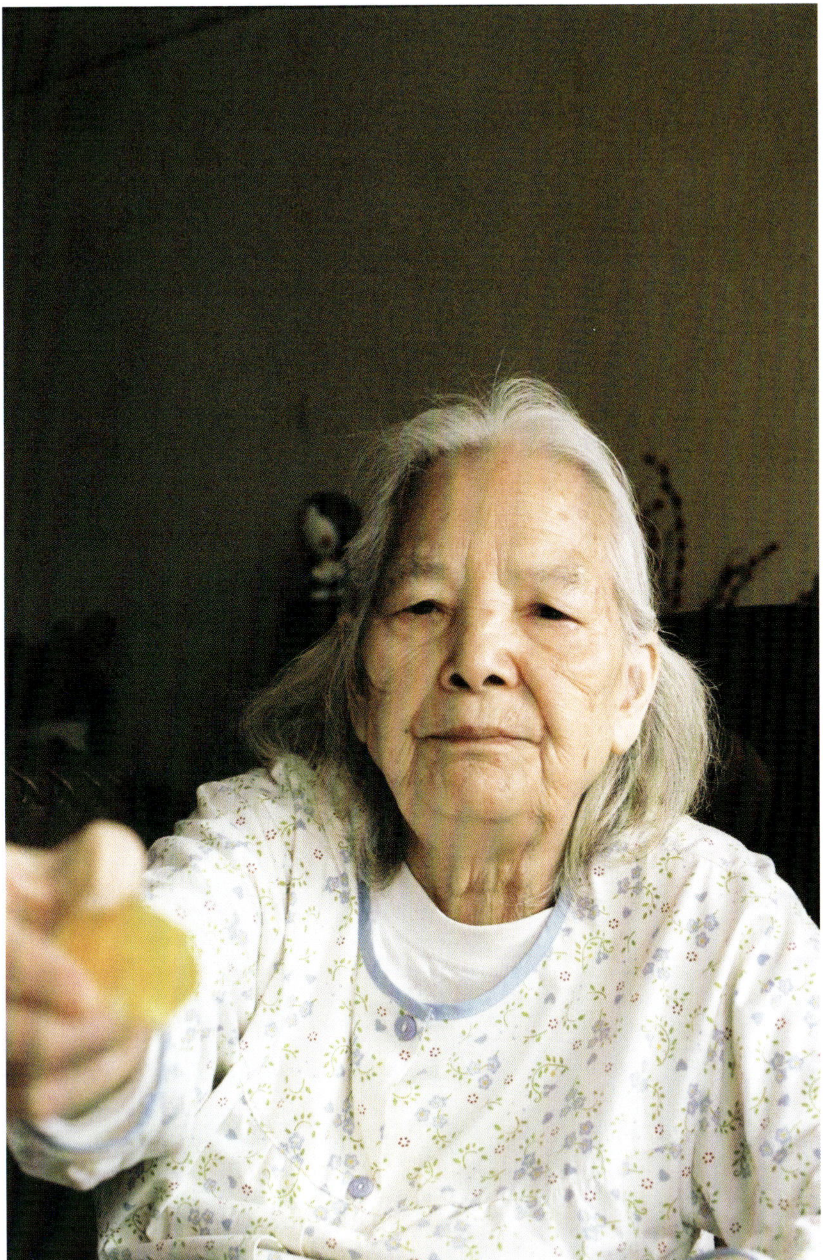

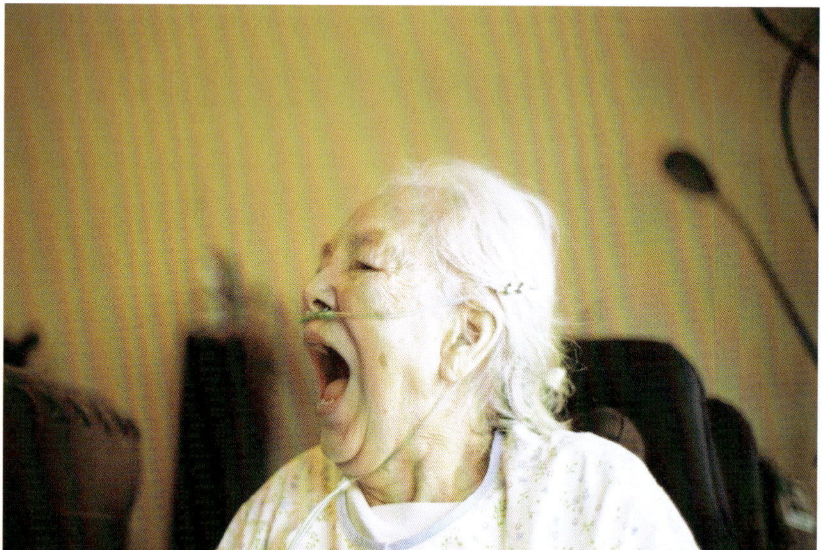

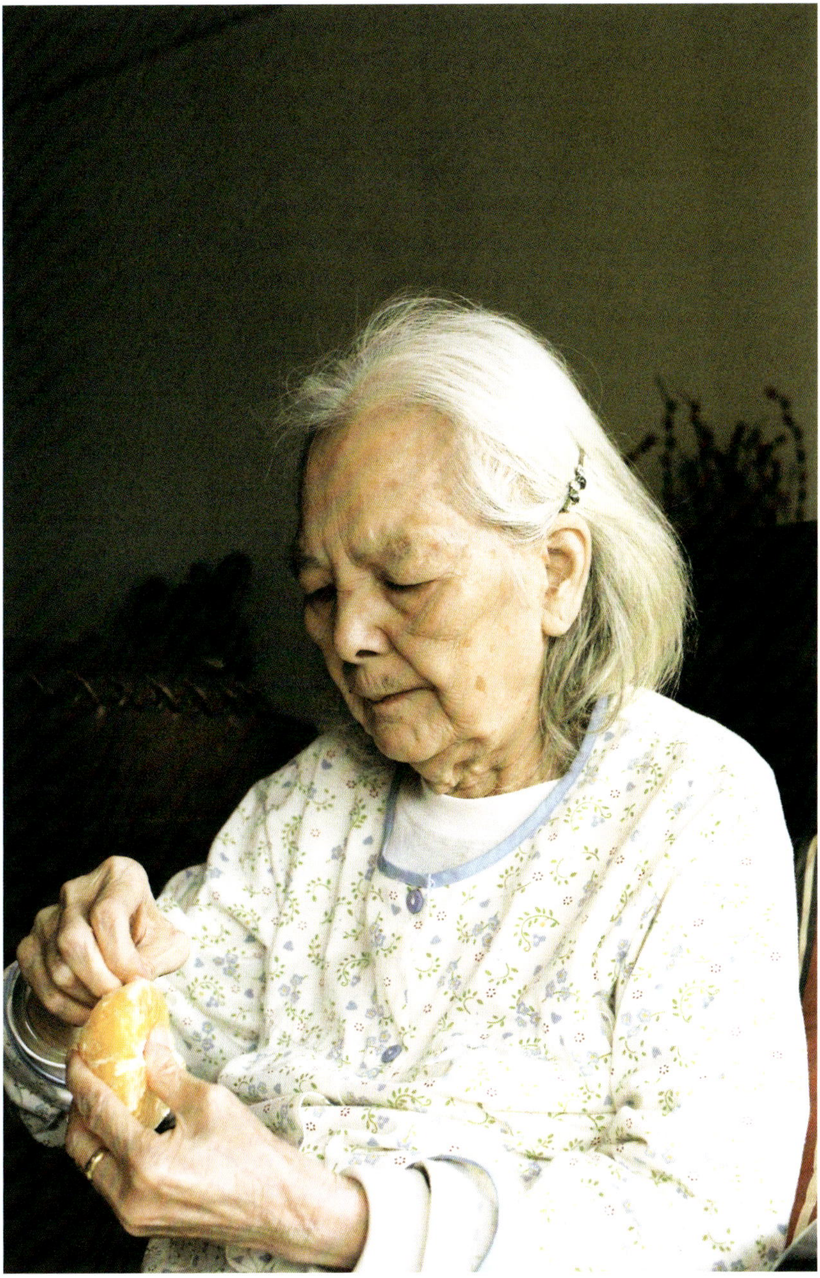

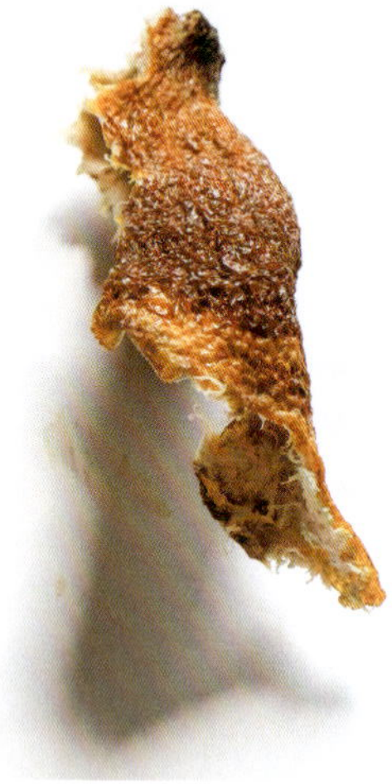

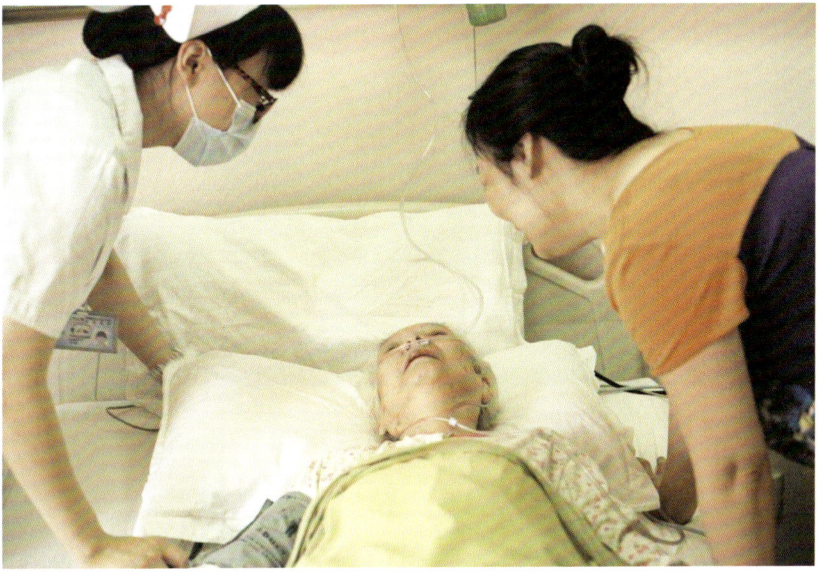

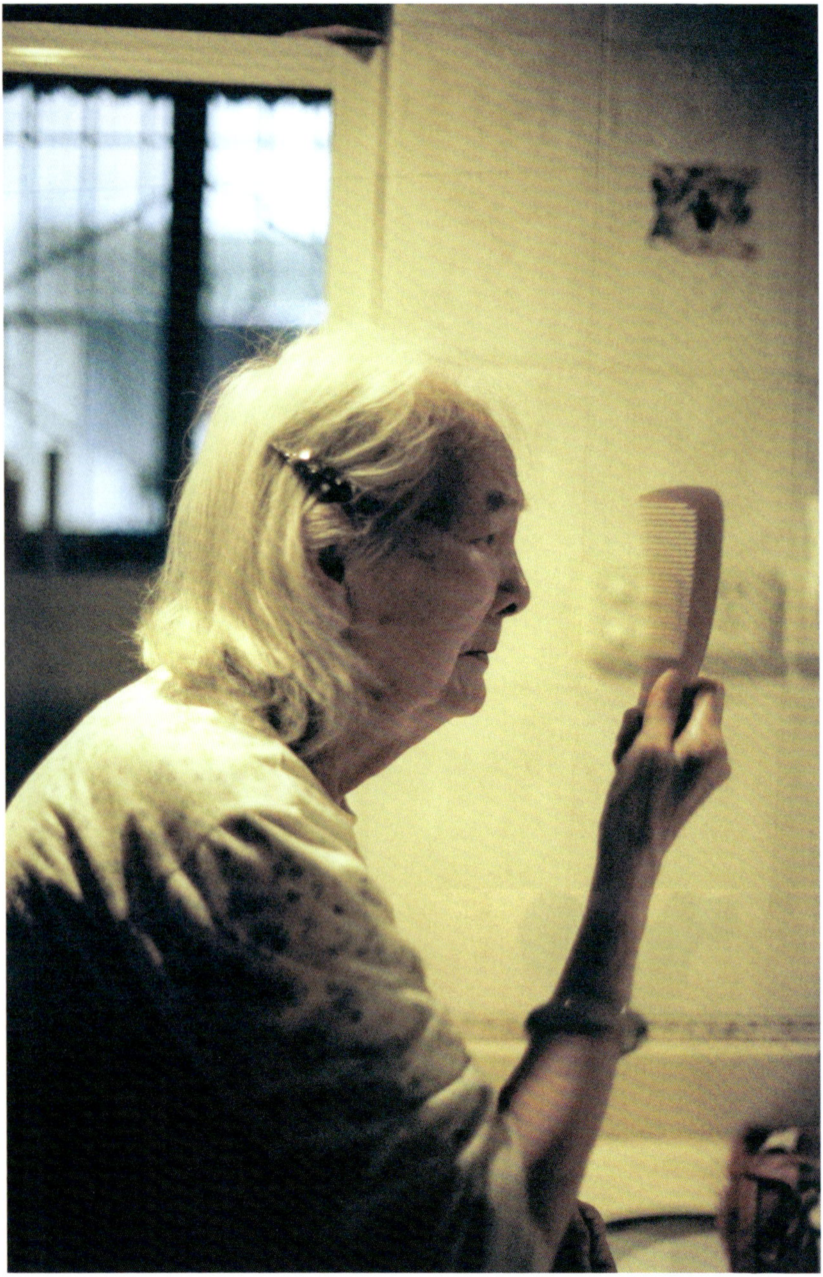

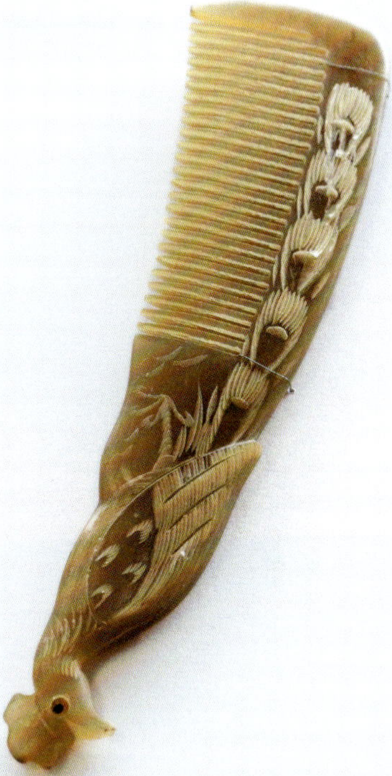

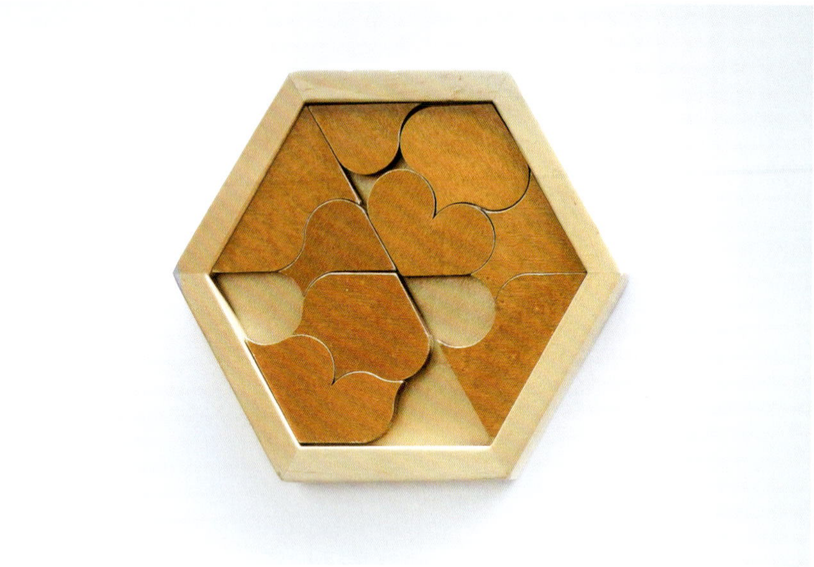

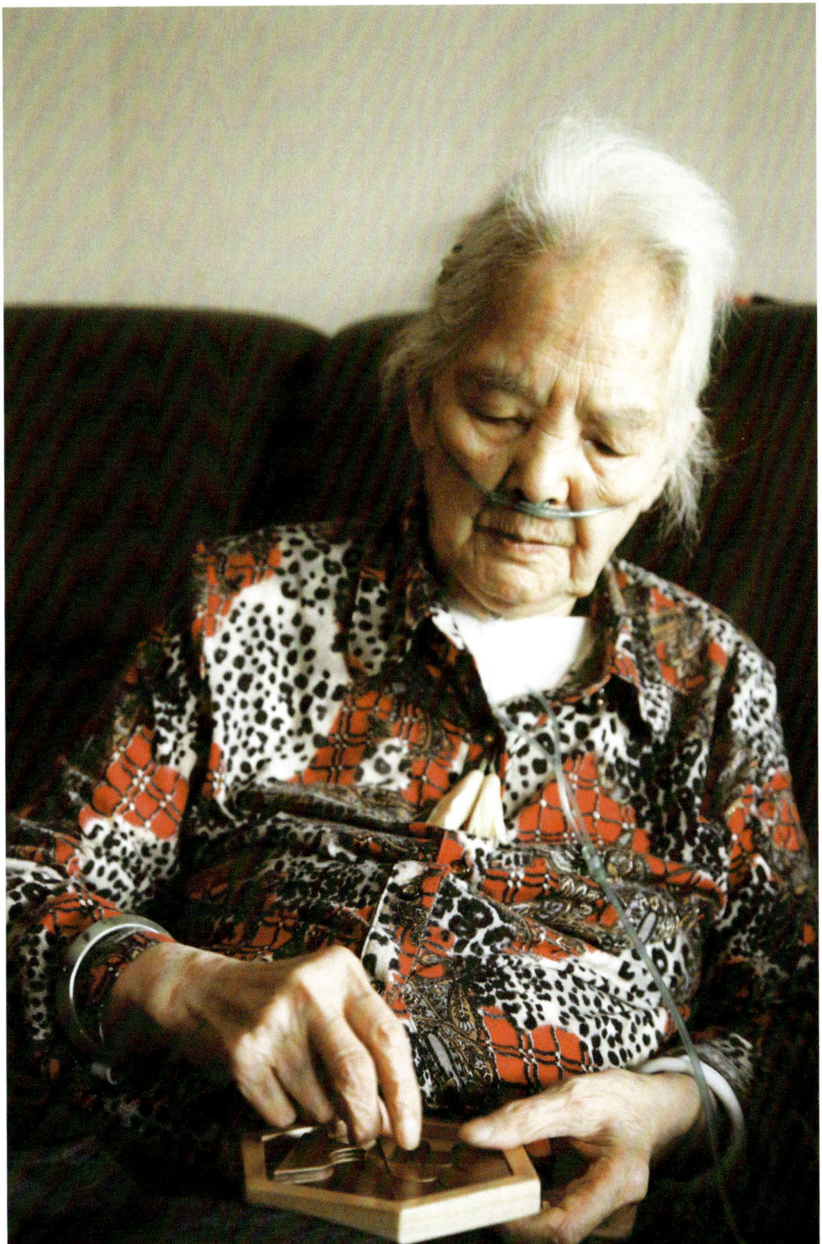

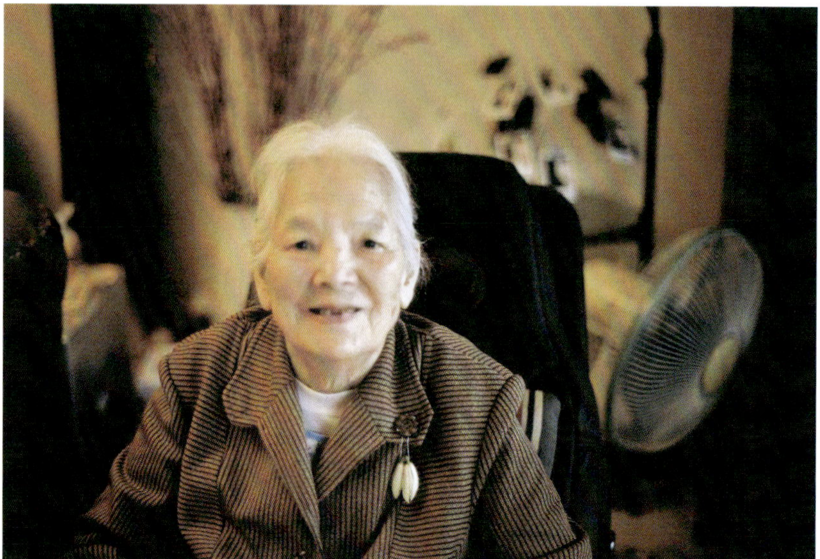

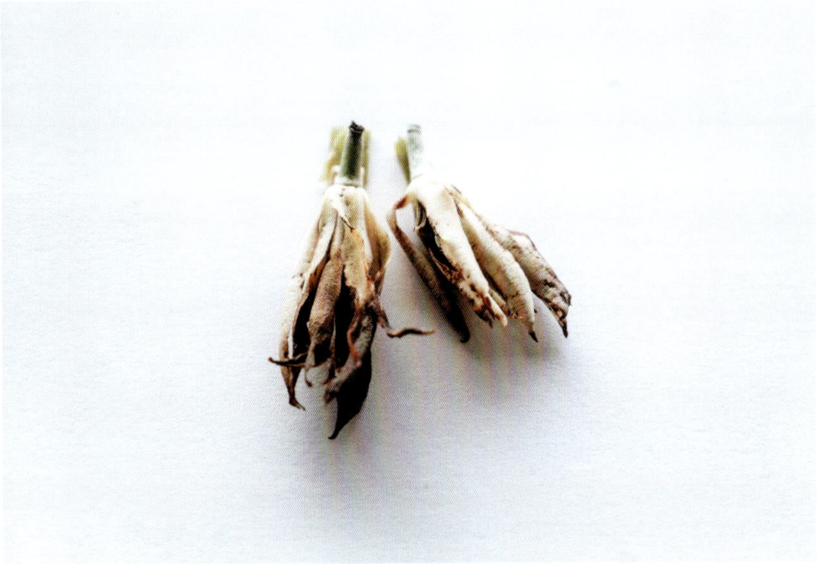

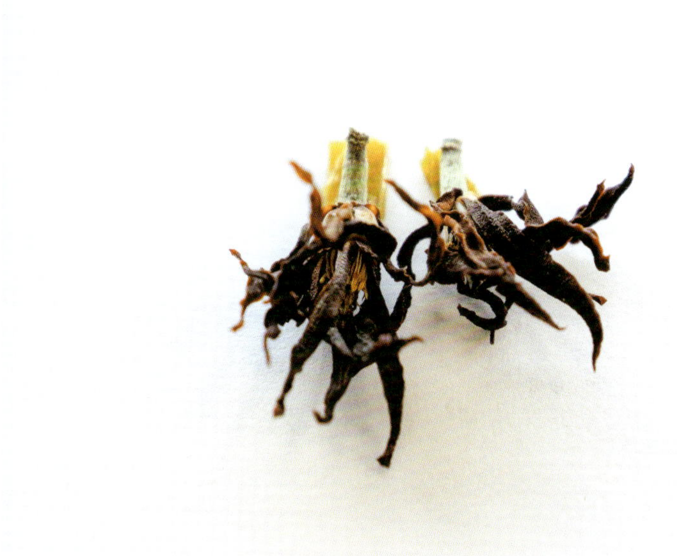

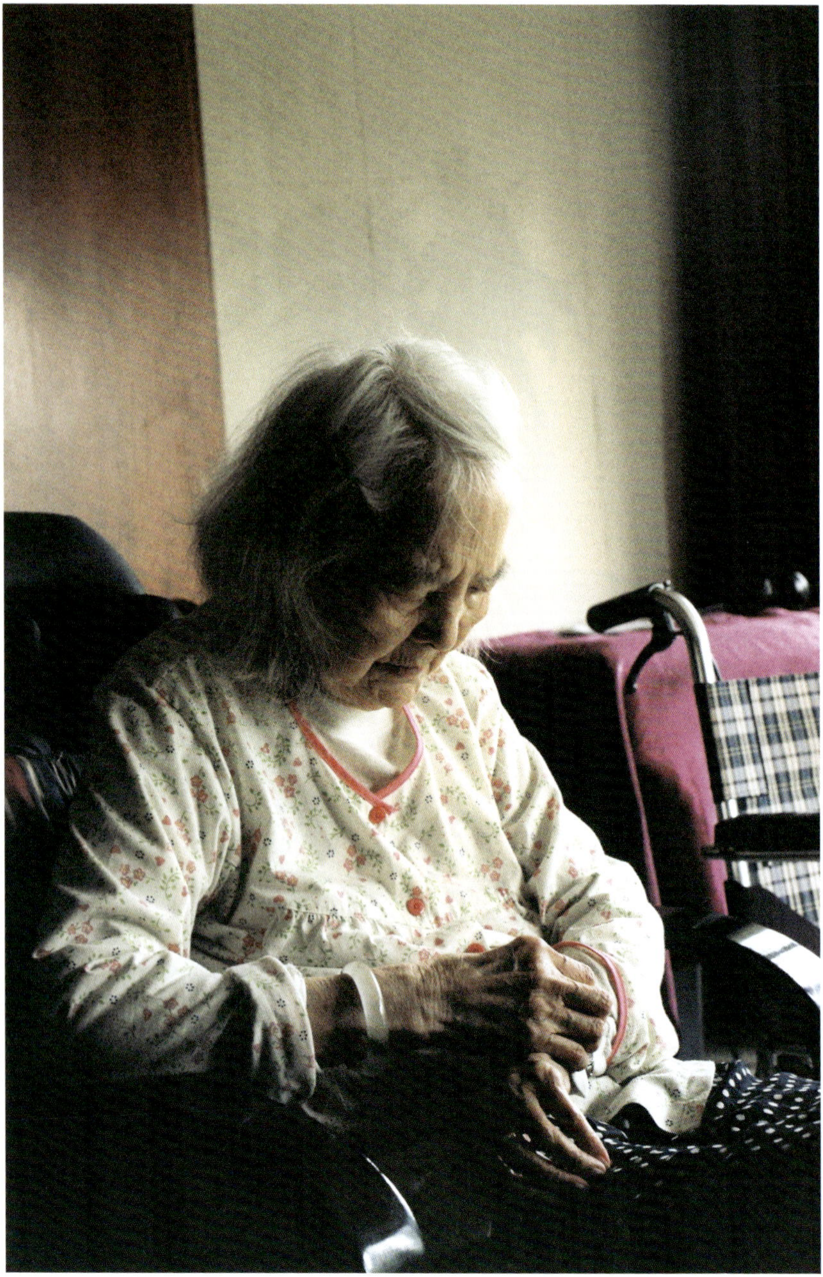

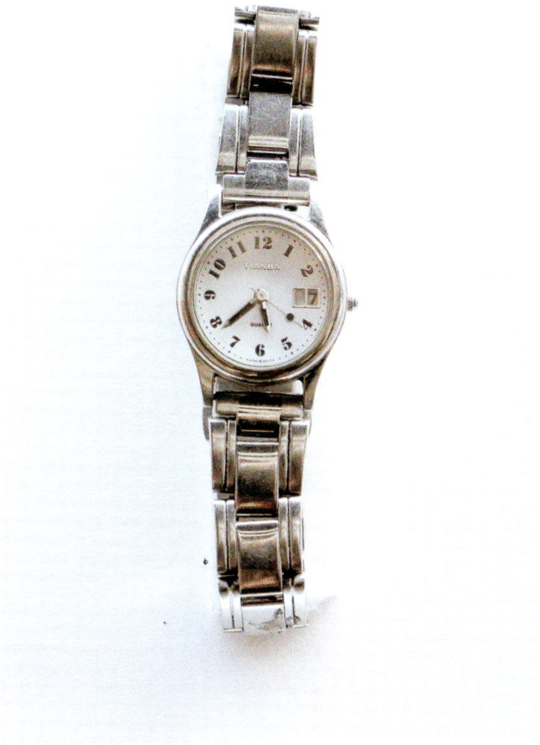

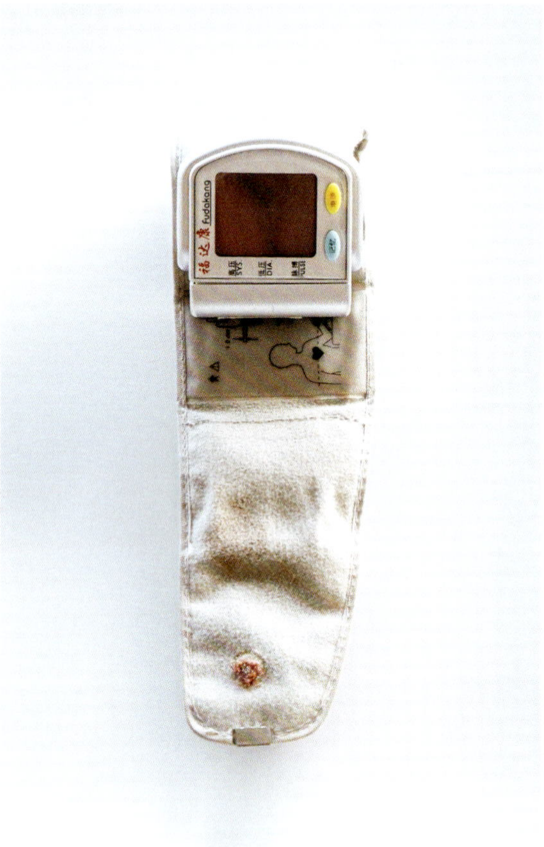

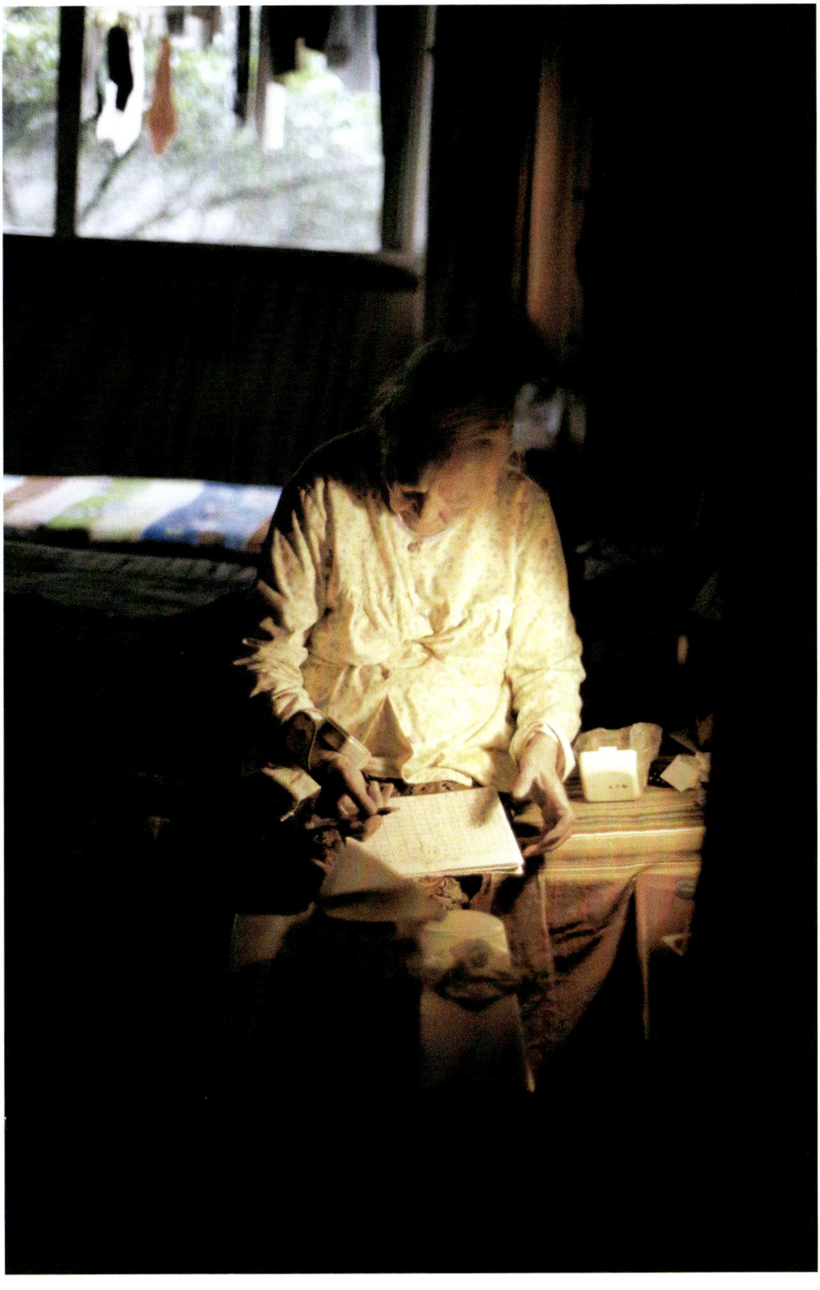

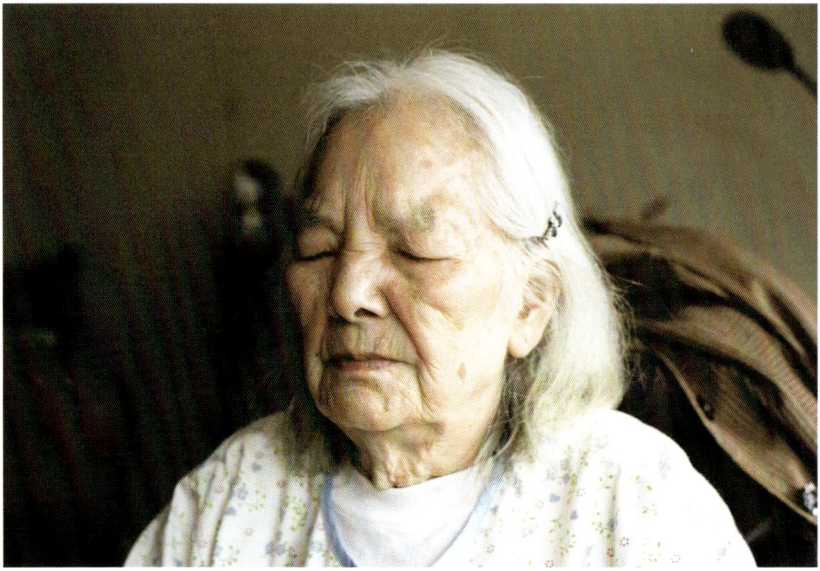

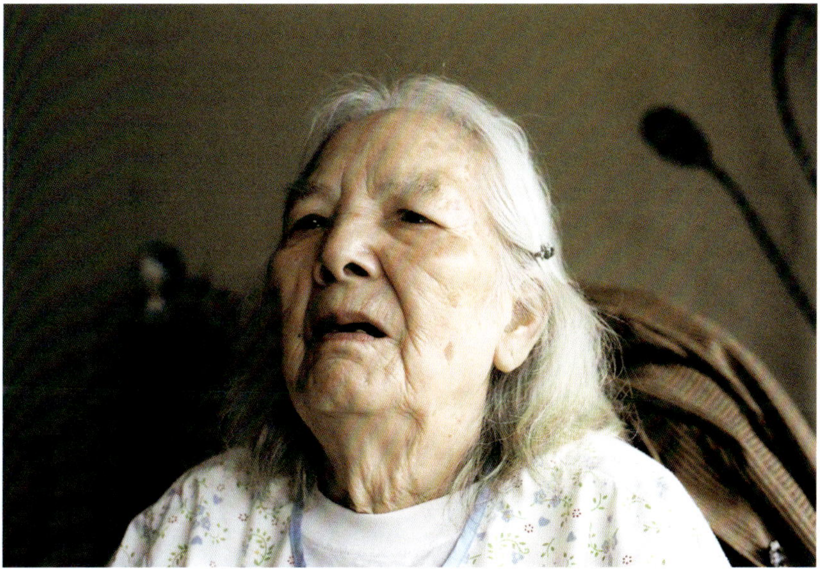

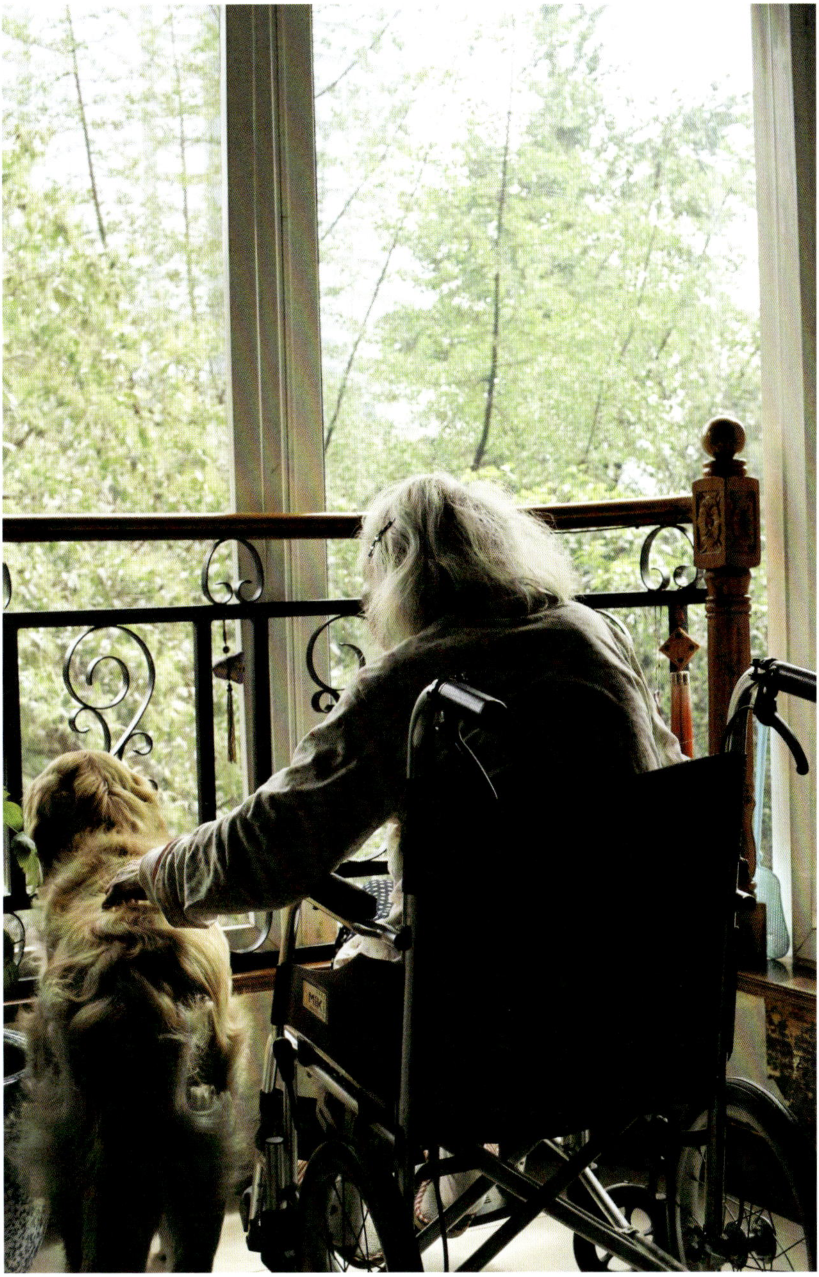

我 的 外 婆 是 神 仙

接到外婆去世的消息是在地铁上，爸爸拨通了我的微信视频，妈妈哽咽着说："为为，你的外婆走了。"地铁报站说，惠新西街南口站到了，我得下车去换十号线。

我对着手机不停地喊"妈""妈""妈""妈"。为什么？为什么我的外婆走了，我要不停地喊我妈。也许是因为我得提醒我妈，她虽然失去了她的妈，但还做着我的妈。也提醒我自己，虽然失去了外婆，但还有妈妈，所以我得喊她，好像喊她就能挽回什么。

昨天又在惠新西街南口站换乘，我特别害怕，怕电话响了。前些日子我冥思苦想关于地铁故事的剧本，千方百计找素材。生活你真了不起，你是全天下最好的编剧。

我从车门出来就蹲在了墙角。爸爸说，外婆还能听见，你喊喊她吧。然后我就开始喊"外婆"了。接着我就哭了，哭之前非常熟练地把手机镜头冲向了天花板，号啕。地铁站里很吵，外婆不会听见我的哭声，那她有没有听见我喊她？

晚上十点过还有那么多人在地铁里走，我分了个神，想起倪老师曾说，工作人员在地铁里碰到过蹲在站台上"哭到崩溃"的女孩。我一想，啊，这不就是我嘛，赶快站起来，得先回家。回屋把蜡烛点上了，还有香，拨了两通求救电话。我明明话都说不清楚了，还强撑着和直为姐姐说，我还好。她说,你好个屁。我又说,我没事。她说,你没事才怪。她还说,你别压抑,别憋着,只要是真实的,就让它流淌。这句话赋予了我随便哭的一切权利,哭一轮,就好一点。草枚姐在电话那头叫我的名字,如同我叫我妈。我就被这么生生地叫住。订票,约车,收拾行李,洗澡睡觉。王旎阿姨和圆圆打电话来确认我是否安好,我已经听着《金刚经》在洗澡,又是那个可以随口讲段子逗笑他人的人了。

我恳问灯,现在能做什么是对外婆最好的?灯说:"静静地在心里和她沟通。她那么爱你,你也那么爱她,她什么都能听见。灵魂是相通的,跨越时空的距离。"我就躺在床上,和外婆讲话。没法讲,一直哭。可是我特别听话,所以我听到自己一边哭一边讲,字正腔圆稀里糊涂地讲出了声:

  外婆,谢谢你抚养我长大。
  外婆,你很好地完成了此生。
  外婆,我会好好照顾自己,也会好好照顾大家。
  外婆,你放心地走吧,不要留恋。
  外婆,你安心地走吧,朝着光走。

说着哭着我就睡着了。

第二天清晨快到登机口时,我看见了一只蓝色兔子,很大,长手长脚小脑壳。我每次做完展览都会纵容自己买个玩偶，顺便以展览地名中的字命名。我抱着它说，那你就叫"纳纳"吧，西双版纳的纳，也是接纳的纳。但我看了一眼吊牌上的价格，算了算了算了，这兔子太贵了，打算放下时它说："你都给我取好名字了！我再也卖不出去了！"

我需要这只蓝色兔子帮忙做三件事：

> 第一，它太可爱了，有良心的人看到我抱着它都会朝我笑。我需要陌生而微小的善意把我从小我的悲痛中拖拽出来。我得提醒自己，这悲伤是小家的悲伤，飞机照样飞，人们照样活，世界照样转，我不能沉溺在悲痛里。
>
> 第二，我得分分神。我需要一个玩物拿在手里，扯扯它的长耳朵，挥挥它的长手脚，戳戳它的小眼睛。
>
> 第三，如果我在飞机上还要哭一轮大的，我得预备一个拟人的拥抱，总不能抱着小桌板哭。

感谢我的邻座小哥，全程没问一句话，旁观我抱着兔子鬼哭狼嚎。他找空姐要了纸，塞到我的手里，等我哭完了就和我一起玩兔子。

汽车到了家门口，这次花圈上的每个字都和我有关系。把兔子放下，车门打开，我就是个大人了，是个所有人累了我也不会累的大人,所有人哭了我也不掉泪的大人,所有人垮了我也能撑住的大人。可我不想做大人。大姨说:"吴为你怎么回事突然一下长大了那么多。"这世界上哪有突然一下,除了死亡,生要生很久,死亡就一下。

葬礼上好多规矩,我们一边说着迷信,一边照做不误。我们的信,来自我们的爱。我们放手,把她交回天地,不知道怎么是好,干脆就都信了。去殡仪馆的路上我和姐夫说,长大真不好啊,外公走的时候我只用负责哭,现在我要负责除了哭以外的其他事情。致悼词时,我是这样结尾的:"我想,现场的每一位,都和我一样,非常非常地舍不得她,我从来没有见过这么好的妻子、老师、伯母、母亲、奶奶、外婆。那么我也请每一位,都和我一样,非常非常地舍得她,愿意相信她去到了一个没有痛苦极其快乐的世界,相信外公已经在那边摆好了跳跳棋,生好了火炉,放好了游戏机,他们要开始一场新的旅程啦。让我们节制哀痛,顺应这场变化,带着外婆教会我们的勤俭朴素、乐观和顽强、幸福、健康、互帮互助地活下去。对生命热忱,对大自然敬畏,对信仰坚定,对爱身体力行。我们勇敢而平静地站在这里,好好地,送她最后一程。温美芬女士,一路走好,外婆,一路走好。"

仪式之后我就崩盘了,蜷缩在外婆的床上,拉着防摔的扶手,哭个没完。她在世的最后时间里,我总回避她,怕看着难过。可现在看不见了,我也难过。人生怎么这么难啊,看见难过,看不见也难过,怎么都难过啊。后来我去找那只天蓝色的兔子,遍寻不得,它肯定带着我的童年携手潜逃了。我失去了蓝色兔子,失去了外公,失去了外婆,失去了童年,但这并不代表他们没有存在过。他们以爱抚养我长大,假以时日,我将带着他们,活成爱的本身。

我的外婆温美芬,美满地完成了这场芬芳的人生。请和我们一同祝福她。外婆,你活得尽兴,也不失辛苦。现在成了神仙,请痛快淋漓吧。

家族小事

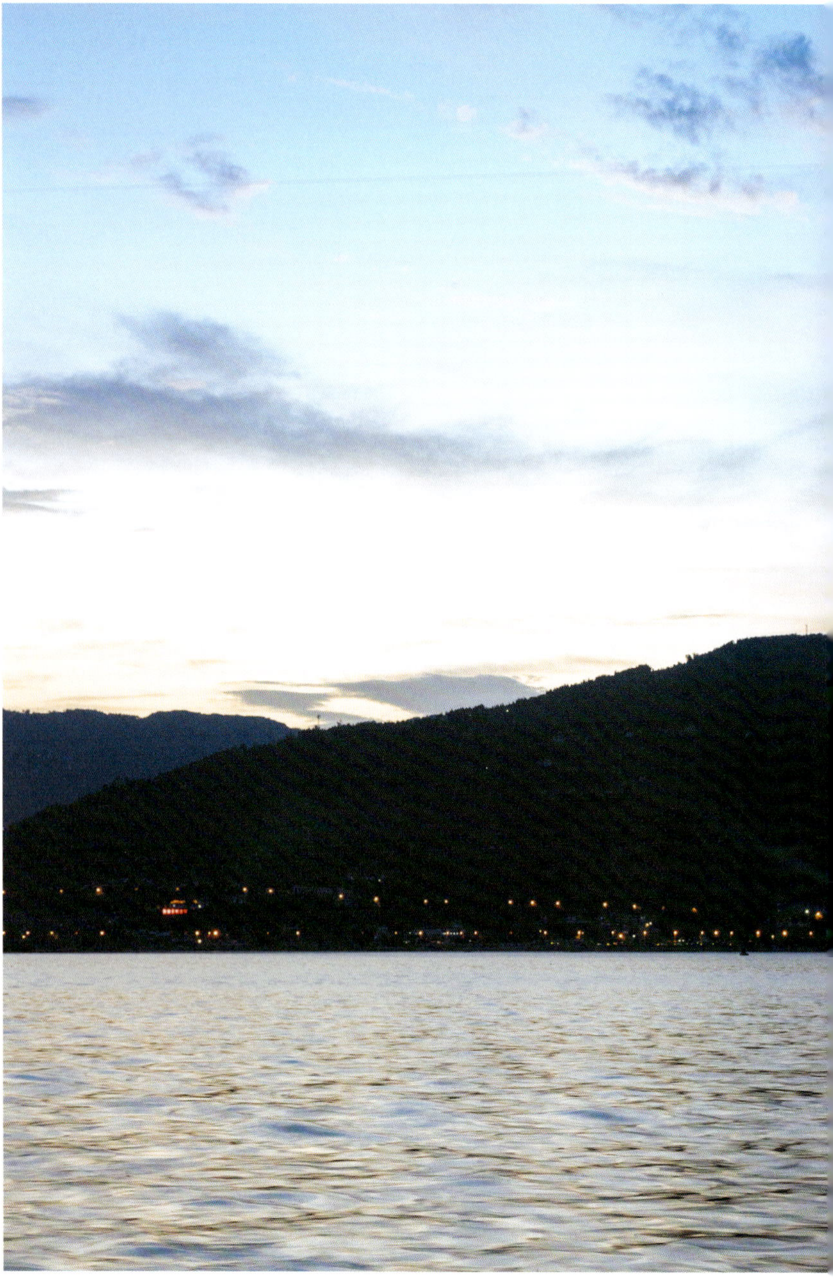

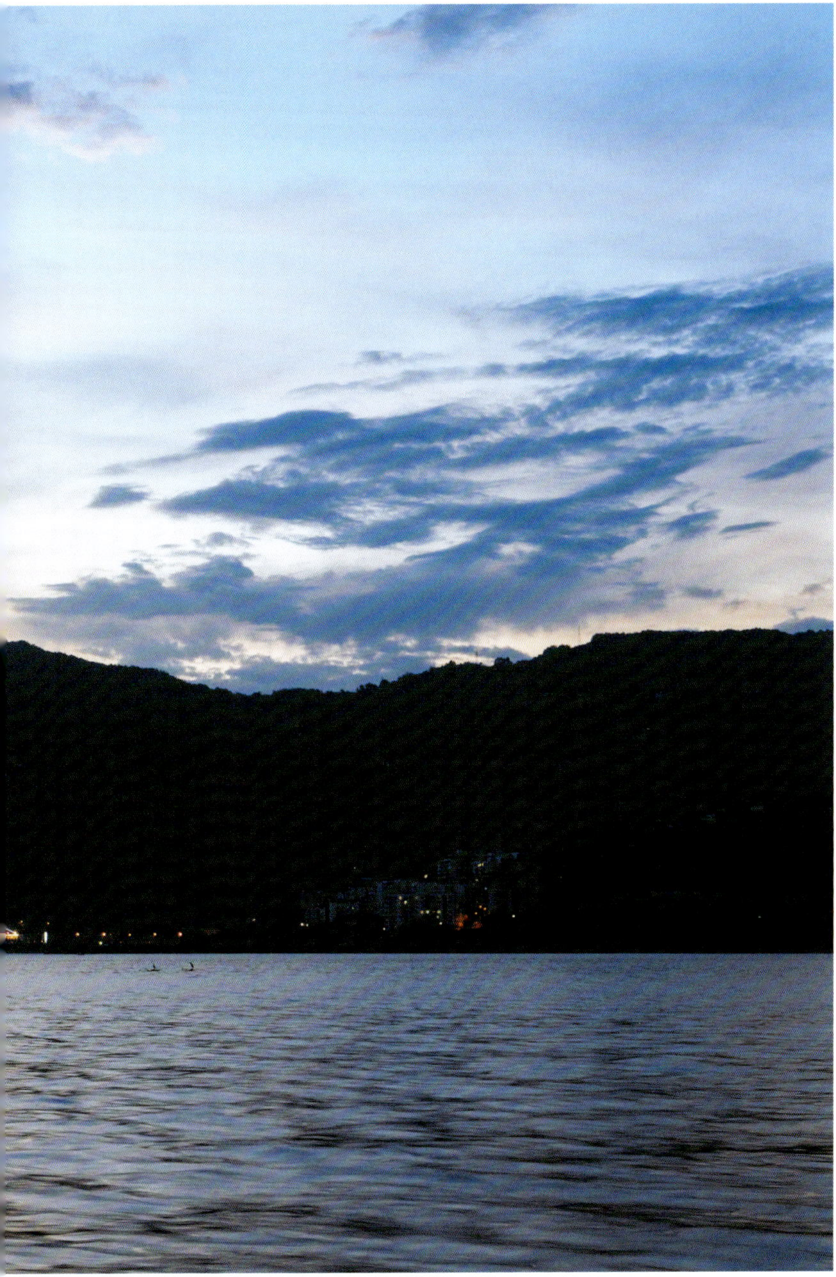

外婆是重庆开县（今开州区）人，老县城因为三峡水利工程淹没，除去地势较高的盛山公园和刘伯承纪念馆，曾经的场景无处可寻。

我坐在新县城的汉丰湖边，听见人们指着水面说，你看嘛，那就是我家。

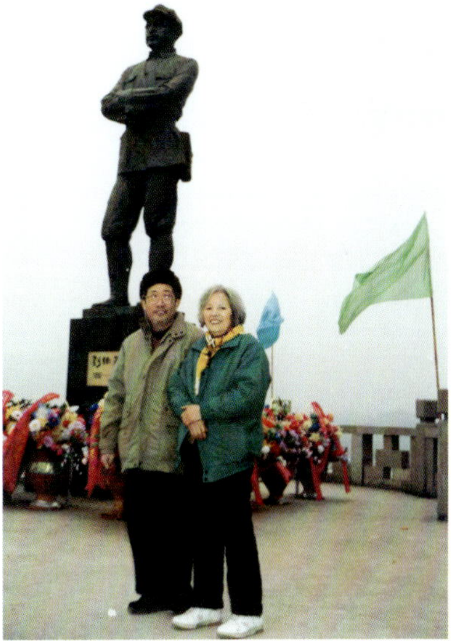

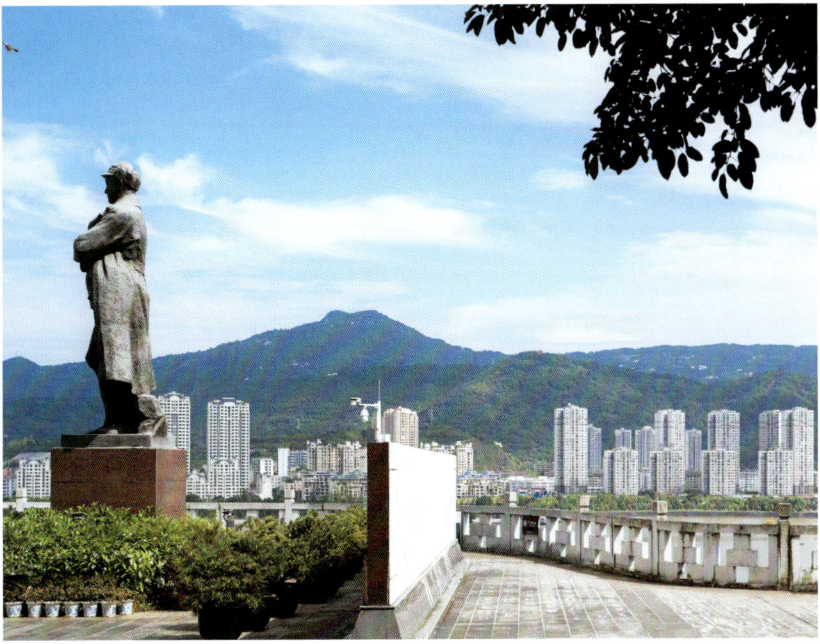

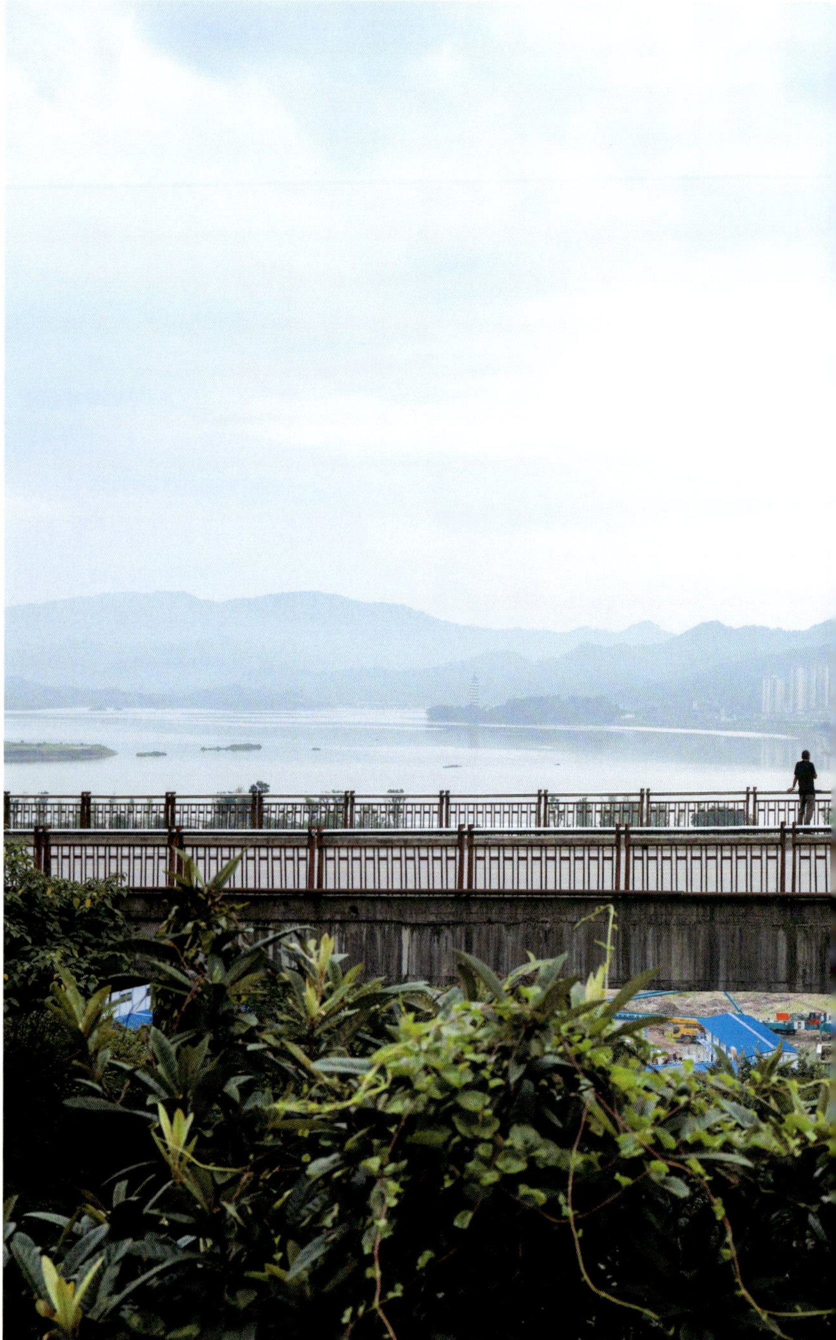

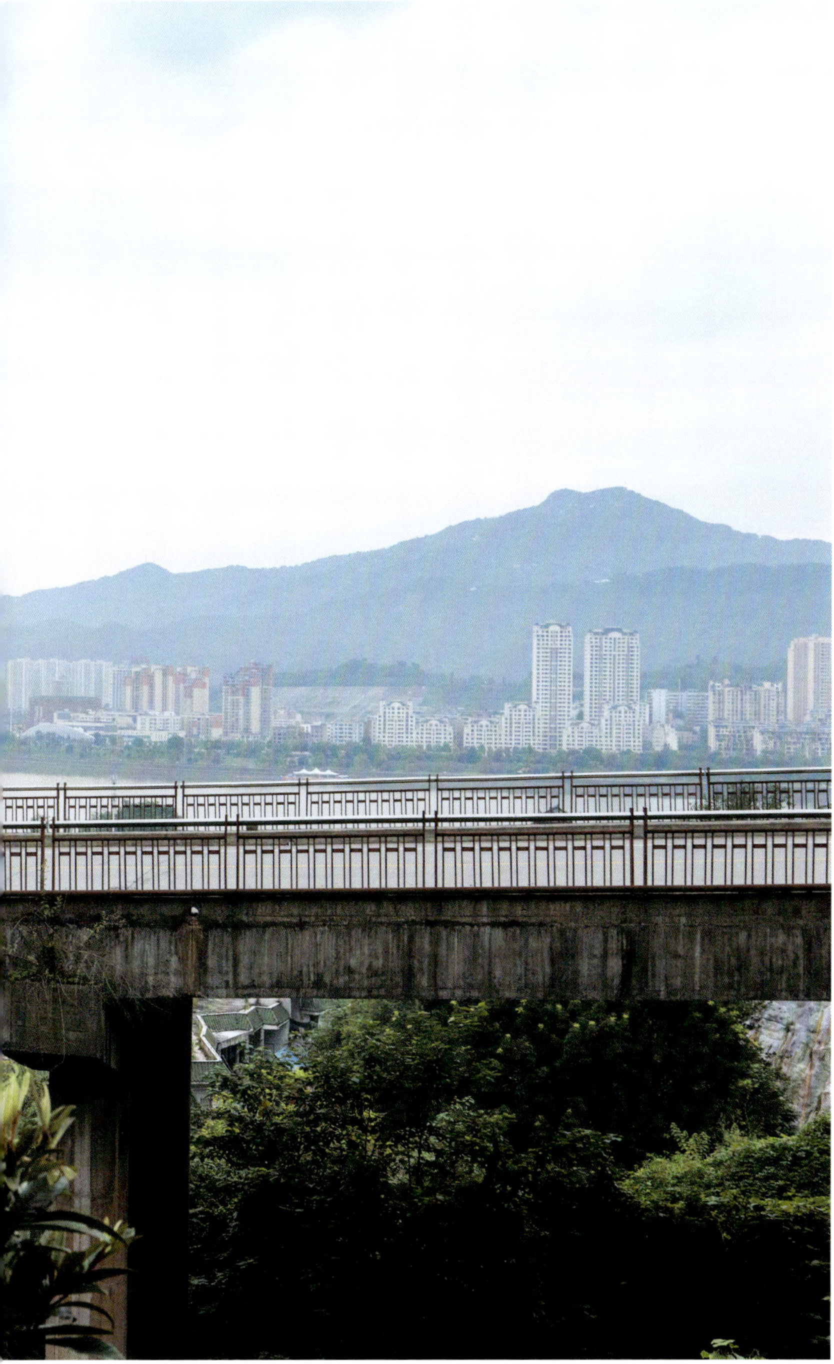

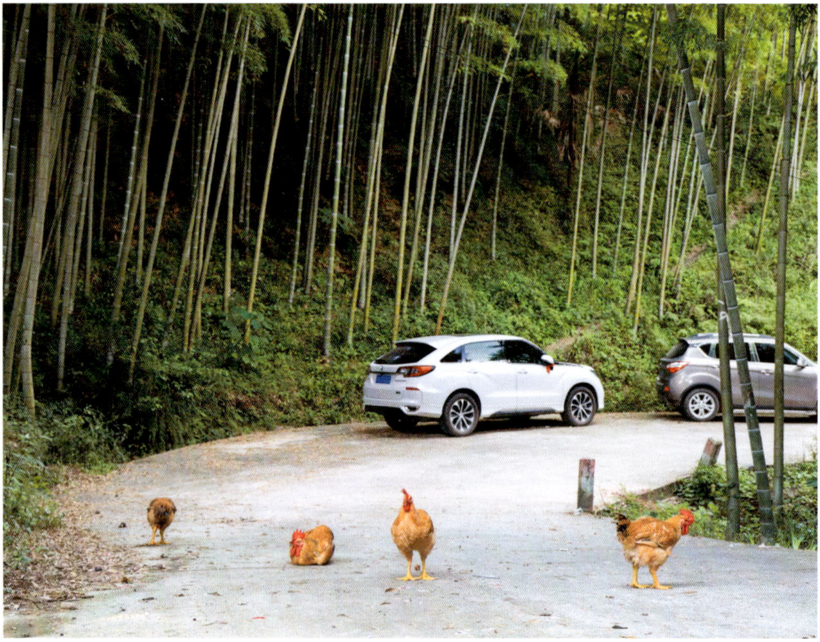

外婆出生于开县临江镇温家沟,那里遍地是竹子,曾经开过纸厂。

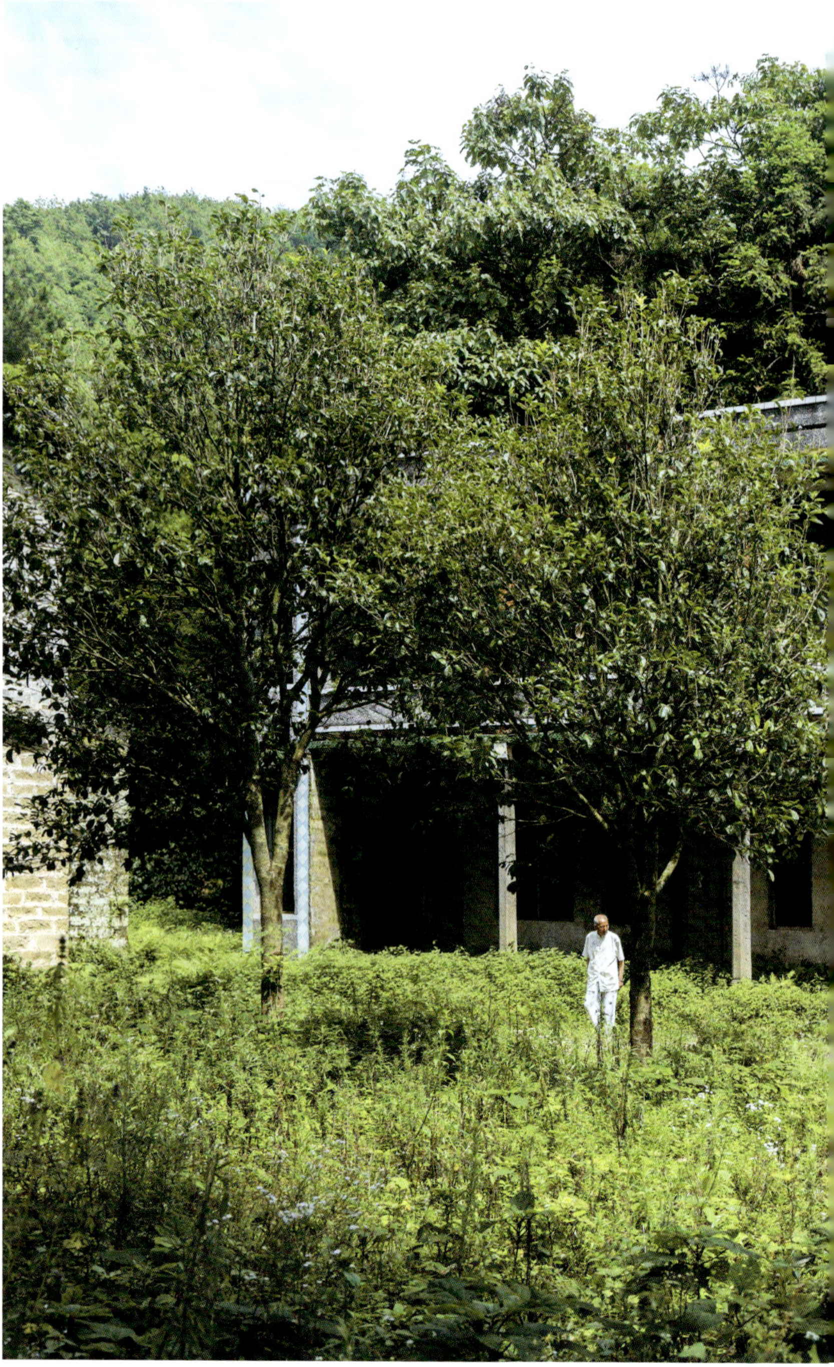

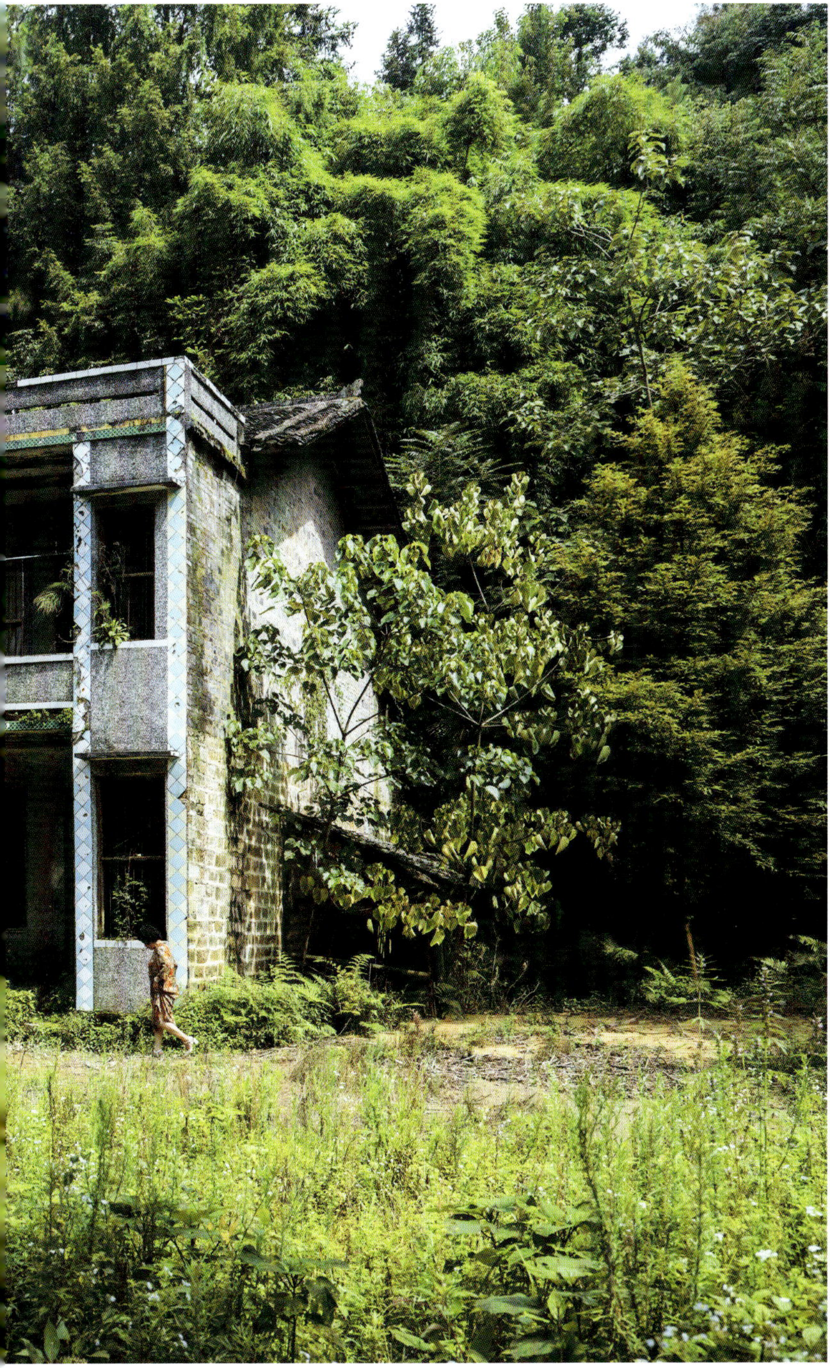

我十一岁时回过一次开县，发生的事几乎不记得了，好像大街上很热闹，有很多小吃。

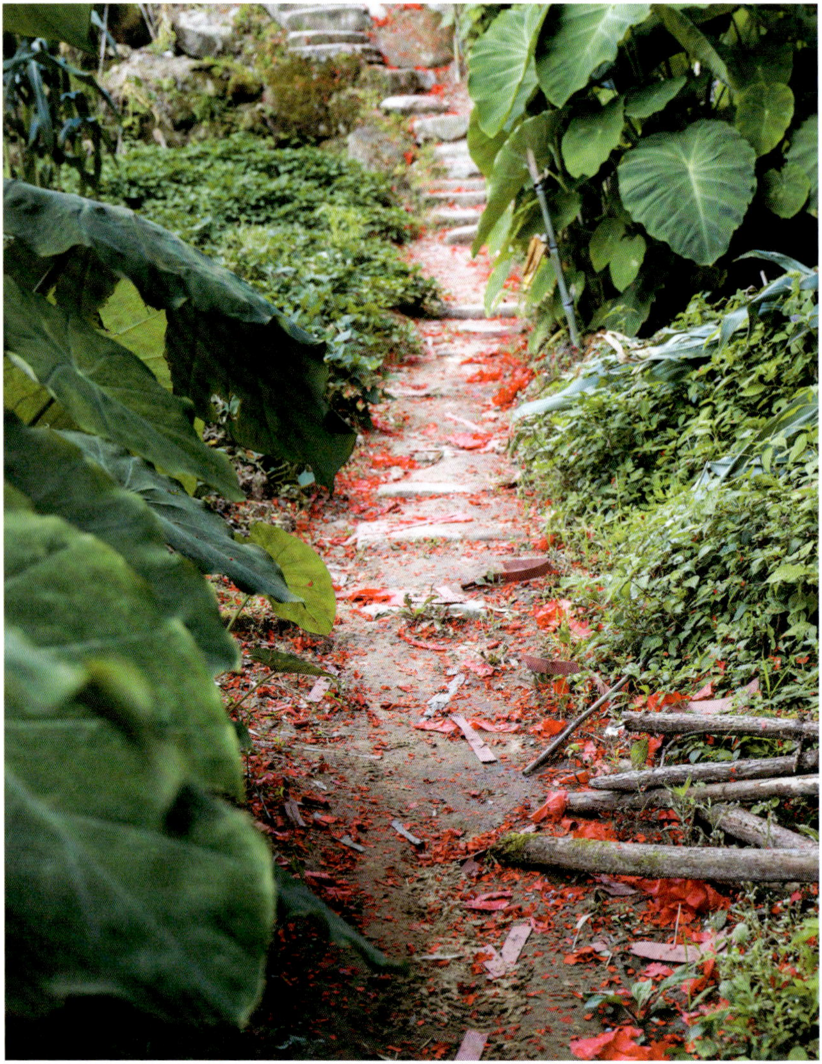

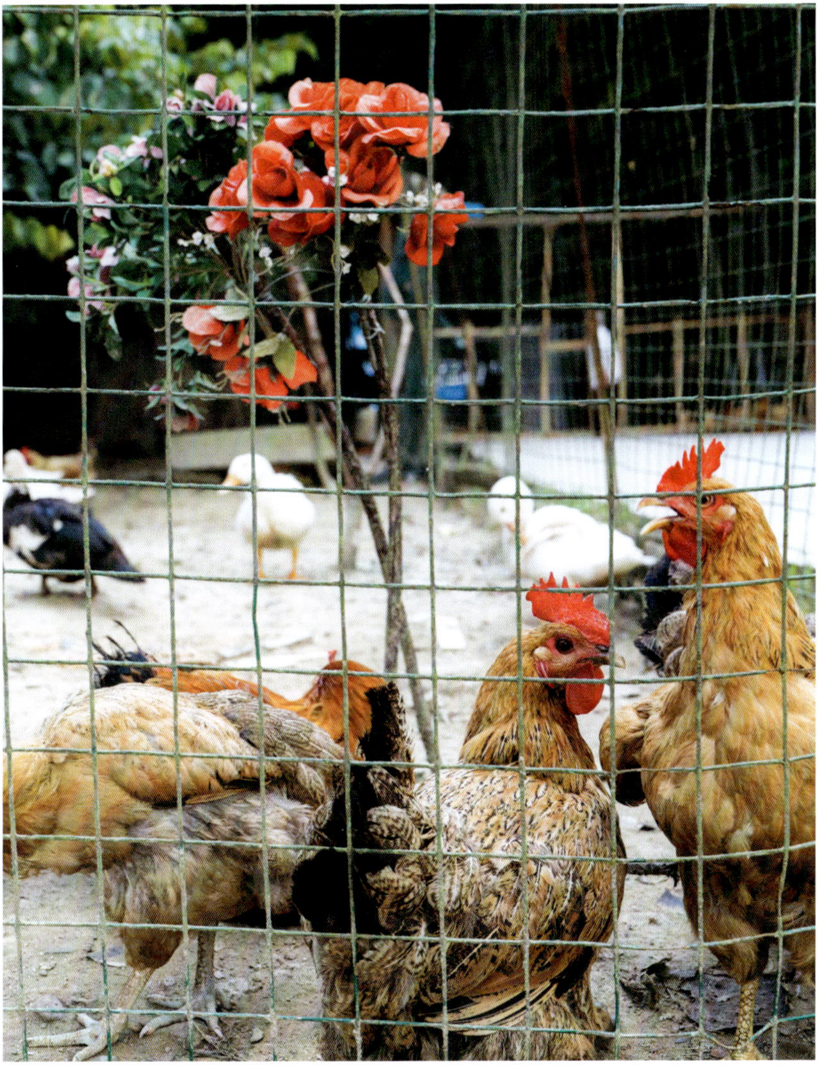

后来听妈妈说才知道，我们还去祭拜了外婆的爸爸妈妈合葬的坟。

那坟在老照片里看起来很大很辽阔。
我去年回去的时候，感觉它很小很寂寞。

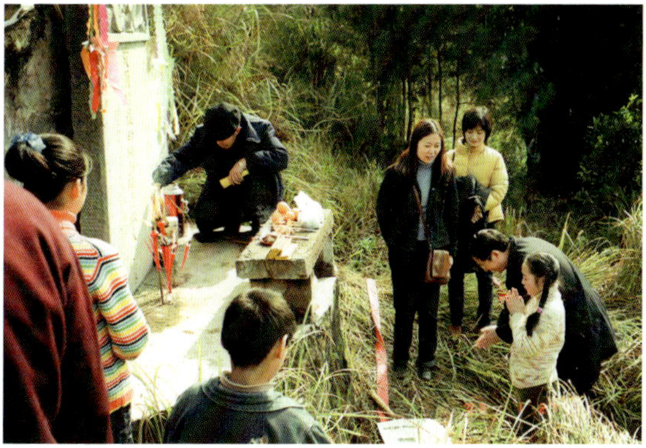

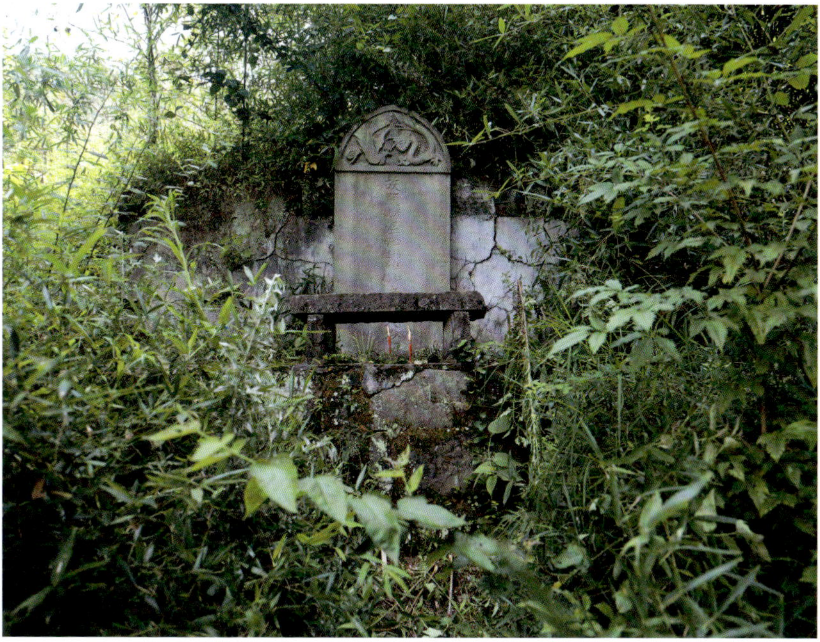

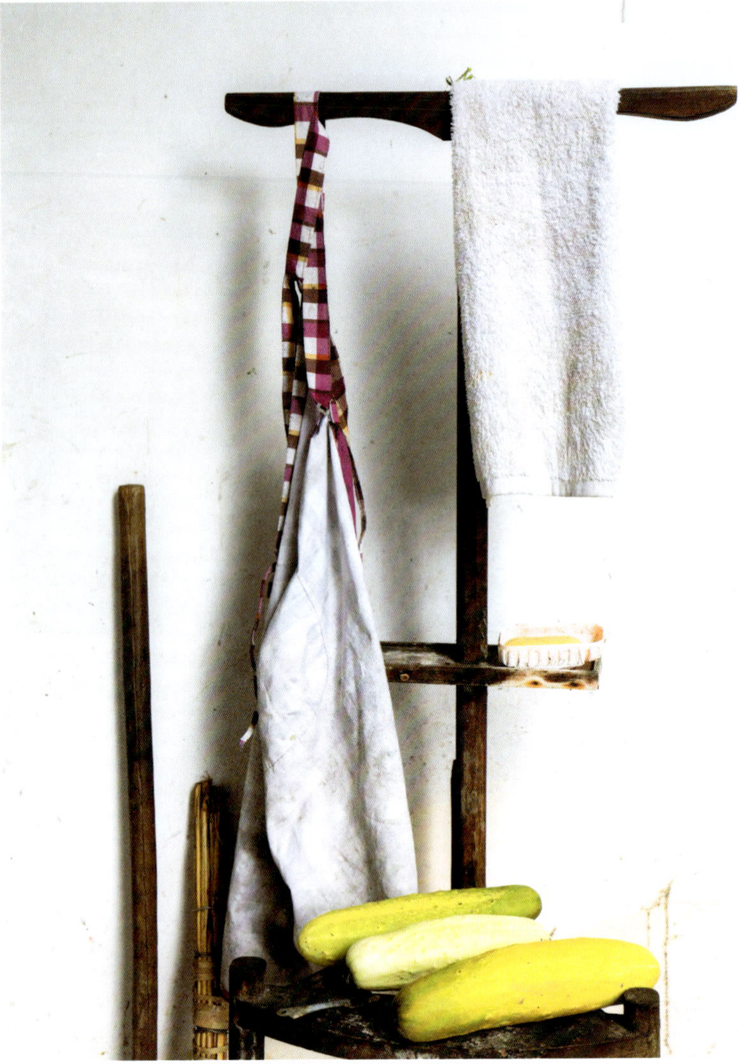

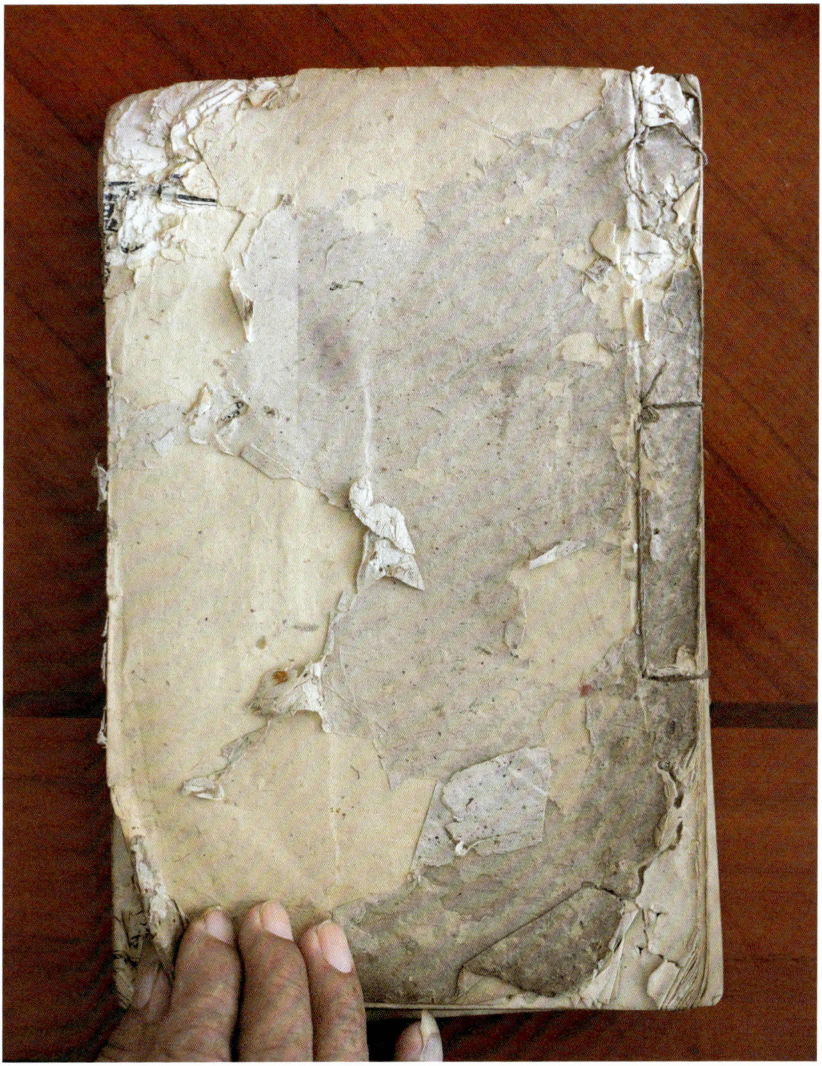

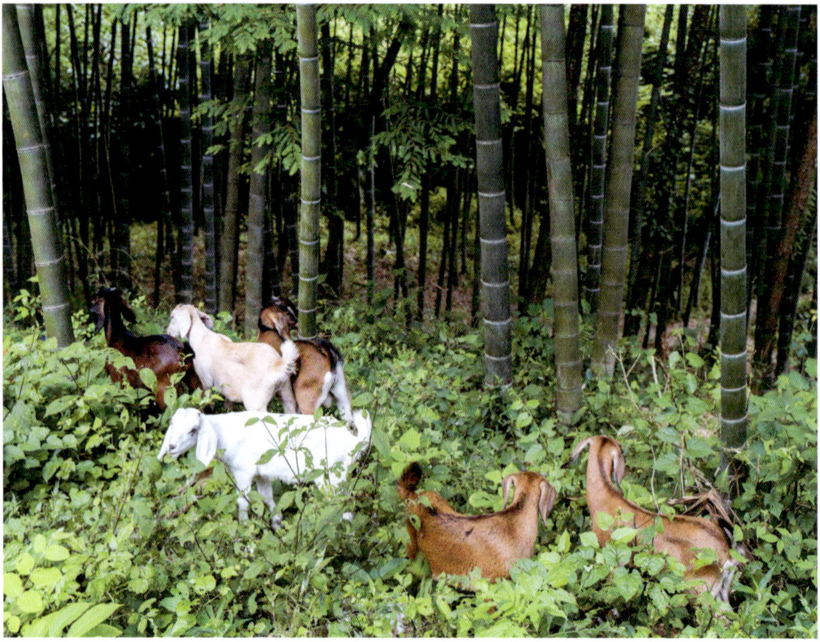

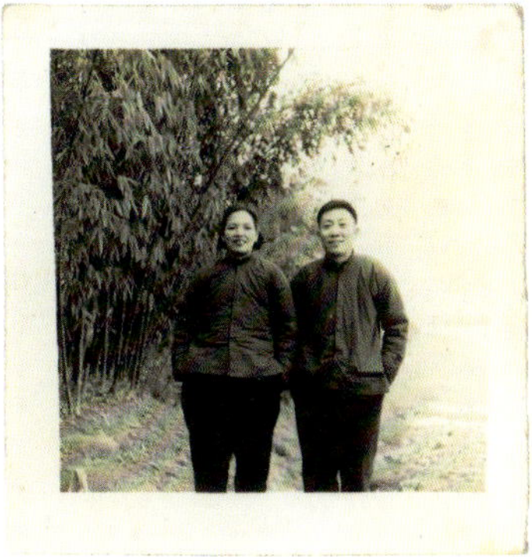

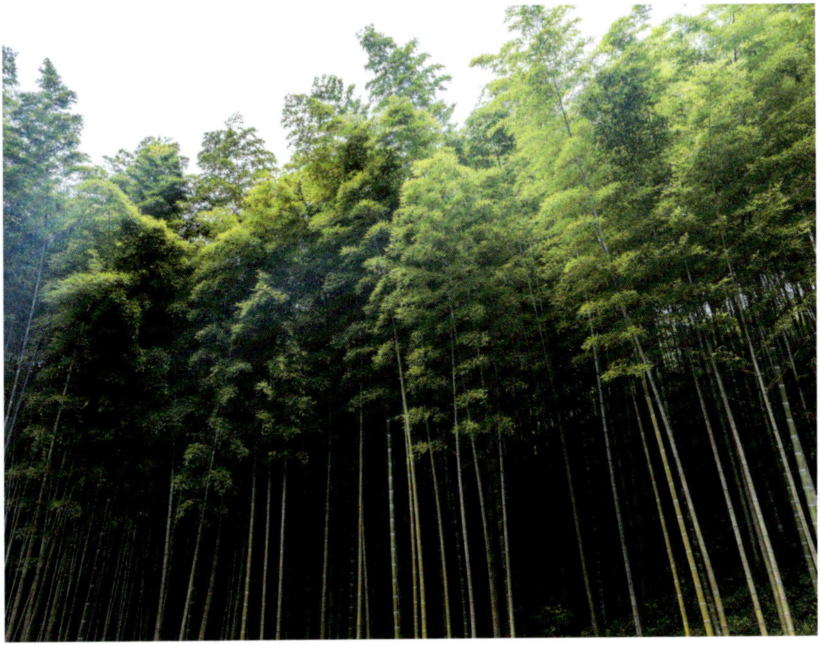

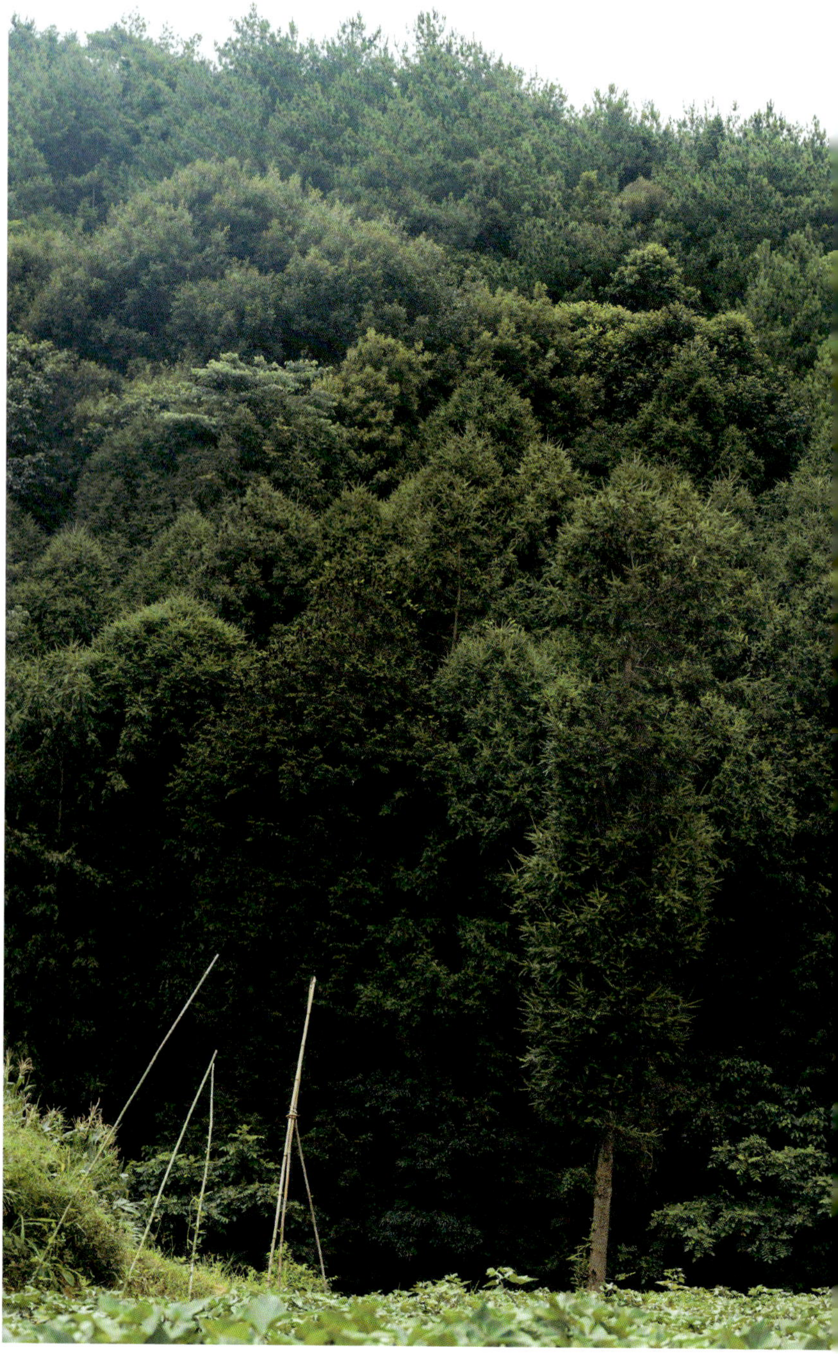

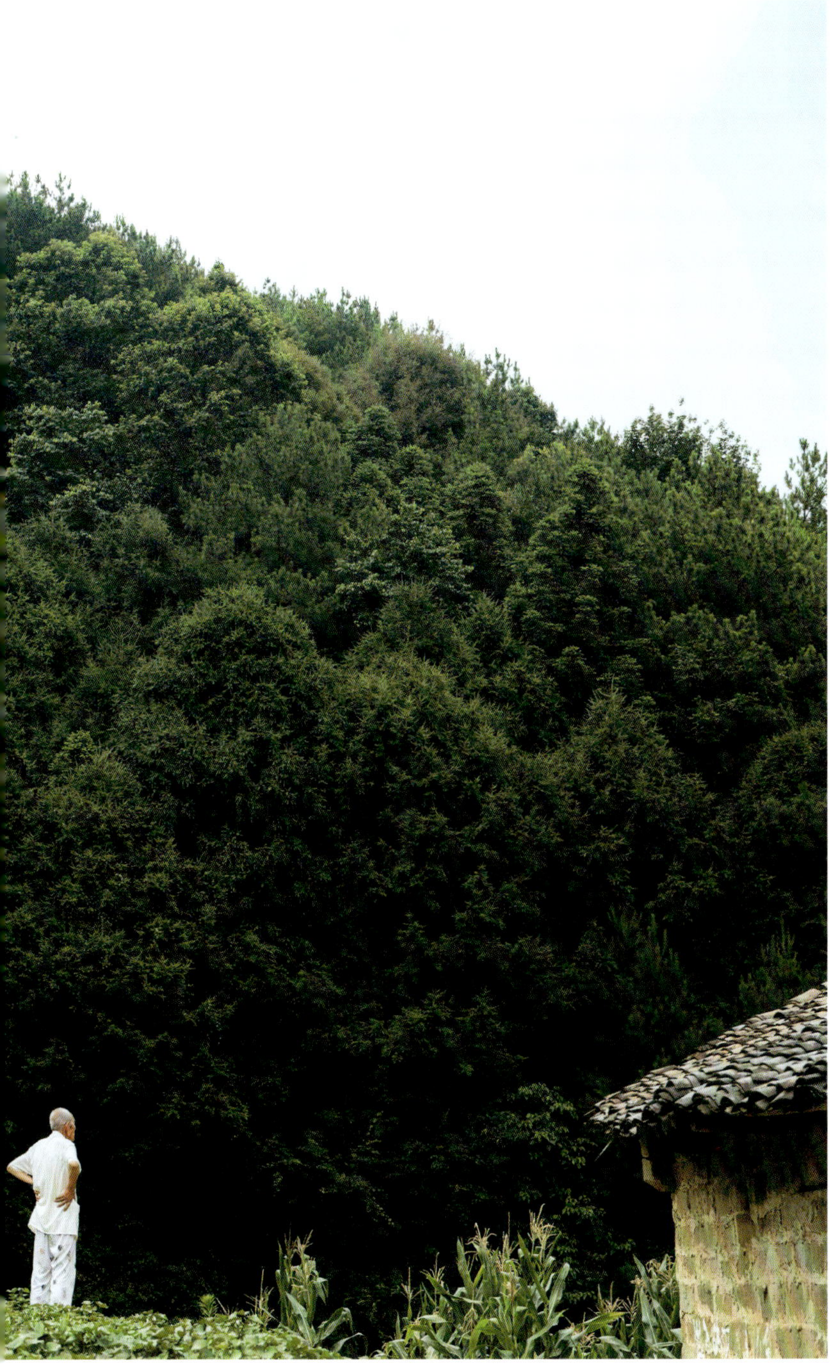

我 没 见 过 的 他 们

2020年1月18日，我在成都的"屋顶上的樱园"上了"家族历史写作工作坊"的第一节线下课，此后一年，在作家周成林的指导下，时断时续地学习如何有体系地梳理和书写家族史。其间采访了大量和外公外婆相识的人，最终整理了33位口述者的叙述，组成了18000多字的《家族小事》。这些故事来自外公外婆的直系亲属和远亲近邻，还有他们共事的老师和教导的学生，它们让我对外公外婆的人生，有了更细腻和宽广的了解。

刚开始做《家族小事》采访时，幺外公还在世，我住得离他家很近，但一直拖延着没去。他和外公长得太像了，我每次看到他，都会更想外公。幺外公是外公最小的弟弟，见到我就会把手拉过去，捏捏我肉肉的手心，笑出眯眯眼地叫我："为为。"他的手和外公的手，摸起来一模一样。幺外公突然去世了。得知消息的那个早上，爸爸看到我就说："你看嘛，叫你不抓紧。"幺外公那儿肯定有不少好听的故事，但都听不到了。后来我去了一趟他家，找到了留下的电话簿，联系上了杜芳素（外公的堂哥）的外孙登哥，由此开启了我的开县寻亲之旅。

我搜集、分类和归总了所有能找到的老照片，第一次看到外公在学堂上学的照片就掉了眼泪。他那会儿还没有少年的模样，是个俊气的男孩，戴着绑腿自在地坐着。从我记事起，他们就是老人了，看到他们那么年轻的照片，才反应过来他们也是从一个小不点，慢慢长大的，在成为我的外公外婆之前，他们也有很多我不知道的人生故事。看老照片，就像在汪洋大海里打捞他们的生命，捞出来一个片刻，寻到宝一样捧在手心里，摸一摸那么小的他们，离我那么远的他们，是我没见过的他们。

在开县，一个爷爷指着我记得密密麻麻的家族谱系说："你外公哟，以前就是想做这件事嘞。"在外婆出生的温家沟，除了表舅爷爷温汉滨（外婆的堂弟），村里的人我都不认识，也不知道怎么聊天。我是个很差的采访者，开口第一句话通常是："你认识温美芬吗？"被问到的人大多茫然摇头，而一位九十多岁的婆婆指着不远处的坝子回答："温美芬啊，哪个不认识呢，我们就在那儿跑到长大的，经常在一起耍。"我一抬头，就看到了还是小女孩的外婆，小小瘦瘦的个子，扎着小辫儿在那儿笑着跑着。内心战栗，像被人生的某种力量穿过了。

我去了几趟外婆的老屋，表舅爷爷不放心，始终在外面的树下等我。我从屋里出来，他就笑盈盈地把我望着。一进老屋，就看见年轻的外婆在其中忙碌，从残破的墙壁望出去，是一大片的竹林，悠悠地晃。我在屋里静静地待了会儿，有根小房梁掉下来，轻轻砸了一下我的头。

《家族小事》封面的字体，是我从外公留下的书法练习帖中，一个字一个字翻找出来，拍照、抠图、拼合的。实在没有找到合适的"族"字，就拜托如今也在学书法的妈妈帮忙书写。于是这本书，如同外公、妈妈和我，合作完成。

少年外公在读书，外公在第一排左起第三位。

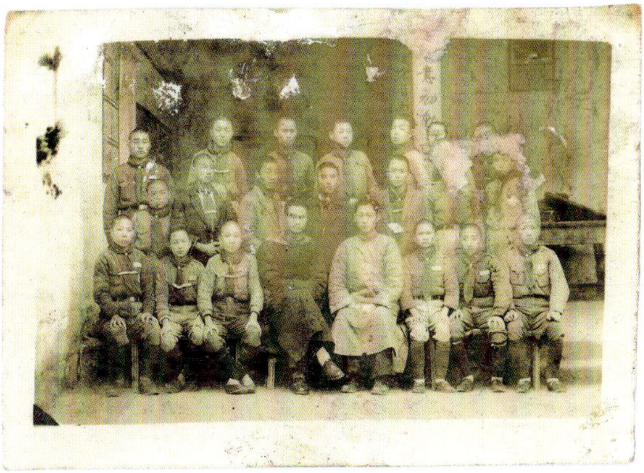

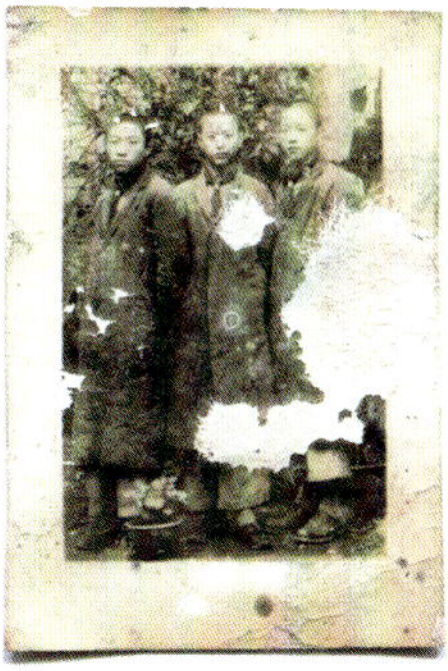

外公的毕业证书。

畢業證明書

學生杜芳耀係四川省開縣人現年一五歲在本校初中部第三四班二組修業期滿考查成績及格亦准予畢業茲因廳製證書尚未頒發合行發給證明書俾便升學此證

右給學生杜芳耀

開縣縣立中學校長 周宗武

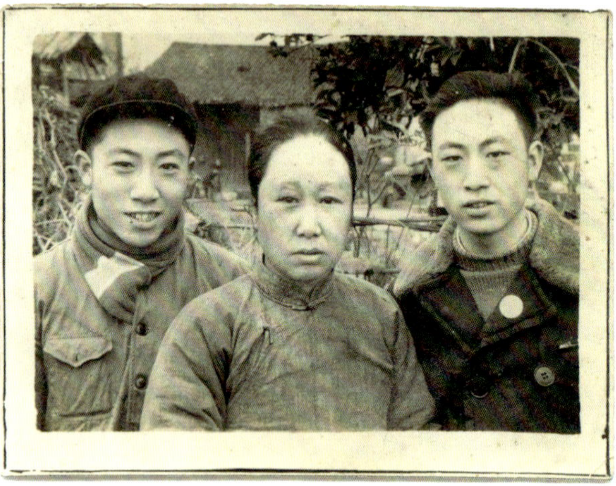

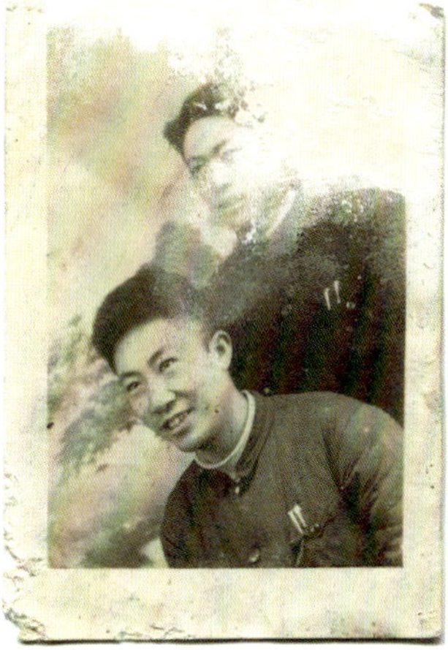

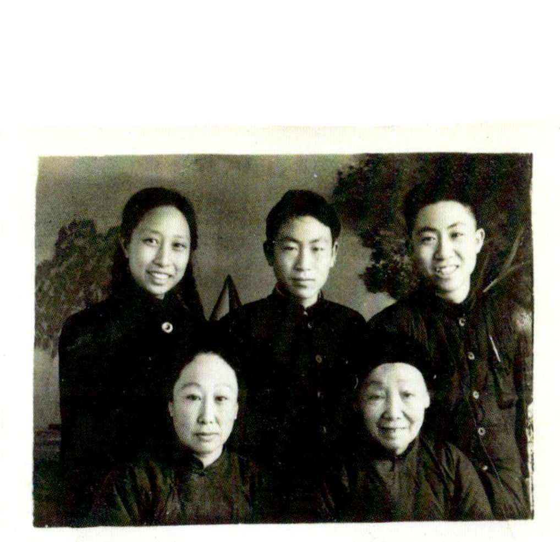

老大姨妈秦家珍（外公的外侄女）：一九四七年的冬天，我和你外公在万县（今万州区）考省职业学校会计班，考了语文和数学，公费学校不要钱，带点伙食费。那是个高职培训，出来之后就可以工作，很不容易考起，要学记账、报账、算账、珠算、经济学、会计学原理。他在男生部，我在女生部，吃住都不在一起。

我们在开县，轮船、汽车、大河大江都没见过，当时考起了就和舅舅一起去上学。学校不在万县，在沱口，要在长江里坐船，哎呀把人吓死了。舅舅和我坐在一起，就相互拉着，生怕那个木头做的小筏子翻了，又怕轮船来了，轮船来了那个浪好高啊。

你外公只读了一年。开学之后听芳耀舅舅说："家头喊我回去做生意了，经济来源有点问题了。"我说："你咋个不读了呢，我的保镖都没得了……"

临东中心小学师生合影

1953. 4. 10.

合影於塙彰中心小学.

杜芳耀

赵家乡小学教职工合影，

外婆在第二排左起第一位，手中抱着舅舅，

外公在第二排右起第三位。

也许是外公外婆的订婚照。

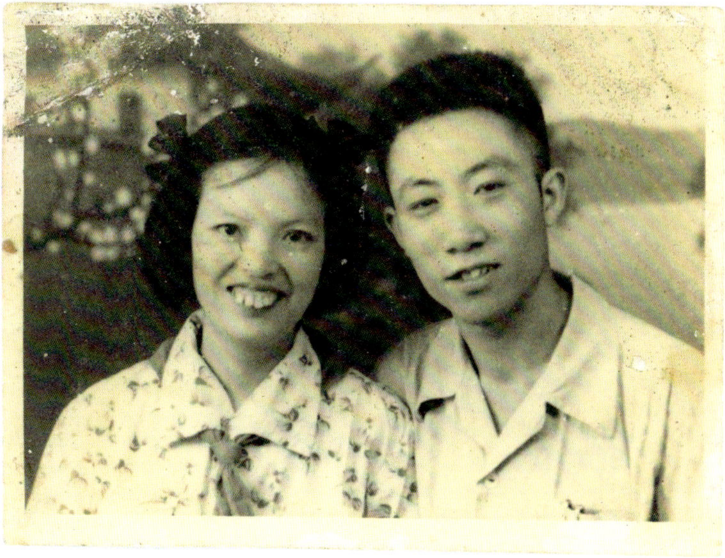

妈妈杜文（外公外婆的幺女）：我出生在开县大巷子三十八号，这个号码是我从来不会忘掉的。在我的感觉中，它是一条很大的巷子，实际上它很窄。你外公讲，你二外公曾经把两个脚叉到大巷子的两边墙上，有些妇女就只能从他的胯下过，他就有那么调皮。粮食局的后门有个坝子，我们左邻右舍的小娃娃就在那儿耍"三个字""摸国""不准动"这些小游戏。我们家门前面还有一截街沿，我就站在街沿上对着粮食局的围墙打乒乓球。

我们家有个腰门，小时候高到我胸口，平常家里人只关腰门。进来是个堂屋，有桌子有椅子，还放了口棺材，房子又深又长，有个过路的巷子。睡觉前去关大门，到处都黢黑，那时很节约不点灯，我就最怕堂屋了，喊我去关门是我最怕最怕的事情，那个心都提到嗓子眼了。我现在很多时候都还梦到去关这个大门，梦到里面有鬼。

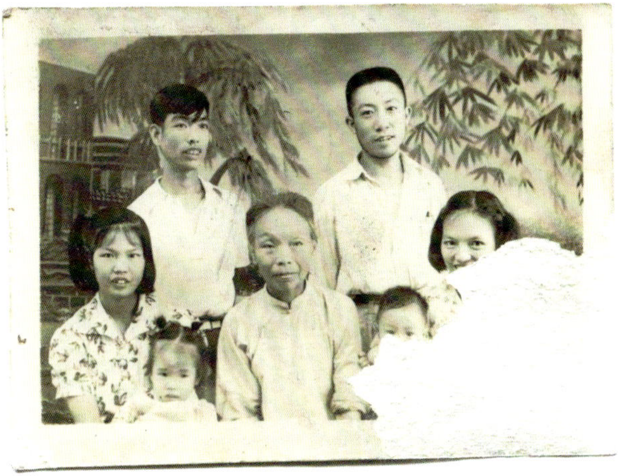

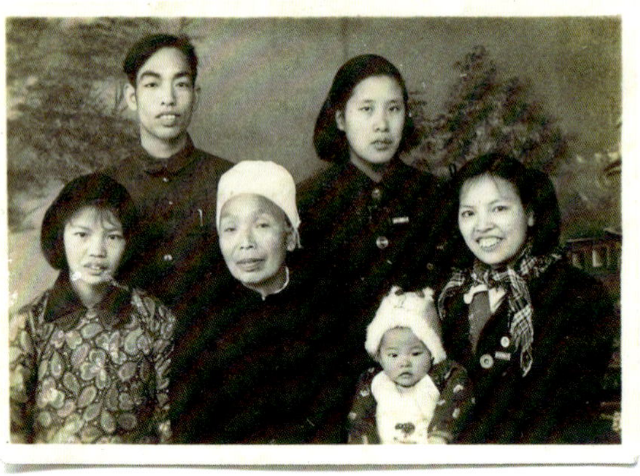

舅舅杜伟（外公外婆的长子）：温家纸厂有个学校，我幺姨温苾芬在那儿代课，我舅舅在那儿教书的时候，我都去过。幺姨脸圆圆的，生娃儿死的。

我记得有个故事，都说幺姨要生娃娃嘛，有一天晚上，那个油蚱蜢儿（蚂蚱），跳了那么长一路，跳到屋里来，妈就有点儿预感了。妈就在说，是不是幺姨要走了。她和油蚱蜢儿说，如果是的，你就再来看一下，第二天那个油蚱蜢儿又跳过来，就是那天过后，幺姨就死了。

我印象是最深，你外婆就睡在铺里（床上）起不来，只有我跟老爸两个人去奔丧，回来过后你外婆就有神经病了，就像她老了之后得病一样，对着那个墙，自言自语地说胡话，说了好久，真的说了好久。

妈说要一个幺姨用过的东西当念念儿（念想的东西，看到它就仿佛看到了那个人一样），想她的时候，拿出来看一下。最后我跟老爸两个，把藤椅抬了回来。

舅爷爷温汉滨（外婆的堂弟）：温美芬读到了初中，先在三和教书，之后调到赵家，后来又和杜芳耀订了婚。

我：外公外婆一九五九年结婚的时候，外公知道外婆比他大两岁吗？

舅妈刘小静（外公外婆的长媳）：你外婆严重隐瞒，她为了上进，她不想被评成地主。如果满十八岁要评成地主分子，不满十八岁，可评成可教育好的子女。本来十八岁，隐瞒成十六岁，她就是可教育好子女，可以入党。

我：那外公后面知道了吗？

舅妈刘小静：我觉得一直没说过，都是老了才说。

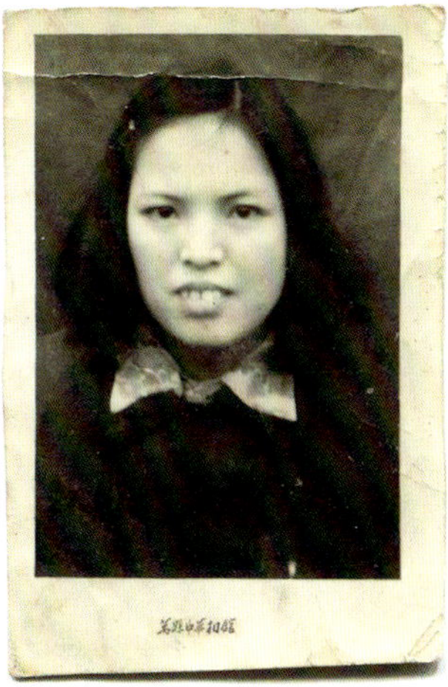

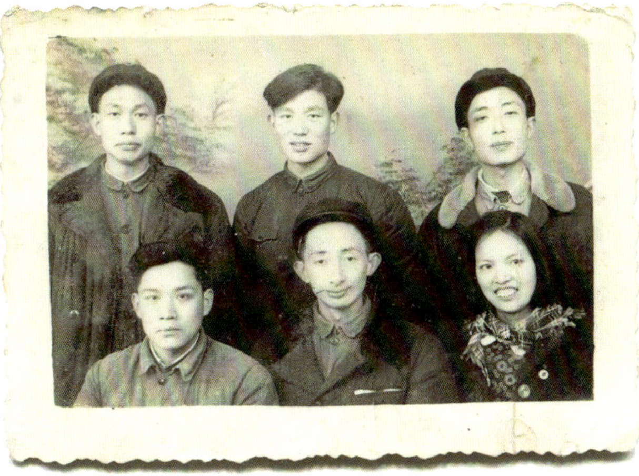

舅妈刘小静：我跟你聊个我和你外婆的故事。

最好耍（玩）了，我和你舅舅一九八六年结婚，那年春节，我跟你外婆两个人灌香肠。我们以为是一斤肉放三两盐，我们一共称了十斤肉嘛，每斤肉都放了三两盐，其实应该是放三钱盐。我们两个都弄不来，还严格地拿盘秤来称好多斤肉，又称好多盐，最后把盐称了那么多，倒到肉里头，全是盐，看都看得到，像一层面粉铺在肉上面。

真的有点儿搞笑，她说不要说，我们今天整笨了，不要说了。只有我们两个人在屋里灌香肠，只有我们两个人晓得。

那个肉就没要了。

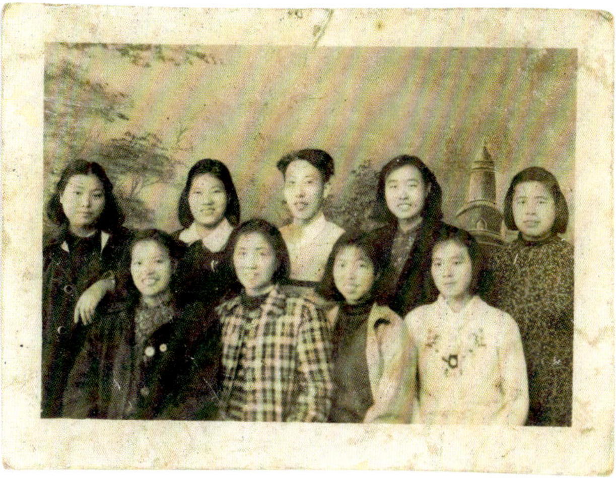

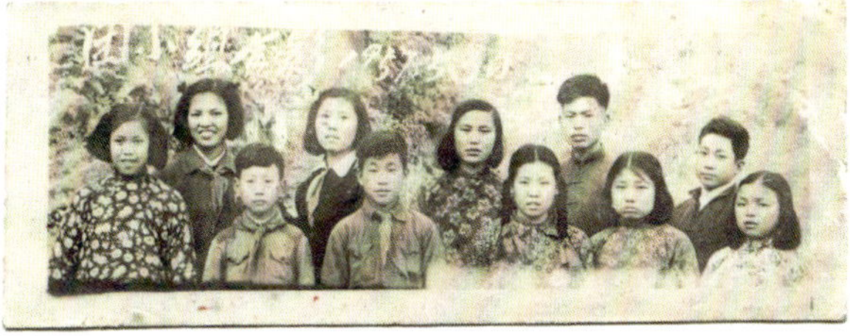

二姨杜庆（外公外婆的次女）：跟你讲一个外婆的故事。

有一年，我们一家人都要吃饭了，那时候你妈已经在外头读中专了，好像我姐姐在屋头，你舅妈已经嫁到我们家了，然后你外婆突然失踪了。我们到处去找，漫山遍野去找，急惨了，因为你外婆从来没有失踪过，都是到点了回来吃饭。我们要吃晚饭了，都找不到这个人。

最后晚上很晚，你外婆自己回来了，你知道她为什么失踪了吗？因为那天是腊月初八，她过生日去了。没有人记得她生日，她小气了，所以就失踪了。从此以后，我们全家人都把你外婆的生日牢记在心。在这之前的很多个腊月初八，从来不知道你外婆过生日。

所以我有一个感悟：想要别人重视你，首先你要自己重视自己。你看，她就是用她的失踪换来了大家记住了她的生日。

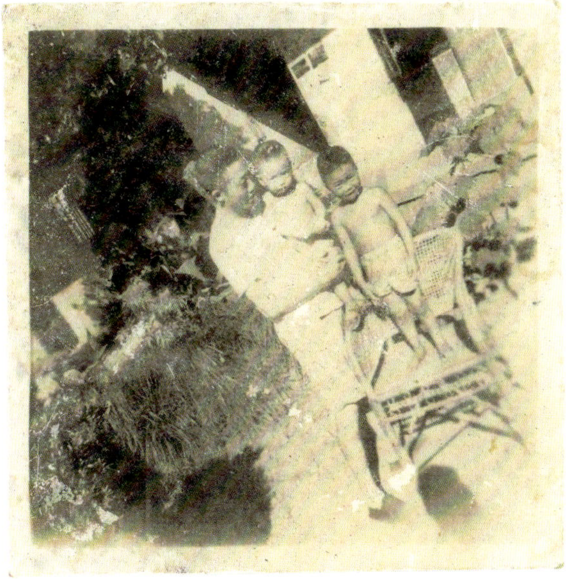

早逝的杜波（外公外婆的次子），唯一一张单人照。

舅舅杜江（二外公的长子）：我十三四岁，第一次回开县，要离开时，你外公说在堂屋开个欢送会，把所有娃娃集合在一起，拉二胡唱戏，坐了一排排椅子。堂屋很高，在房梁上吊一个纸壳，纸箱箱展开了夹着，一人在下面拉，当作风扇。

舅舅杜伟：当时的扇子，全部是我做来吊起的。蒲扇弄个板板，一拉一松，一拉一松，扇子一动，它就要扇。农村都是这样。

二姨杜庆：我就记得你外婆骂你外公一句话——扫把倒了你都不把它扶起来，你情愿从那儿绕过去。

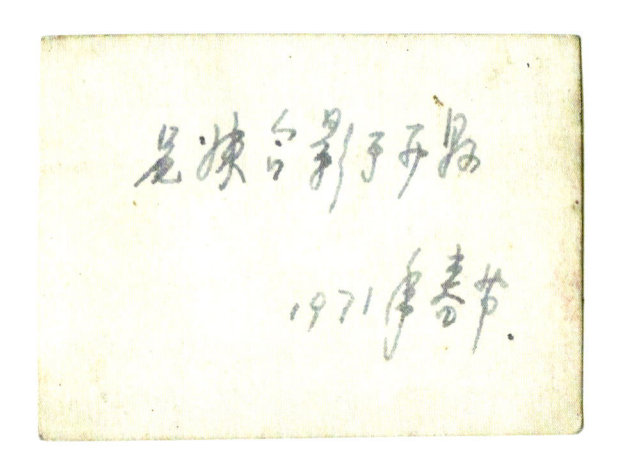

我们那时候就有点儿恨你外婆,她连自己的妈都吼,一天天最爱对你的祖祖嚷嚷了。我的外婆就骂你的外婆:你一天把我当成个烂脚杆喊。我们在旁边听着,敢怒不敢言。

每天早上你外婆发脾气,她确实也起来得早,我印象非常深的,她就是拿破响篙(一根细南竹,专门把头头扎破了打娃娃)敲几下,然后就跑去弄饭。

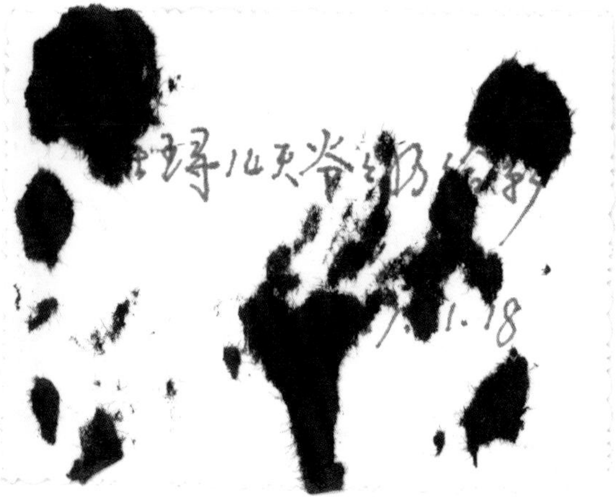

妈妈杜文：我对你外婆有意见，她太爱骂我爸爸和我外婆了，天天吼我外婆。外婆身体不好，很难受，不断地哼，她就吼外婆："你不要哼嘛，哼得一屋的人都睡不着觉。"

她吼你外公，她累，外公不帮忙，一屋的事情他不做。那会儿要自己弄煤灰来做蜂窝煤，都是你外婆做，粗的细的都是她，不歇气，她怎么不毛躁。你外公就端杯茶："温老师，你吵累没有，嘴巴吵干没有，你喝口水接着吵。"做煤丸的时候，她手也是脏的，脚也是脏的，只有嘴巴是空的，她就吵，边做边吵。

妈妈杜文：我八岁的时候，在二校，那会儿你外公是我们的校长。全校开会时，你外公想不起事情，就说"这个、这个、这个、这个"，就以为他下面要想出来了嘛，他都还没有想起下一句是啥子，他就"这个、这个、这个、这个、这个"，"嗯，这个、这个、这个、这个"。底下的同学哄堂大笑，我就觉得好丢人，这个是我爸爸，我就想找一个地缝钻进去。

大姨杜毅（外公外婆的长女）：你看我们家里好多竹子笋壳，一面有毛毛，都会把那个毛毛擦掉，粘成鞋底子，然后再做鞋，全部是你外婆手工做的鞋。我读高中才开始穿一双胶底子的鞋，还不是买的，而是把人家鞋子的帮子剪了，你外婆又做一个帮子弄上去。她很能干，很勤劳。

外婆从教三十年纪念照。

王万平（外婆的学生，大巷子的邻居）：你外公外婆就住在我隔壁，就是因为你外婆，我才到她班上读的书。她是班主任，头发花白，多么和蔼，又很严厉，教的语文，教得好。我们尊敬她，又怕她，学习上对我们照顾非常多。

放学我们经常在外面那个坝子"做标兵""恰五步""躲猫猫儿"，长期看到你外婆一回来，我们就要躲起来，她要说我们。你外婆爱穿灰白色的衣服，你外公爱穿蓝色的中山服，提个包包。

你外公外婆喜欢蒸罐罐饭，瓦罐罐土罐罐，拌酱油和猪油。

修学院

表姐杜珣（外公外婆的孙女）：我刚毕业的时候，第一份工作工资只有两千多，爷爷不想我花钱租房子，喊我住到你们家。他经常进房间拿钱给我：莫给他们说，这儿有两百块钱拿起去，嘘嘘。我就说：爷爷，我不要！他就说：哎呀，揣好！

奶奶最喜欢对我说的一句话是：你还不睡觉啊！

我小时候，经常抱着奶奶睡，抱得她汗流浃背的。她去世的时候，等我赶到，刚刚抢救结束，还没穿寿衣。人死了和动物死其实是一样的。

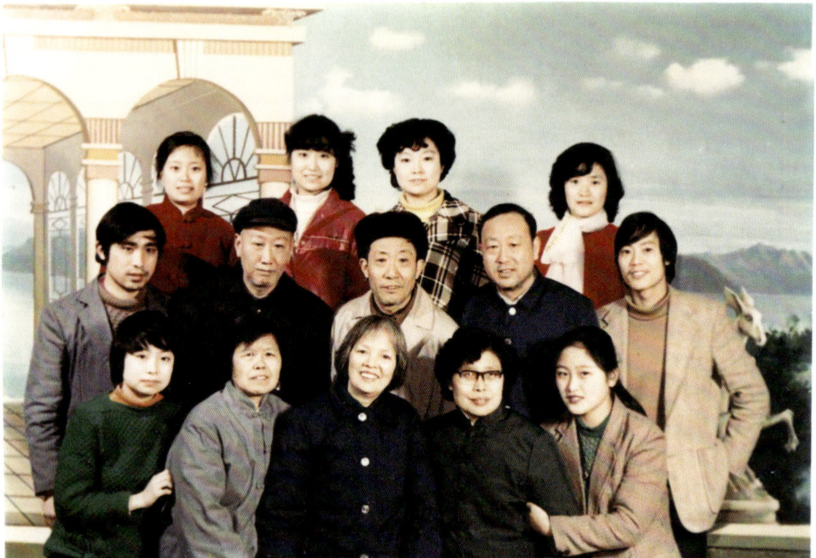

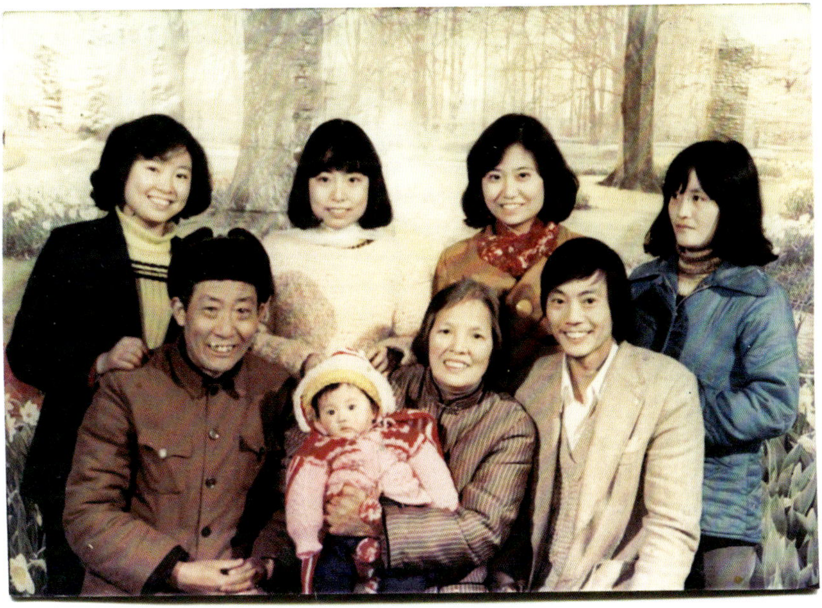

秋文20岁生日合影

1988.2.25

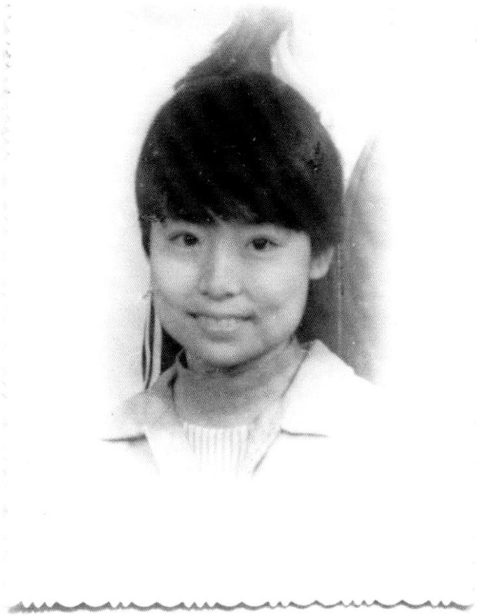

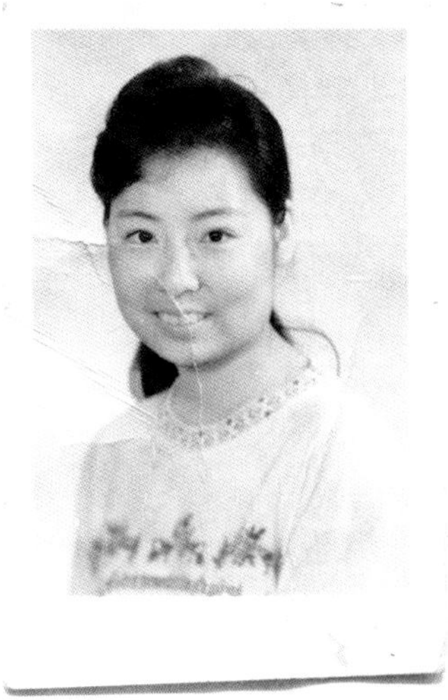

表哥魏泽宇（外公外婆的外孙）：外公外婆以前蹬三轮车，我就记得我们坐在那个三轮车上，在河边边上。

他们后来骑不动三轮车了，就在屋里下跳棋，一开始还下五子棋，也一直在打游戏。开始是外婆打外公看，看了很多年，突然有一天外公开窍了，他也去打，他比外婆打得好一些，外婆就很不高兴。后来他们游戏也不打了，就动不到了，是外婆先动不到的，在床上躺起了。之后外公突然得了一个病。

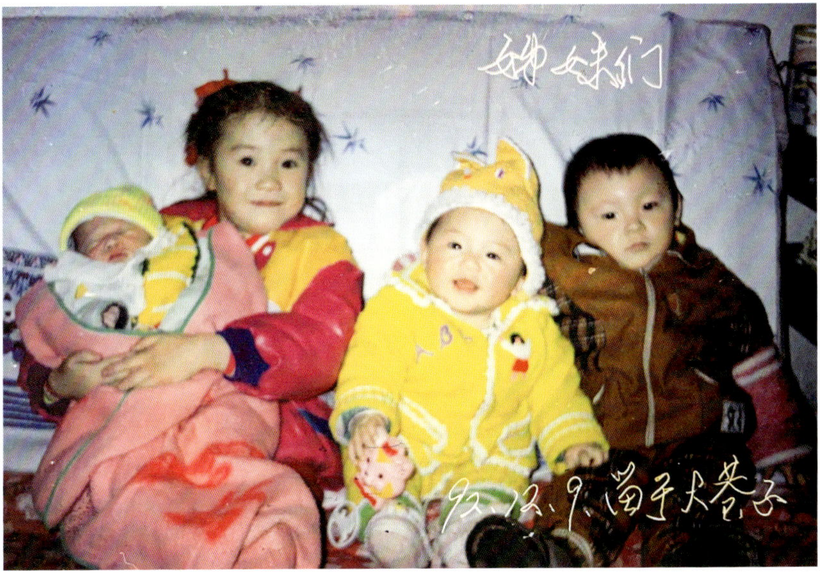
姊妹们
95.12.9. 留于大巷子

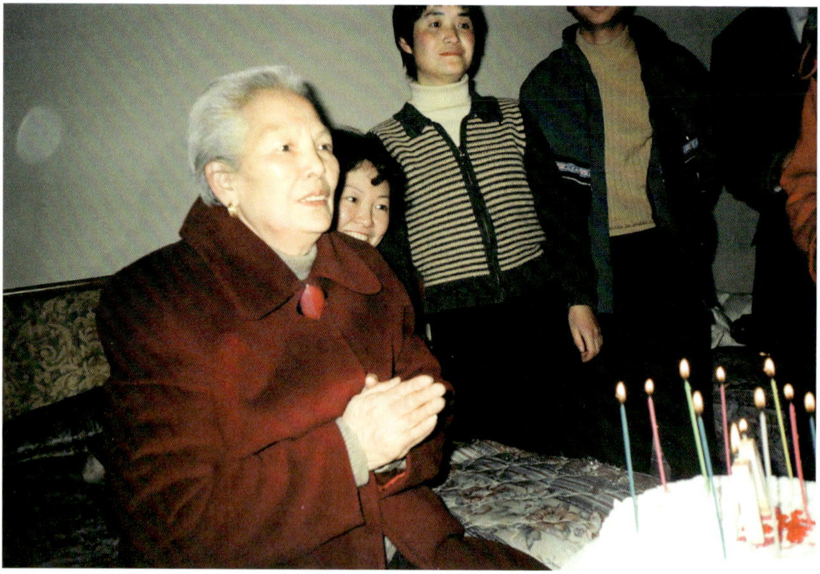

表妹孙晓悦（外公外婆的外孙女）：我记得小时候生活好了一些，给外公买了一辆三轮车，每次放假去你家，外公就骑起三轮车搭（载）我们。

还有一件事就是和外婆下跳棋，可能我从小好胜心比较强，每次和外婆下跳棋，都抱着争做第一的心态。至今我都很费解，外婆怎么玩那个那么厉害，我要打起五百分的精神才能对抗，她不是下一步是一步，是要看接下来几步那种，就像打台球。

外公爱养鸟，我记得是画眉。外公爱拉二胡，爱写毛笔字，我有时在想我字写得还过得去是不是遗传，毕竟现在我也开始涉足二胡领域了。最开心的应该还是惊讶地觉得外公和我一样是李宇春的粉丝吧，他说她看着很有感染力。

爸爸吴永建（外公外婆的幺女婿）：你外公走的时候，我刚从五台山祈福回来，早上认真睡了一觉起来，听到你妈在喊我，鸡喊鹅叫的，我赶快跑去，家里有我、你妈，还有你大姨三个人。外婆应该知道，她只是不接受，当时外婆只笑不哭。但她看到外公遗体被抬出门的那刹那，声嘶力竭地吼了一声，那时候意识到事情发生了吧。

送外公走的时候，我拉到他的手，还说了一些话，喊你外公放心走，家里面我会管的，外公肯定还是比较安慰，那个时候应该听得懂。当时你妈和你大姨都要哭，我就说不哭，按照佛教的说法，哭的时候，一是外公要痛，二是舍不得走。我那时候也没哭，大概一个星期以后，烧头七，哭得倾盆大雨。

你外婆那天走的时候，我把你妈从医院喊回家吃饭了，最后听到说不行了，又往医院赶。我去的时候外婆应该还有意识，但没说到话。我比较后悔，当时就懒了一下，应该上楼去看看外婆的。一直觉得时间还不到，时间还不到，最后时间就到了，总比想的提前了一点。

外婆走了以后，你妈和二姨、大姨她们几个把衣服放得好好的，还给她放了枕头，想让外婆舒舒服服地躺在那个地方。最后搬尸的工人弄了一个胶纸袋，把袋子拉开，提到外婆的脚和胸上的衣服，梆的一下就丢在那个胶纸袋里头。他提的过程当中，也没有不礼貌了，肯定还是比较常规的操作，没有任何感情因素，就是把尸体装到装尸袋里面。

妈妈杜文：哎呀，别说了。

廿六軍下張攝
丁卯鄉中畢業
時

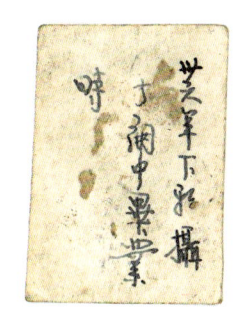

30年的春

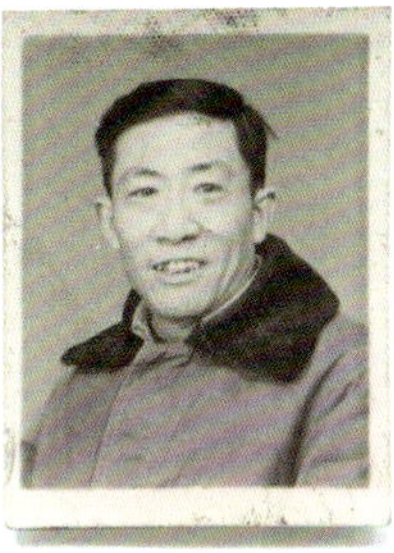

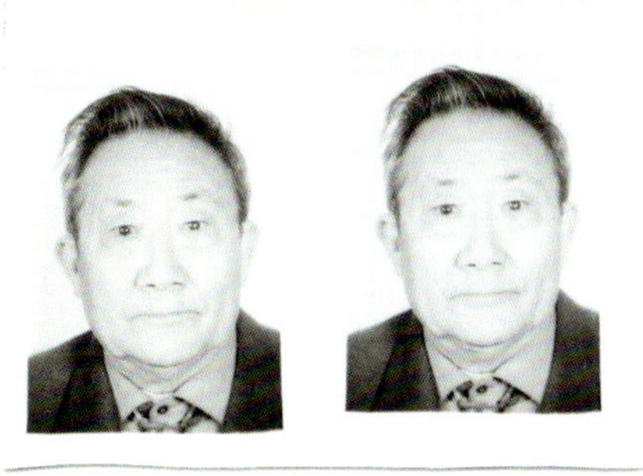

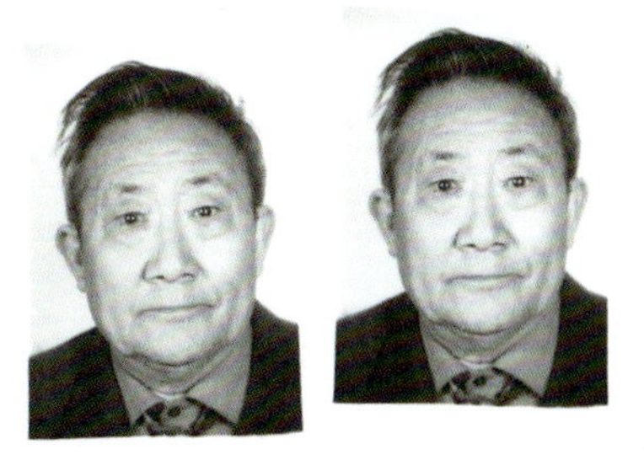

爸爸吴永建：那一瞬间我就明白了。你提醒他轻一点，提醒他啥子都没得用了。

欧 凯 照 像

地址：文化街图书馆侧
电话：227561

后 记　　　　　　　　　　　生命大戏的片场

爷爷去世在2022年的七夕节。从得知消息，到收拾行李出发，只有不到半小时，慌乱地往包里塞衣服，心想，是不是可以去买点药蜜，带给爷爷奶奶尝一尝，愣了会儿神才反应过来，爷爷再也尝不到了。想起"一条"的采访到中场休息时，摄像师和我说，有次他在商场里看到一个好吃的，想买给奶奶尝一尝，也是半晌才想起，奶奶再也吃不到了。

赶回重庆给爷爷送葬的路上，给好朋友打了个电话，平静地说："爷爷去世了。"朋友说："啊，你也是久经沙场的老手了吧。"从来没想到，和死亡已经混得像熟悉的老友。死亡好像一点儿也不遥远和陌生，我每天都在死去。自我中的那些脆弱、紧张、悲伤、傲慢、懒惰，每天都在被我杀死，不厌其烦地在自我的坟头上，点上一炷炷的香。我常常在经历死亡带来的悲痛，也在体验重生带来的喜悦。我用日常，做生和死的训练，深深看见遗憾的痛楚，在下一次无法全情时，想尽一切办法更纯粹，只是单纯投入。即便这样，看着爷爷的遗照，依然想起前几天他88岁的生日，本打算给他买只鹦鹉，站在肩头陪玩。而今他游走于竹林山间空中雾里，听闻群鸟啼鸣。还是会想，如果更爱他就好了。死亡带来的遗憾，是终极的，无从弥补。

在当天的"大开路"仪式上，子女孙辈们披麻戴孝地跟着先生们在各种佛的牌位前来回转圈和鞠躬，念诵着"南无阿弥陀佛"。天色逐渐暗下来，有一大朵云的后方，忽地打起雷来，幽蓝的天空和层层叠叠的云朵中时而出现粉色的闪电，照亮一下。我不断看向那朵云，除了觉知脚下的步伐不要撞倒了某位佛，脑海里就余下五个字：死亡当庆祝。这五个字越来越明朗，随着夜落的风，吹动在院坝里。回到老屋，跪在爷爷的冰棺前，想起上一次跪在同样的位置，是 2006 年，爸爸的外公去世。大年初一，和爸妈从成都赶到大足，那是我第一次经历亲人的死亡。记忆中满是不情愿，从清晨的美梦中被叫醒，对爸爸的悲伤无动于衷，对死亡更是毫无概念。大人"押"着我，在祖祖的灵牌前跪下，让我磕头。我大约模仿着跪拜动作，却在那瞬间，想起了外公外婆。没有人和我讲任何道理，我却忽然明白，有一天外公外婆也会变成这样两个灵牌，立在我的面前。14 岁的我，一边磕头，一边发了个誓：我以后再也不惹外公外婆生气了。外公去世前，我从未再顶撞过两位老人。祖祖的死亡，是我发愿孝顺的起点。

后来外公外婆变成了一座墓碑，我们常去看他们，一开始大家在墓前掉眼泪，沉默不语，慢慢地就在墓前唱起歌跳起舞，讲近期的趣闻，还偷喝给外公泡的好茶，再集体去吃柴火鸡。扫墓变成了团圆和郊游，没有一个人再难过。至少看起来是这样。大人们总说，外公外婆现在的视野很好，看出去是一片远山。我不知道看了多少次，看出去还是无穷的墓。每次大家都要讨论一番，自己以后埋在哪里，爸爸选黄河，妈妈选长江，我说我要去府南河。河流着流着，就又聚在一起了。外婆去世前，我每次去看外公，都很难过，有时我会抱一抱墓碑，搞得一身都是蜘蛛网。妈妈不喜欢这个举动，要吼我："哎呀，走了呀！"《芬芳一生》快做完时，我在墓前汇报："我给你们拍了很好的照片，写了很好的诗，你们会看到的。"我也不知道，他们究竟能不能看到。原先总想知道外公去了哪里，后来外婆离开地球整整一年的那日凌晨，我梦到外公来接她，我还问他："你怎么一年之后才来呀？"他们的肉体被火化了，骨灰被掩埋了，那他们去了哪里？还剩什么？灵魂吗？那灵魂去了哪里？

站在爷爷的院子里，点开"WeLens"公众号的编辑发来的"《芬芳一生》采访提纲"，问起和外公外婆有关的若干问题，我一个字也读不进去。如果"死亡当庆祝"，那这个项目的追忆意义何在？我好像在不知不觉中，完成了与它的告别。再也没有讲述的必要，再也没有表达的冲动，自然而然地这个项目的生命也完成了这趟旅程。那为什么还要做这本书？除了签了合同，以及也许可以赚钱以外，还有什么目的和动力？恐怕是"服务"和"留下"，以这个项目的一切因缘聚合，服务于我这个微小个体的成长，也服务于读到这本书的人。即使以后不再在摄影这个领域深耕和向前，也留下一些探索和努力的痕迹。我几乎不再回看《芬芳一生》的照片，它们好像是别人拍的，和我没有关系。我在阐述里书写，那个重逢对我而言是真的；我在展览时讲解，那个重逢对我而言是真的。可我现在想到它，觉得艺术的表达真是自欺欺人，如果通过照片把人和人放在一起，便达成了人和人的重逢，那人生恐怕就简单太多了。

外公外婆在世时，我的成长由他们步步护佑，他们把自己的生命，全然奉献在对我爱的栽培之中。我常在想，《芬芳一生》带给了我什么？外公外婆想借由它，告诉我什么？死亡和分离会在生命里周而复始地上演，如果我无法理解它、接纳它，因它而沉溺痛苦无从自拔，那人生太艰难了。也许不需要那么多重逢，在一起时，刻骨铭心，分开时，不必回头。

我21岁的生日，是在外公的病房里度过的，没有任何庆祝的仪式，不像小时候总有蛋糕，外公外婆搂着我拍照。那天只有外公不断尿湿的裤子，还有我在医院过道里抱着哥哥的号啕。病房里的窗帘是蓝色的，阳光透进来，整个屋子都是蓝色的。护士说我们弄湿的裤子太多了，不能再提供新的了，我就让哥哥帮忙打掩护，跑去库房偷裤子。裤子是蓝白相间的。给外公换裤子时，他总拍开我的手，别过脸去不让我碰他的身体。最后只好哥哥来换，我把脸别过去。那时我已经开始拍照，拍照时，我就不会哭。外公和我说的最后一句话，就发生在那一天。那之后我只见过他几面，他再也讲不出话。

外公去世时，是爸爸打电话通知的我，他说："为儿啊，你要回来一趟。"爷爷去世时，是妈妈打电话通知的我，她说："乖乖，爸爸给你打电话没有？"2013年接到爸爸电话时，我正坐在重庆沙坪坝酒店的沙发上，等候演员进场拍摄——我是期末短片作业的制片。剧本的内容早忘记了，但仿佛现在都能看见，那个 21 岁的女孩，起身离开片场。从那一天起，她没有选择地，彻头彻尾地，走进了这场生命大戏的片场。

2022 年 8 月 8 日

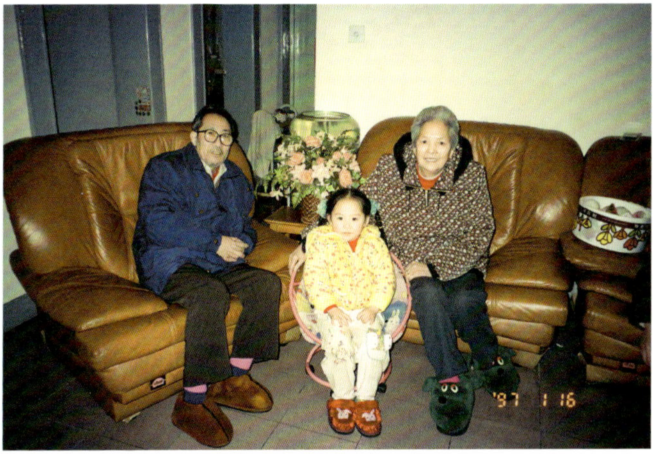
'97 1 16

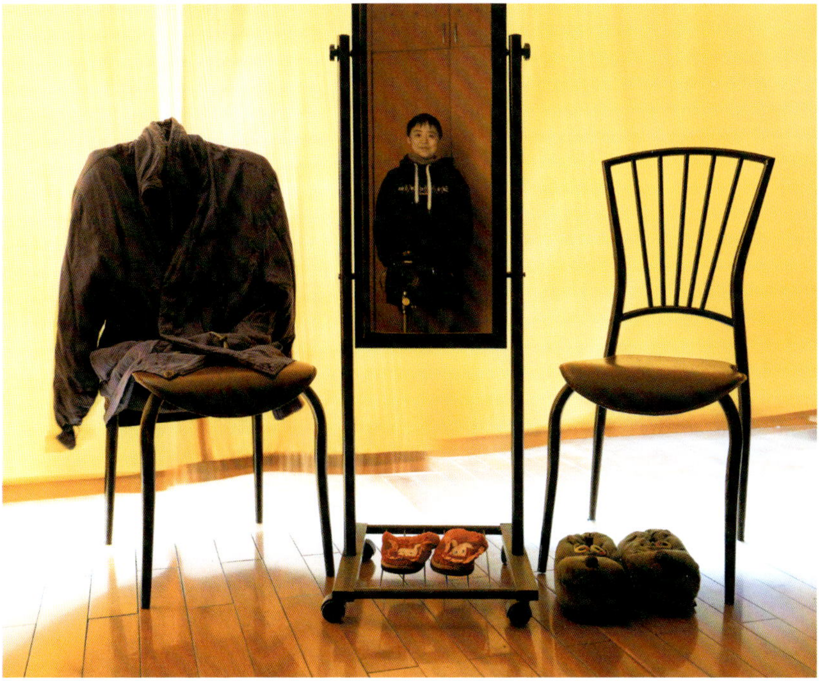

致 谢 　　　　　　　献 给 我 们 的 外 公 外 婆

这本书的献语，原本是"献给外公外婆"，我从未想过调整它，直到不断遇到更多人在看过《芬芳一生》之后说："我也是外公外婆带大的孩子。"于是这本书，这件事，不再只是为"我"而做，不再只是为我的外公外婆而做，而是为好多个孩子，好多个也是被外公外婆、爷爷奶奶带大的孩子而做……为每个体会过纯粹爱力之可贵的孩子而做。合力推动，有了这本书。

深深感谢过程中的每一份帮助、付出和回响。愿我们在爱的千方百计中，勇猛而快活地成长，不负真情，永存芬芳。

后　序

为　爱　为　之

吴为是外公外婆带大的孩子，她用一个摄影专业研究生的毕业创作，一个如此严肃的学业作品来讲一个个体最普通不过的经历与情感。我有时在想，这是不是小题大做了？我也是姥姥姥爷养大的孩子，也曾经写过属于自己的文字，倾述对他们的爱。我甚至也拍摄过关于姥姥去世前最后的照片。在那个安静的下午拍摄的一个胶卷，是我人生的一次洗礼，已经老年痴呆的姥姥带我走过她生命终结前隐秘的旅程。但那都是我自己的事情，就像吴为和芬、芳两位老人，那是他们家的情感。我一度认为私人的情感是不应该分享的，因为它如此纯洁，又如此脆弱，一旦沾染俗世尘埃就会破坏它的纯粹性。可以说得出来的爱，就有了边界，被别人复述，就有了固定的形状，爱会不会变浅、变轻、变得与自己无关了？所以，我一方面作为吴为的老师，作为长者，作为一位学习上的陪伴者和引导者，鼓励和帮助《芬芳一生》的创作；另一方面，我的内心一直都在提问，我问自己：要不要分享我的私人感情，我做过的那个与姥姥重逢的梦，以及姥姥去世前照片里透露给我的生命秘密？

应该说我目睹了吴为整个创作的萌芽、起步、艰难的行进、创作的折磨与收获的喜悦。与吴为进行创作选题讨论是从哭开始的。我从来没有见过一个人那么爱哭。这真让人受不了。我一直很不喜欢女生哭。我有时会把这种伤情看作是一种撒娇。于是，我要求吴为不许当着我的面哭，我甚至吓唬她，"再哭就不管你的论文和创作了"。但是我知道她在拍摄和写作过程中流尽了泪水。那里面掺杂着复杂的人生体验，那是她的生命方式，她的艺术方法，我无权也无法干涉。我有时候想，艺术的意义是什么呢？如果吴为在艺术创作过程中能够如此靠近她爱的老人家，能如此任性地表达她的爱，这不就是艺术的意义与价值吗？

显然，在吴为眼里，芬、芳两位老人是她生命的天使，呵护她不受人间的困苦。他们彼此是生命的唯一。但是，我觉得有必要扮演一下世俗的恶人，教她应该直视粗糙的人性与纷杂的人世。我告诉吴为，每个人都有爷爷奶奶、外公外婆，这是一种个体家庭的身份。同时，老人们也是社会人，时代人，属于他人，属于国家。我建议她关注两位老人的社会属性，去了解并展现他们的生命经历，特别是他们这一代中国人有鲜明的集体共性。艺术创作要从"小我"里走出来，走向广阔的"大我"。真切的亲情背后是家国情怀的代际解读与相承。吴为很用心地去做了家族口述史的采访与写作，她了解到很多矛盾的家族故事，天使的另外一面被描述成坏人。我鼓励吴为去直面这样的话题，去追问，我们爱的那个人，那个为我们付出了一切的人，她/他曾经伤害了某个人、某些人，并不可被他人原谅。而现在他们都已经不在了。我觉得自己有时是残酷的，我不想让吴为去煽情，去沉浸在自己纯洁的爱里而陷入自恋。吴为整理了老人的衣物，破旧的，杂乱的，她问我怎么拍摄它们。我说，直接拍，没有什么可修饰的。我心里想，就拍出那一代人的陈腐之气吧，那种节俭和辛劳中裹挟的贫穷时代的后遗症，那种不顾一切存留物品的悲凉与无奈。那些证件、药品、鞋帽，都是那一代人的垃圾，而不是我们要继承的遗产。那一代人，他们真诚地留给子孙满满的爱，但是他们建构的物质，却体现出了那个时代的精神贫瘠。

吴为在整个创作过程中不断地超越自我。我见证了这个过程，这份记忆值得珍藏。我看到她在变得强大，她学会不在我面前哭。她学会不太哭（因为我看不到她哭）。《芬芳一生》的打磨过程简直是千锤百炼。吴为不厌其烦、不辞辛苦，从展览到摄影画册制作，我几乎都佩服她了。我在想，这个精神动力是对学习精益求精的追求吗，还是艺术的激情所致，或是对两位老人的爱的力量？我不能下结论。我被她不断地提要求，要求给意见，因为她又有了细节改动有了新的方案。于是我开动脑筋，展开我的想象和思考，然后回应她。就这样，毕业一年，马上要看到正式出版物了。有专业的出版社，有专业的编辑、设计师，还将有专业的发行，一本书是一个团队的智慧结晶。这无疑是一种成功的标志。应该说，我近三十年的高校教育生涯中（好像也老到了有点资格讲话了）还没有见到一位学生的毕业作品能够做成一本正式出版物的。

然而我的问题其实从来没有消解过。吴为是一位煽情大师吗？她每一次向读者、观众介绍自己的作品，每一次唤出他人的眼泪，把一个"吴为是外公外婆带大的孩子"，做成了"我们是外公外婆带大的孩子"。"我们"都是长不大的孩子吗？我们无法面对死亡吗？你和他的泪水需要吴为来唤醒吗？如果不管陌生的观众与读者，吴为对芬、芳二位老人的爱，在无数遍言说之后，还是否饱满？我对吴为很坦率，我把这个问题反复地提出，在她接受各种媒体采访前后反复地问。我希望吴为能够站出来，看自己，反思自己。她并不总是回答我，我想这个问题不太有礼貌，也不太友好。书稿在继续推进，设计问题啦，选图问题啦，画册要做艺术家版本啦……隔一段时间吴为会在微信里留言，告诉我出版推进的情况。我们会交换意见，会一起想主意。直到吴为问我愿不愿意为这本书写序，我开始翻阅微信，找以前写过的对《芬芳一生》项目的评价。我本想也许有可用的文字。然而，在这样一个时刻，面对一个我认为纯粹的人，一个与我三年教与学同行的人，我觉得自己应该回报一颗同样纯粹而坦诚的心。

说出来的爱，拍出来、写出来的爱，还纯洁吗？我只是跟妈妈讲过与姥姥再次相逢的梦，我想也许只有她知道我打开门看到精神抖擞的姥姥进家的时候是多么幸福。但是不会有人知道我梦醒后是多么痛。因为我再也不能吃姥姥做的饭。她做的饭比我妈比我舅舅比我大姨都要好吃一千一万倍。可是，姥姥去世太久了，我竟然已经不记得她做的饭的味道了。我知道失去爱的痛，是遗忘，忘掉她的味道，忘掉她的声音，忘掉她的样子。姥姥就像一团雾，始终用爱包裹着我，可我是多么渴望感受到她的臂膀和温存的拥抱啊，多么想回到童年，满足地吃一顿她做的饭。我在此刻，感受到爱的痛，在寂静的夜，体会死亡的刀割断亲情的血脉，让我们永远分离。我想姥姥一定也是痛的。她失去了我，她唯一的我。其实二十年前我拍摄姥姥的那些照片很残酷。衰老的她被困在老宅基地上的新房顶层六楼，每天望着窗外陌生的景象发呆。照片中姥姥已经失神了，眼睛里空洞洞的。她胡乱地喊着孙子辈的名字，询问着每个人的吃喝细节。我看到她垂死的身躯中驻扎的是一颗与死神抗争的灵魂。她的银发立着，代替眼睛烁烁发光。她用生命最后的光彩向我告别。我当时几乎是颤抖地按下相机的快门，我要将姥姥倔强的灵魂记录在黑白胶卷里，并刻在我的心里，永不磨灭。我感谢吴为，让我说出自己的秘密，爱的秘密，不是要与人分享，只是爱的表达。我想，我们每个人都需要勇气去表达爱。我以为自己是吴为的老师，比她成熟和坚强，其实，此刻，我才知道，她给了我表达爱的勇气与机会。

《芬芳一生》，是因为爱而进行的创作，为爱而为之，不需要回应他人的质疑。这是我替吴为给自己的回答。

下面这段话是 2021 年我对吴为毕业三个作品的评语，本书是她在这三个文本的基础上重新选片、写作，整合而成的。

吴为的《芬芳一生》影像画册、《家族小事》家族史记、《有关家庭记忆的影像研究与实践》摄影论文三本扎扎实实的书，好似从同一个根生长出的三株树，紧密相连，互为支撑。它们不仅展开了摄影不同层面的语言：艺术的影像、家庭历史的影像、研究性的影像，也运用了不同性质的文字语言：诗性语言、叙述性语言、研究性语言。影像和文字以不同诉求与方式进行合作，在书的媒介上推出三个不同风格、不同内涵的文本。它们是作者吴为的艺术创作从"小我"走向"大我"的真实历程。《芬芳一生》是一部真诚感人却又不滥情的作品，随着它沉浸到时间的过往之中，触摸并感受存留之物的质地与温度，从而建立起生命消亡和永恒之爱的显性连接。

朱炯

2022 年 9 月 20 日

再见。

图书在版编目（CIP）数据

我是外公外婆带大的孩子 / 吴为著. -- 北京：中信出版社, 2023.10
ISBN 978-7-5217-5859-7

Ⅰ.①我… Ⅱ.①吴… Ⅲ.①随笔－作品集－中国－当代 Ⅳ.①I267.1

中国国家版本馆CIP数据核字(2023)第121832号

我是外公外婆带大的孩子

著　者：吴　为
出版发行：中信出版集团股份有限公司
　　　　　（北京市朝阳区东三环北路27号嘉铭中心　邮编　100020）
承　印　者：北京启航东方印刷有限公司

开　本：880mm×1230mm　1/32　　印　张：12.5
插　页：18　　　　　　　　　　　字　数：66千字
版　次：2023年10月第1版　　　　印　次：2023年10月第1次印刷
书　号：ISBN 978-7-5217-5859-7
定　价：123.00元

策划编辑：杨　爽　　来怡诺
责任编辑：杨　爽
营销编辑：赫　冉　　毛海燕

版权所有·侵权必究
如有印刷、装订问题，本公司负责调换。
服务热线：400-600-8099
投稿邮箱：author@citicpub.com

2017年,在《外婆的日常》展览前夕,我找到了一沓外婆的血压、心率记录表,这些表格是妈妈帮她做的。外婆每天会乖乖戴上血压计,填满方格。现如今这些数字藏于书中,是她闪烁的心跳。